U0062722

青岛考古

青岛市文物保护考古研究所 编著

一

科学出版社

内 容 简 介

本书是青岛市文物保护考古研究所编著的第一本关于青岛地区的考古学文集，内容包括 2005～2010 年度青岛地区考古发掘报告及本地区相关考古历史研究文章各 8 篇。考古报告为黄岛地区唐家莹龙山文化遗址、台头汉代文化遗址以及胶南、胶州、城阳区发现的汉代墓葬群的发掘资料，其中以汉代墓葬资料为主；研究文集涉及青岛地区北辛文化晚期至宋金时期有关考古学文化研究、植物考古学研究成果以及王献唐与青岛考古等内容。

本书可供考古学、历史学、地方史研究的专家学者以及相关专业师生阅读、参考。

图书在版编目（CIP）数据

青岛考古 . 1 / 青岛市文物保护考古研究所编著 . —北京：科学出版社，2011.5

ISBN 978-7-03-030908-2

Ⅰ. ①青… Ⅱ. ①青… Ⅲ. ①文物 – 考古 – 青岛市 Ⅳ. ①K872.523

中国版本图书馆 CIP 数据核字（2011）第 074264 号

责任编辑：李　茜 / 责任校对：鲁　素
责任印制：赵德静 / 封面设计：北京美光

科学出版社 出版

北京东黄城根北街 16 号
邮政编码：100717
http://www.sciencep.com

北京佳信达欣艺术印刷有限公司 印刷
科学出版社发行　各地新华书店经销

*

2011 年 5 月第 一 版　　开本：787×1092　1/16
2011 年 5 月第一次印刷　　印张：15 1/4　插页：22
印数：1—1 500　　字数：361 000

定价：128.00 元

（如有印装质量问题，我社负责调换）

青岛考古（一）

编辑委员会

序

    地处黄海之滨的青岛是一座美丽的城市，说她美丽，是因为这里有独特的地理、气候环境和秀美的人文景观。三面环绕的大海，海水清澈；左倚突起的崂山，群峰挺拔；四季分明的气候，温暖湿润；红瓦绿树蓝天金沙滩，相映生辉。青岛又是一座年轻的城市，说她年轻，是因为从大都市的角度审视，青岛建市只有区区百年，并且她从一个个分散的滨海渔村发展到直属民国中央政府的特别市，只用了短短20多年的时间，这在世界城市发展史上也不能不说是一个奇迹。

    青岛市位于大陆和半岛之间的连接地带，沿海滩涂和平原、丘陵、山地等地貌类型，为居住在这里的先民提供了丰富的自然资源，农耕、采集、渔捞、狩猎多种经济成分共存，是青岛早期生业经济的显著特色。广阔平坦的胶莱平原不仅宜于农耕，而且由于南北狭窄的地理区位而扼东西交通之要冲，是联结山东大陆和胶东半岛乃至东北亚地区的咽喉之地。青岛市下辖即墨、莱西、平度、胶州、胶南五市和市南、市北、四方、李沧、城阳、崂山、黄岛七区，总面积超过1万平方公里。

    作为海岱历史文化区的一个组成部分，青岛地区至少已有7000年的发展历史，古代文化的发展序列相对比较完整，自早至晚依次为北辛文化、大汶口文化、龙山文化、岳石文化、珍珠门文化，两周时期先属莱后属齐，东周之后成为秦汉帝国的封国郡县。优越的地理环境造就出青岛地区众多的古代文化遗产，悠久的历史文化积淀了丰厚的地下地上文物考古资源。仅周汉两代就有齐国东方重镇即墨城、越国一度迁都于此的琅琊、秦统一后所置琅琊郡的郡治、秦始皇三次登临的四时主所在地琅琊台、西汉所封胶东国的都城等。而埋藏于地下的城镇、村落、贝丘、港口、关隘、宗教祭祀遗存、海防和战争遗存、古墓葬等，更是不可计数。这些，都需要我们的考古工作者去调查、发现、发掘和研究，阐释和复原已经消失了的各个时期的历史和文化，进而让人们了解和认识青岛地区历史文化的"庐山真面目"。所以，我们说青岛既是一座年轻而充满活力的城市，又是一座具有深厚历史文化底蕴的城市。

    青岛地区田野考古工作的历史可以说是源远流长，最早可以追溯到中国考古学初创时期，迄今已有接近80年的历史。

    1934年春，中研院史语所考古组的王湘、祁延霈先生，为了寻找彩陶和黑陶的分布范围，在山东东部沿海地区进行了为期两个多月的野外考古调查工作。调查区域包括了即墨、日照、诸城、胶县（包括现在的胶州和胶南两市）四个县，发现各时期遗址 10 余处。其中属于青岛地区的就有即墨城子村、胶南臭杞园和琅琊台等，时代为龙山文化和周汉时期。略晚，日本人曾经在现今已是高楼林立的青岛市南区调查记录过贝丘遗址，以今天的眼光来看，这批材料应为距今 5500 年之前的大汶口文化早期阶段。

20 世纪五六十年代，青岛地区的考古工作经过一段沉寂之后又恢复起来。这一时期的考古工作主要有两类：一类是当时在青岛山东大学历史系教授考古学通论的刘敦愿先生，时常利用节假日，或独自或带领三两个高年级学生到郊区开展考古调查，如仅 1957 年就调查了青岛郊区的霸王台、古镇、古城顶和即墨北阁等龙山文化和周汉代遗址。特别是根据韩连琪先生提供的线索，在青岛市文物店看到清人高凤瀚的一张古画所描绘的陶鬶，按图索骥，于 1961 年在胶州三里河调查发现了一处重要的大汶口、龙山文化遗址，成为考古学史上的佳话；另一类是中国科学院考古研究所成立山东工作队之后，也在这一地区开展了田野考古工作，其中最重要的一项，就是 1960 年春对平度东岳石遗址的发掘。由于认识上的原因，东岳石遗址极富特色并且与龙山文化区别明显的陶器等遗存，当时仍然被归入到了龙山文化之中。20 年之后，人们在探索龙山文化的去向时，才最终将其从龙山文化中分离出来，并且给予了岳石文化的命名。

20 世纪七十至九十年代，青岛地区的田野考古工作逐渐增多，规模有所加大，研究内容也日渐丰富，但从整体上说仍然比较薄弱。1974～1975 年，中国科学院考古研究所山东队对胶县三里河遗址进行了大面积发掘，发现丰富的大汶口文化中晚期和龙山文化遗存，为解决大汶口和龙山文化的传承关系提供了充足而可靠的证据。1993 年，中国社会科学院考古研究所和青岛市文物局合作，发掘了平度韩村大汶口文化早期遗址，并再次发掘东岳石遗址。1994～1996 年，中国社会科学院考古研究所开展胶东半岛贝丘遗址的环境考古研究，对即墨北阡、南阡、东演堤和丁戈庄等 4 处遗址进行了勘探和采样分析。

进入 21 世纪以来，国家对文化遗产保护工作的力度明显加大，从而使青岛市的考古工作迎来了一个前所未有的发展机遇。综观最近十年来青岛的考古工作，可以说是发展势头迅猛，发掘和研究成果显著。成就和特色主要表现在以下四个方面。

首先，在多年酝酿的基础上，于 2005 年正式成立了文物保护考古研究所，使青岛市第一次有了专业开展考古工作和从事文物保护工作的业务机构，将文化遗产保护和考古工作牢牢地掌握起来，从而为青岛考古的大发展奠定了坚实的基础。

其次是发展思路清晰，通过引人引智的创新举措，达到出人才、出成果的目的。引人就是引进专业人才，迅速扩充考古研究所自身的业务力量，为完成青岛繁重的文化遗产保护工作积蓄人才和力量。引智就是主动地吸引省内外高水平的考古研究力量来青，开展各类考古研究工作，并积极予以配合，以达到多开展工作、提升考古研究水平和锻炼、培养自身队伍的多重目的。目前已有山东大学、中国国家博物馆、中国社会科学院考古研究所和山东省文物考古研究所等科研单位在青岛开展了不同类型的考古工作。

第三是考古工作的数量和规模空前加大，研究的领域大大拓宽。最近十年来青岛地区开展的田野考古工作，总量超过前六十多年总和的数倍。考古工作的范围包括了从陆地到海洋的地上、地下和水下等不同领域。

第四是考古研究的内容和方法日渐丰富和多样化，顺应了中国考古学近年来发展的大趋势。例如，青岛北阡北辛、大汶口文化遗址的多学科综合研究，在胶南南部与聚落考古紧密结合的区域系统调查工作的开展，胶州赵家庄和黄岛台头遗址龙山文化稻田等稻作遗存的发现和研究，平度逄家庄和黄岛南营龙山文化环壕聚落的发现，沿海水下考古的新进展等，均走在了当今中国考古学的前列。

青岛市文物保护考古研究所成立仅有五年，在历史发展的长河中，五年的时间只是一个极为短暂的瞬间。五年来，他们克服专业人员不足和各种意想不到的困难，满腔热忱，团结一心，群策群力，做了大量的文化遗产保护的考古工作，先后勘探和发掘了二十余处古遗址和墓葬。他们不仅着力开展基于保护的田野考古调查、勘探和发掘工作，还十分重视考古资料的整理、研究和出版。从文化遗产保护的角度考虑，整理和研究与勘探和发掘是同等重要的。《青岛考古》系列丛书的出版，在青岛文化遗产保护和考古研究的历史中，将会是一个重要的转折和里程碑，我期望着她一集一集地出下去。从中，我们看到了青岛考古的未来和发展方向，照此思路下去，用不了多少年，他们势必会做出更为优异的成绩，拿出更加漂亮的答卷，在发掘和阐释已经逝去的古代社会、文化、环境、资源及其相互关系的道路上孜孜不倦地探索，最终将奉献出一部线路清晰和内容丰满的青岛古代社会和文化的发展历史。

我们期待着这一天的早日到来。

栾丰实

前　言

　　青岛市现辖七区五市，面积 10 654 平方公里，人口 800 多万。山、海、城和谐统一的城市建筑风格，构成了青岛"红瓦绿树、碧海蓝天"的绚丽多彩的城市风情。深厚的文化底蕴和特有的历史文化风貌，使青岛成为国家级历史文化名城。

　　从原始时代起，人类就在这里繁衍生息，青岛大地孕育过自己的文化，也成长过自己的文明。但由于偏居海隅，加之文献记载的缺乏和历代战争的破坏，青岛地区的早期文明并不为人们所了解，因而考古发现对青岛历史文化研究来说就显得格外重要。

　　在纪念青岛市文物保护考古研究所（以下简称"市考古所"）成立五周年之际，我们也迎来了青岛城市建制一百二十周年。今天的青岛，经济和文化迅猛发展，城乡建设日新月异。此时此刻，我们回顾和梳理青岛的考古发现，盘点学术成果，不仅有利于今后的文物考古工作，而且对于深刻认识青岛地区古代历史文化内涵、继承悠久灿烂的文化遗产，建设文化青岛都有重要的意义。

　　考古发现证明，史前的青岛既有渔猎—采集型和农业型新石器时代文化，又存在农业型和牧业型这两种文明。自西周以后，已基本上成为东西方文化交流、碰撞、争夺与融合的地区。尤其在东周时期，齐、鲁两国称雄山东，但与其共生的还有东夷原居民。战国时期，齐国将势力扩张到了整个胶东半岛，这为秦汉将该地区纳入中央集权的帝国统一的政治版图打响了前哨战。而自秦汉始，中国结束了王国时代进入帝国时代，青岛历史也随之进入了政治一统、文化多元的时代。

　　史前的青岛古文化是海岱文化的重要组成部分，同时，它又具有自己明显的区域文化特色。在泰沂山脉的南北两侧，古代即有东西交通干道直通黄海边和半岛地区，又可向东穿越胶莱平原抵达渤海南岸，再通过庙岛群岛抵达辽东半岛，或沿半岛南岸向东抵达半岛东端。青岛地处胶东半岛与鲁北平原、鲁东南沿海的交接区，是海岱区东西文化交流的路口，也是环渤海考古文化的交接地带。

　　有学者认为海、岱是两个文化谱系，"海"是胶东半岛的谱系，"岱"是泰山周围的谱系，或者说是在一个大的文化区内关系非常密切的两大文化分支系统。甚至有多位学者认为以青岛至蓬莱一线为界，形成东西文化的分野，如有人认为，活动于此分界线以西（即半岛西部）的为莱夷部族，古文化遗存为莱夷文化；分界线以东（即半岛东部）的为嵎夷部族，古文化遗存为嵎夷文化。这说明，史前的青岛地区处于文化的十字路口，具有文化交流、兼容的区域特色，这也为今天海纳百川的青岛海派文化特色找到了源头和注解。

悠久的历史、丰富的文物古迹，折射出青岛地区历史发展的轨迹。即墨金口镇北阡遗址的考古发现证实，早在七千多年前的北辛文化晚期就有东夷族先民在此形成了最初的原始聚落，并成为青岛地区最早的居民。他们用自己智慧勤劳的双手，创造了青岛地区最早的人类文明。此后，再经新石器时代的大汶口文化、龙山文化，到岳石文化和历史时期，都留下了丰富的历史文物古迹。它们既是青岛历史发展以及优秀的文化遗产资源的见证，也是青岛历史文化名城的重要组成部分。

新中国成立后，特别是改革开放以来，经过全市广大文物工作者的不懈努力，大批古遗址、古墓葬、古建筑以及近代优秀建筑等文物遗迹得以发现并得到了很好的保护。目前，全市共有各类文物保护单位 400 余处，另有一大批文物古迹仍在不断地被发现、抢救、发掘、整理、展示其丰富的历史文化内涵，这是文物考古工作者义不容辞的神圣使命。

青岛地区的考古工作始自 20 世纪 50 年代，当时仍在青岛办学的山东大学教授刘敦愿率历史系师生曾多次到李沧区（原崂山县）十梅庵的商周古城顶遗址进行考古调查，采集了许多文物标本。1956 年夏季，著名学者王献堂先生带领山东省考古队在崂山水库大坝下发掘了东古镇西窑顶东周遗址，出土 2 件青铜鼎及多件骨锥、石镰等。如果将这视为青岛地区考古工作的开始，那么它已经走过了半个多世纪的风雨历程。

此后，我市一代又一代的文物考古工作者配合国家基本建设和文物保护工作，历经寒暑风霜进行了大规模的文物普查、考古调查、勘探和发掘工作，共发现各时代的各类文化遗存已逾千处，清理发掘古代城址、遗址、墓葬、窖藏等 50 余处，不仅为国家保护了大批珍贵的历史文物，也为研究青岛地区的历史获取了大量难得的第一手资料。这些考古发掘项目也大多是由我市文物部门联合山东大学考古系、中国社科院考古所等单位进行的主动性发掘，所得资料解决了青岛地区诸多重要考古课题。

1974 年、1975 年对胶州三里河遗址的两次考古发掘，发现了下层大汶口文化与上层龙山文化相叠压的关系，不仅再次证实了大汶口文化早于龙山文化的相对年代，更重要的是明确了这一地区的大汶口文化和龙山文化的基本面貌以及龙山文化与大汶口文化的继承关系。

1960 年，中国科学院考古研究所山东队对平度东岳石遗址进行了第一次发掘，1993 年青岛市文物局与中国社会科学院考古所山东队合作又对该遗址进行了第二次发掘。两次发掘共出土石、骨、陶器等文物近千件。东岳石遗址的整体文化面貌与山东龙山文化明显不同，尤其是其陶器的造型和纹饰别具一格。考古学界将这一类型的遗存称之为"岳石文化"，其分布范围和山东龙山文化的范围大体一致，据放射性碳素测定并经校正，年代在前 1900 年至前 1500 年，约相当于夏代至早商。该遗址的发现，是青岛考古工作的一项重大成果，为研究山东龙山文化的去向和夏、商时期的东夷文化提供了重要资料。

而另一类数量更为众多的是由省、市考古研究所承担以配合大型基本建设工程而进行的抢救性考古发掘，这类发掘不但促进了我市城乡的建设与发展，同时也使一批重要的古迹和珍贵文物得到发掘、保护。随着考古工作的不断开展与深入，青岛历史的面貌愈加清晰和连贯。

由于自 20 世纪 80 年代初开始，青岛市区域区划的几次扩大，也促使文物考古工作面广量大，但与此相伴的却是队伍力量的不足与人才的相对缺乏，致使青岛考古工作相较于其他地区差距较大。考古的专题性和系统性也不强，所获得的考古材料显得零散和薄弱，给深入研究带来了较大的难度。

于是，市考古所于 2005 年成立，负责全市的考古发掘、研究及文物保护等工作。自考古所成立以来，我们克服诸多困难与不利因素，积极开展工作，形成了良好的发展势头，也使青岛地区的考古工作迎来了发展的春天。

已经过去的五年，是市考古所从成立到步入健康有序发展轨道的五年，是夯实基础的五年。五年来，在文化（文广新）局党委、文物局的正确领导和大力支持下，努力助推我市"文化大发展大繁荣"事业，在考古研究和文物保护领域取得了丰硕成果。

首先，积极配合城乡基本建设工程，扎实开展各项抢救性考古工作，为青岛悠久灿烂的历史文化增添了丰富的考古实物资料。五年来，市考古所积极配合快速发展的城乡建设，重点做好配合基建的抢救性考古工作，截至目前已顺利完成了几十项抢救性考古调查、勘探及发掘工作。

这些考古项目为促进青岛市文物保护工作，也为青岛市优质、快速地进行工程建设提供了科学的依据和条件。遗址的年代包括史前新石器时代、商周、两汉、唐宋至元明时期等。尤其是 2009 年胶州古板桥镇遗址的发掘，除了发现公共建筑基址外，出土了瓷器、铜器、骨器、金器、建筑构件、文房用具等许多精美文物，另有大量的铜钱、十余吨铁钱等，更为重要的是数以万计的瓷片标本汇聚了宋金元时期大江南北不同区域的著名窑系，在一定程度上印证了古板桥镇为当时北方重要的对外商贸港口的历史。

其次，在不断加强队伍建设及人才培养的同时，借智借力，加强学术交流，坚持高起点命题和高水平运作，积极开展课题性田野考古和相关科研工作，以重要的考古遗存为突破点，探源青岛历史、彰显青岛悠久灿烂的古代文化积淀。

2007 年 5 月，在各级领导的关心与支持下，经过多方努力，"山东大学青岛考古基地"在青岛市级机关会议中心举行了隆重的挂牌仪式，考古基地的设立使青岛的田野考古与考古研究工作可以主动地深入开展，摆脱了过去不能主动性考古发掘、研究的被动局面。

2007年、2009年，山东大学考古系与市文物保护考古研究所先后两次合作，联合对即墨市金口镇北阡遗址进行了科学的考古发掘，取得了极为重要的成果。

2007年3~6月，对北阡遗址进行的考古发掘，共出土了1000余件陶器、石器、骨器、青铜器等文物。发现的大汶口文化早期墓葬全部为二次葬和迁出葬，这在胶东半岛乃至黄河和淮河下游地区可能属首次发现。距今7000年前代表人类文明的北辛文化陶器标本的出土，则将青岛人类文明史向前推进了一两千年。

2009年进行的长达3个月的考古发掘，不仅发现了大量大汶口时期的房址、墓葬等遗迹，还有公共活动广场、祭祀坑等遗迹现象的发现，这为研究大汶口文化早期葬制、葬俗等诸多问题无疑又提供了重要的资料，也为大汶口时期聚落形态及社会结构等学术研究提供了翔实的资料。这两次发掘中还发现了5座西周晚期到春秋早期墓葬，综合墓葬形制、规模和随葬品情况看，墓主当为贵族身份，加之环壕、大型窖穴等遗迹现象，都为商周时期山东半岛地区古方国研究提供了有力证据。

2007年、2008年、2010年，市考古所先后三次与山东大学东方考古研究中心及美国芝加哥博物馆合作进行了胶南西部的区域系统考古调查。调查新发现龙山文化至汉代遗址20余处，其中最为重要的成果是一处横跨泊里与琅琊两乡镇30多个村庄、面积约20平方公里的大型遗址，可能为秦汉时期的琅琊郡（国）治所在。尤其是在台西村东北发现了台面近100米×100米、高近20米的夯土台，推测其是秦汉时期的一个祭祀礼仪中心。

2008~2010年，市考古所连续三年与山东大学东方考古研究中心、日本九州大学、山东大学医学院等合作，对即墨北阡遗址出土的史前人骨进行了体质人类学和医学鉴定。通过体质人类学鉴定，确定出土人骨的性别及死亡年龄，并获得本地区大汶口文化早期人类口含石球、拔牙、枕骨变形等重要考古信息。同时针对出土人骨的医学鉴定则在死者的饮食结构和死因等方面取得了可喜的成果。

多方合作研究工作的顺利开展，对探索北阡大汶口早期先人的体质、营养及健康状况、死亡原因等都有着深刻的意义，对深入了解北阡遗址的文化状况有重要作用，为大汶口文化时期的人类学研究增加了丰富而宝贵的资料。同时，也为以后多学科合作开展青岛考古研究工作打下了良好的基础。

通过上述回顾，在过去的岁月，尤其是市考古研究所成立的五年之中，青岛市的文物考古工作者克服困难，开拓创新，使青岛考古工作不断壮大，不断取得新成果，其影响也迅速扩大。

一次次的考古发现成果，不仅为国家保护了珍贵的文化遗产，也推动了全市文物考古工作的进展，为研究青岛各时期的历史提供了大批第一手资料，补充了历史文献记载的不足。

在回顾和盘点过去考古发现及其成果的时候，我们也清楚地认识到，青岛地区的文物考古工作仍存有严重的问题与不足，人才缺乏仍是制约考古工作开展的重要因素。青岛考古虽然已经有了较好的起步，但依然任重而道远，我们将继续加强人才的引进培养与队伍建设，加强文物考古的主动性与系统性，加强考古课题的研究与学术问题的解决。

面对浩如烟海的青岛历史，我们仍有许多考古工作要做。但我们毕竟已经有了坚实的工作基础，在即将开始的"十二五"中，我们仍将以实践科学发展观为指导，以创新的思路开展工作，不畏艰辛，勇于探索，努力为青岛文物考古事业的不断发展作出积极的贡献，相信青岛地区的考古工作一定会不断取得新的更大的成绩！

目　　录

一、考古发掘报告

二、考古研究文集

彩版目录

一、考古发掘报告

黄岛唐家莹遗址发掘报告

青岛市文物保护考古研究所

　　唐家莹遗址位于青岛市黄岛区辛安街道办事处辛安村东约200米的台地上。其地理坐标为东经120°09′31.2″，北纬36°00′46″，海拔为3～4米。遗址南约200米为台头村，西南约300米处为台头遗址，北侧为辛安后河（图一）。

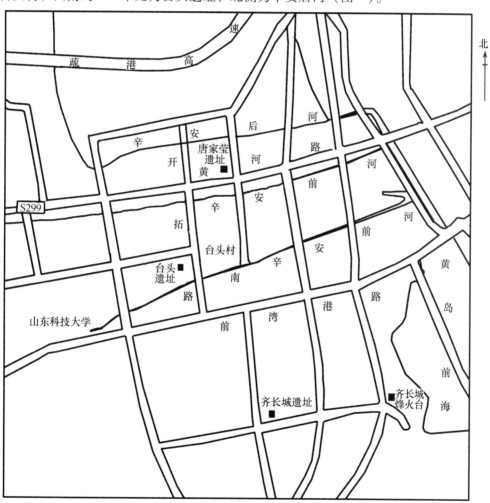

图一　唐家莹遗址位置示意图

2007 年 4 月，为配合兴华集团房地产开发项目，青岛市文物保护考古研究所、黄岛区文管所联合对该遗址进行了考古勘探和试掘工作。下面就发掘情况汇报如下：

一、地 层 堆 积

该遗址保存不是很好，本次以打探沟的方式进行了发掘。以发掘的 TG1 东壁为例，文化层堆积除现代耕土层外仅有一层，厚度 0.1 ~ 0.4、深度 0.35 ~ 0.45 米。文化层为浅灰褐淤土，土质紧密略硬，内含少许红烧土颗粒、草木灰炭粒等。其下为黄褐色黏土层，即生土（图二）。

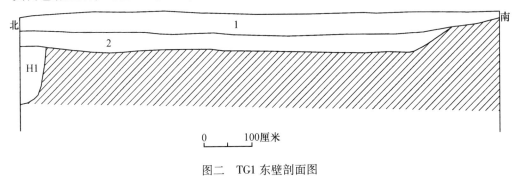

图二　TG1 东壁剖面图

二、文 化 遗 迹

在 TG1 内只发现一个遗迹（H1），开口于②层下，平面呈不规则形状，没有完全暴露，应为取土坑，此不赘述。

此外，本次发掘还清理了墓葬 1 座，编号 M1。

M1 位于遗址中部 TG1 北侧，南北向。墓向 10°。开口①层下，打破②层及生土。竖穴土坑，长 3.25、宽 1.4、深 1.6、开口距地表 0.4 米。填黄褐色五花土，土质紧密略硬，含较多的黑色硬土块。墓内棺椁各一，均为木质，已腐，椁外侧和椁底部填有大量青膏泥。椁长 2.8、宽 1.05 米。棺长 2、宽 0.8、板灰存高 0.5 米。墓主人骨骼不见，仅存牙齿数颗。随葬品 3 件置于北端棺椁之间，为 2 件陶罐和 1 件原始青瓷壶（图三）。

三、文 化 遗 物

该遗址出土遗物主要为陶器、石器等，数量较少。

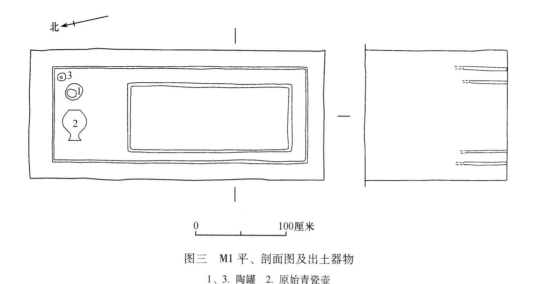

图三　M1 平、剖面图及出土器物
1、3. 陶罐　2. 原始青瓷壶

1. 陶器

罐　17 件。M1:1，泥质灰陶。喇叭口，圆唇，长颈，溜肩，鼓腹，平底，素面。口径 15、底径 18.4、高 29 厘米（图四，2；彩版一，3）。M1:3，泥质灰陶，口残，溜肩，斜折腹，平底，底较厚，素面。残高 7.2、底径 6.8 厘米（图四，1）。TG1②:12，夹砂黑陶。侈口，束颈，溜肩，肩部饰乳钉。残高 4.4、厚 0.2～0.6 厘米（图五，10）。TG1②:13，泥质灰胎黑皮陶，小口，方唇，唇部饰一道凹弦纹，

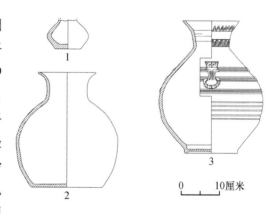

图四　M1 出土器物
1、2. 陶罐（M1:3、M1:1）　3. 原始青瓷壶（M1:2）

矮领，弧腹。残高 3.4、厚 0.5～0.8 厘米（图五，7）。TG1②:14，泥质黑陶，素面，敞口，斜直领，弧腹。残高 4.2、厚 0.2 厘米（图五，15）。TG1②:15，泥质褐胎黑皮陶，敛口，圆唇，弧腹。残高 5、厚 0.4～0.6 厘米（图五，14）。TG1②:16，夹砂黑陶，方唇，折沿，沿面微凹，高领，溜肩，领部饰三道凸弦纹，之间贴有盲鼻，肩部饰两道凹弦纹。残高 6、厚 0.2～0.3 厘米（图五，8）。TG1②:17，夹砂黑陶，方唇，卷沿，唇部饰一道凹弦纹。上腹斜，饰两道凹弦纹。残高 6.4、厚 0.4～0.5 厘米（图五，5）。TG1②:18，夹砂黑陶，圆唇，斜折沿，沿面略鼓。上腹斜，饰两道凹弦纹。残高 4.2、厚 0.4～0.5 厘米（图五，13）。TG1②:19，夹砂磨光黑陶，小口，

方唇，矮领，广肩。残高 3.6、厚 0.3 厘米（图五，12）。TG1②:20，夹砂磨光黑陶，方唇，侈口，唇部饰一道凹弦纹，领部圆弧，饰一道凹弦纹。残高 4.4、厚 0.4 ~ 0.5 厘米（图五，11）。TG1②:21，泥质磨光黑陶，圆唇，口微敛，残高 6、厚 0.4 ~ 0.6 厘米（图五，9）。TG1②:22，夹砂黑皮陶，圆唇，折沿，矮领，微弧腹。腹部饰六道凹弦纹。残高 7.6、厚 0.5 ~ 0.6 厘米（图五，2）。TG1②:23，泥质磨光黑陶，圆唇，侈口，沿部饰一周凹弦纹，束颈，肩部饰一周凸弦纹。残高 6，厚 0.4 ~ 0.6 厘米（图五，3）。TG1②:24，夹砂黑陶，方唇，直颈，溜肩。残高 5.4、厚 0.4 ~ 0.6 厘米（图五，1）。TG1②:25，夹砂黑陶，方唇，卷沿，唇部饰一周凹弦纹。上腹斜，饰两道凹弦纹。残高 6.4、厚 0.4 ~ 0.5 厘米（图五，6）。TG1②:26，夹砂黑陶，方唇，侈口，沿部饰盲鼻，溜肩，直腹，领部饰两道凸弦纹，下面一道之间贴有乳钉。残高 6、厚 0.4 ~ 0.6 厘米（图五，4）。

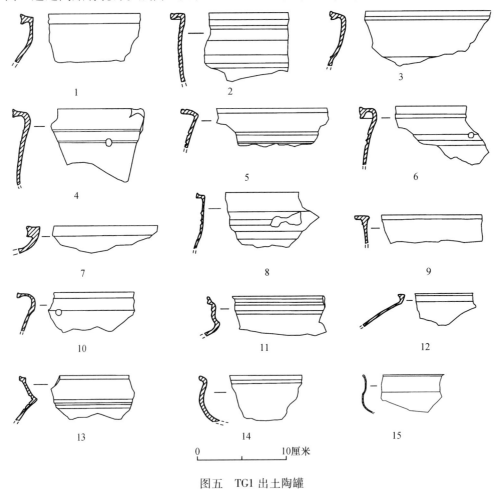

图五　TG1 出土陶罐

1. TG1②:24　2. TG1②:22　3. TG1②:23　4. TG1②:26　5. TG1②:17　6. TG1②:25　7. TG1②:13
8. TG1②:16　9. TG1②:21　10. TG1②:12　11. TG1②:20　12. TG1②:19　13. TG1②:18　14. TG1②:15
15. TG1②:14

鼎　13件。TG1②:27，夹砂灰陶，素面。圆唇，折沿，腹部饰两道凸弦纹。残高6.4、厚0.4~0.5厘米（图六，11）。TG1②:28，夹砂灰陶，素面。方唇，折沿，唇部饰一道凹弦纹，沿面微凹，弧腹。残高5.2、厚0.4~0.6厘米（图六，2）。TG1②:29，夹砂灰陶。方唇，折沿，沿面微凹，弧腹。残高5.2、厚0.2~0.3厘米（图六，1）。TG1②:30，夹砂灰陶。方唇，折沿，沿面微凹，斜弧腹。上腹饰两道凸弦纹。残高6、厚0.4~0.6厘米（图六，7）。TG1②:31，夹砂黑陶。方唇，卷沿，唇部饰一道凹弦纹，鼓腹，上腹饰三道凹弦纹，有泥饼附于上部两道弦纹之间。残高8、厚0.4~0.5厘米（图六，9）。TG1②:32，夹砂灰陶。圆唇，折沿，唇部

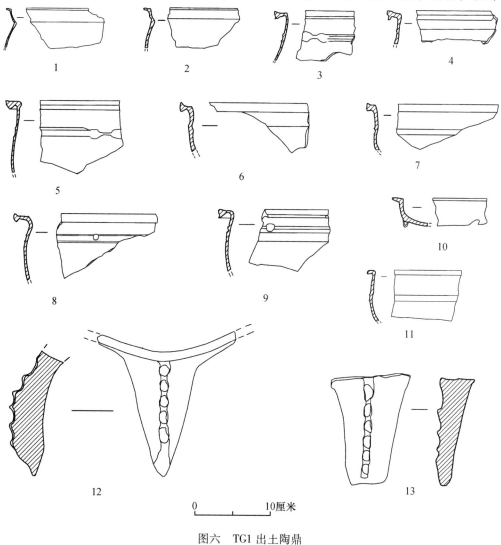

图六　TG1 出土陶鼎

1. TG1②:29　2. TG1②:28　3. TG1②:36　4. TG1②:35　5. TG1②:32　6. TG1②:33　7. TG1②:30
8. TG1②:34　9. TG1②:31　10. TG1②:39　11. TG1②:27　12. TG1②:37　13. TG1②:38

饰一道凸弦纹。上腹平直，下腹弧收，上腹两道凸弦纹间饰盲鼻。残高9.4、厚0.2~0.3厘米（图六，5）。TG1②:33，夹砂灰黑陶。方唇，折沿，沿面内凹，折腹。残高6.4、厚0.4~0.6厘米（图六，6）。TG1②:34，夹砂磨光黑陶。圆唇，折沿，沿面饰宽带凹弦纹，微鼓腹，上腹部有两道凸弦纹，中间贴附泥饼。残高8.4，厚0.2~0.4厘米（图六，8）。TG1②:35，夹砂灰陶。方唇，折沿，唇部饰一道凹弦纹，直腹，上腹部饰一道凸弦纹。残高4.2、厚0.3~0.6厘米（图六，4）。TG1②:36，夹砂黑陶。方唇，折沿，唇部饰一道凹弦纹，深腹，上腹附盲鼻。残高6.4、厚0.2~0.4厘米（图六，3）。TG1②:37，鼎足，夹砂黑陶。截面（剖面）略呈三角形，中部起脊，脊上排列按窝，背面略内弧。高14.2、宽4.2~10.3、厚1~4.6厘米（图六，12）。TG1②:38，鼎足，夹砂灰陶。略呈三角形，中部起脊，脊上排列按窝，背面弧收。高9.4、宽1.2~9.3、厚1.5~2.2厘米（图六，13）。TG1②:39，夹砂灰陶，盆形。尖唇，折沿，折腹，纽形足。残高5.6、厚0.4~0.8厘米（图六，10）。

　　器盖　2件。TG1②:40，夹砂黑陶。盖整体作覆碗状，盖顶内凹。残高7.4、厚0.8~1厘米（图七，1）。

　　壶　2件。TG1②:41，夹砂黑陶。方唇，高领，直颈。残高4.2、厚0.3~0.5厘米（图七，6）。TG1②:42，夹砂黑陶。圆唇，高领，直颈，溜肩。残高4、厚0.3~0.4厘米（图七，5）。

　　圈足盘　1件。TG1②:43，泥质磨光黑陶。圆唇，折沿，沿面平直，折腹。残高6.8、厚0.4厘米（图七，7）。

　　盒　1件。TG1②:44，泥质红胎灰皮陶。子母直口，微弧腹，之间一道凸棱纹。残高4.4、厚0.2~0.3厘米（图七，3）。

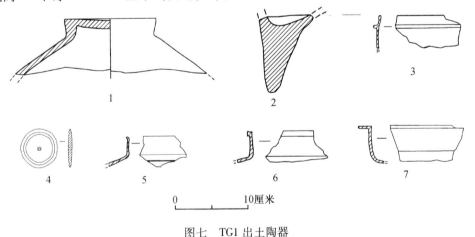

图七　TG1 出土陶器

1. 器盖（TG1②:40）　2. 鬶足（TG1②:45）　3. 盒（TG1②:44）　4. 纺轮（TG1②:11）

5、6. 壶（TG1②:42、TG1②:41）　7. 圈足盘（TG1②:43）

鬲足　1件。TG1②:45，夹砂红褐陶。锥状，略呈三角形，袋足较浅。残高5.1、宽0.6~3.7厘米（图七，2）。

纺轮　1件。TG1②:11，夹砂黑陶。圆饼形，中部有一圆形穿孔。两面周壁有一周弦纹。直径4.2、孔径0.5、厚0.6厘米（图七，4）。

2. 原始青瓷器

壶　1件。M1:2，红胎，颈下部1/3处及上腹部施青釉。方唇，盘口，束颈，溜肩，鼓腹，圈足底。口外部饰波浪形纹一周，颈较长，颈部饰凹弦纹两周，中间饰波浪形纹一周，肩部贴塑一对对称铺首状耳，腹部饰多道凹弦纹。口径15、底径14、高33.4厘米（图四，3；彩版一，1、2）。

3. 石器

铲　3件。采集:1，千叶岩。长条形，器身残，有叶片崩落痕迹。残高7.2、宽3.2、厚0.8厘米（图八，3）。采集:3，白色砂岩。片状，平面呈长方形。四周及刃部有打击使用疤痕，中部有磨过痕迹。长12.7、宽6.5、厚1.4厘米（图八，10）。TG1②:7，青色细砂岩，器残。平面方形，弧形刃，器身有打片痕迹。长7.6、最宽1.7厘米（图八，7）。

凿　3件。TG1②:1，青黑色花岗岩。长条形，弧刃，刃部略残，断面呈三角形。长9、宽3.3、最厚2.2厘米（图八，8）。TG1②:3，细砂岩，磨制。平面方形，通体磨制光滑，器身四周有石片击打剥落痕迹，弧刃。长11、宽5.6、最厚3厘米（图八，9）。TG1②:2，青黑色花岗岩。长条形，两端有击打使用痕迹。长5.7、宽3、厚1.5厘米（图八，1）。

刀　3件。TG1②:5，淡黄白色砂岩。平面呈三角形，弧刃，器身打磨光滑。长6.6、宽5.5、厚1.3厘米（图八，5）。TG1②:6，黄色砂岩，磨制。平面方形，尾部略残，首部半圆弧形，刃部。长7、最宽4、最厚1.4厘米（图八，6）。

锛　2件。TG1②:9，黄色千叶岩。长条形，四面有弧形打磨痕迹。长7.6、宽3.3、厚1.4厘米（图八，2；彩版一，4）。TG1②:4，乳白色（略黄）叶岩。长条形，器身有石片剥落痕迹，弧刃，刃部有使用痕迹。长10.8、宽4、最厚3.5厘米（图八，12）。

镰　1件。采集:2，青色花岗岩。弧背，弧刃，正锋，尖头，平尾，器身打磨光滑。长10.8、刃宽5厘米（图八，13）。

镞　1件。TG1②:8，滑石质。三角菱形，三角形铤。长8.4、最宽2.4厘米（图八，4；彩版一，5）。

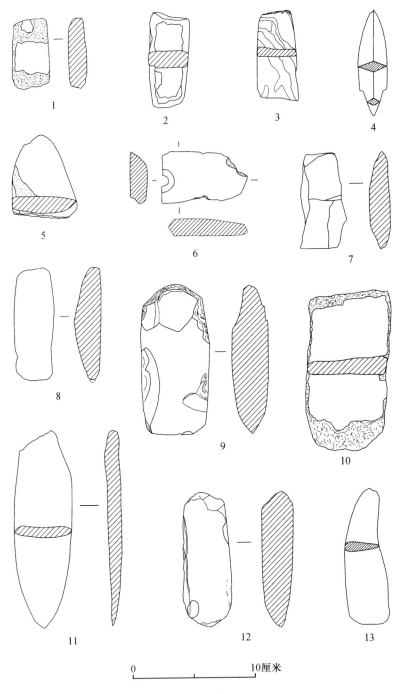

图八　TG1 出土及采集石器

1、8、9. 凿（TG1②：2、TG1②：1、TG1②：3）　　2、12. 锛（TG1②：9、TG1②：4）　　5、6. 刀（TG1②：5、

TG1②：6）　　3、7、10. 铲（采集：1、TG1②：7、采集：3）　　4. 镞（TG1②：8）　　11. 矛（TG1②：10）

13. 镰（采集：2）

矛 1件。TG1②：10，青色细砂岩。通体打磨，四周打磨出棱，尖头。长15.6、宽5.6、厚1.2厘米（图八，11；彩版一，6）。

四、结　语

唐家莹遗址总休保存较差，此次发掘所得资料不够丰富。其中，M1是这次发掘一大收获，其形制和随葬品均与山东东部沿海同一时期墓葬相近。参照日照海曲M106[1]的形制和徐州托龙山西汉墓[2]，尤其是M1出土的原始青瓷壶与徐州托龙山M4：26的器形、纹饰均相似，据此推断M1的年代应是西汉中晚期。

由于破坏严重，遗址内发掘区域文化层仅有一层，该层土质紧密较硬，系洼地淤积而成。所发现龙山时期遗物主要是石器、陶器两大类。石器有铲、凿、锛、矛、镞、刀、镰等。陶器大多为口沿部分，可辨器型有罐、鼎、鬶、盒、壶、圈足盘等。器表以素面居多，磨光较少，纹饰以凹、凸弦纹居多。参照与其相距约50公里的胶县三里河遗址[3]中的龙山文化时期器物，唐家莹遗址②层所出土器物应为龙山文化中晚期遗物。

发掘领队：林玉海

参加人员：李居发　杜义新

文物修复：杜义新

绘　　图：尹锋超　杜义新　郑禄红

摄　　影：林玉海

执　　笔：杜义新　郑禄红

注　释

［1］　山东省文物考古研究所：《山东日照海曲西汉墓（M106）发掘简报》，《文物》2010年第1期。

［2］　徐州博物馆：《徐州托龙山五座西汉墓的发掘》，《考古学报》2010年第1期。

［3］　中国社会科学院：《胶县三里河》，文物出版社，1983年。

黄岛台头遗址发掘报告

青岛市文物保护考古研究所

一、概　　况

台头遗址位于青岛市黄岛区辛安街道办事处台头村，地处胶州湾西岸、小珠山北麓、类似簸箕形的盆地内。遗址中南部为澳柯玛集团生产加工区，北面为辛安前河，南面为南辛安前河，均自西向东流入胶州湾前湾，东北约 500 米处为唐家莹遗址。其地理坐标为东经120°09′21.2″，北纬36°00′36″，海拔5～6米，经勘探，现存面积约 3 万平方米。由于当地村民长期取土，遗址破坏较严重，仅局部保存有较浅的文化层和灰坑、水井、瓮棺墓、窑址等遗迹（图一）。

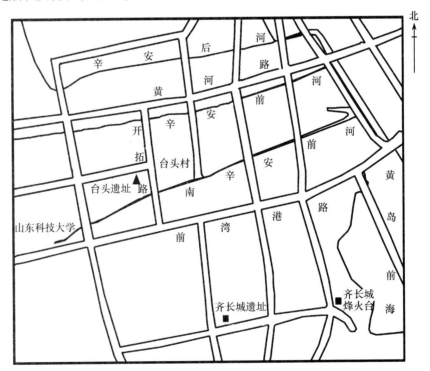

图一　台头遗址位置示意图

2006 年 11 月，为配合澳柯玛公寓新龙房产二期开发建设项目，青岛市文物保护考古研究所联合黄岛区文物管理所，对工程占压该遗址部分进行了考古勘探和发掘工作。发掘区共布 10 米×10 米探方四个，另对遭到破坏已暴露的遗迹进行了发掘清理，实际发掘面积约为 500 平方米。现就发掘情况报告如下。

二、地 层 堆 积

据以往调查资料初步判断，该遗址为龙山至汉代时期遗址。其中心区域以龙山文化遗存为主，外围则主要为汉代文化遗存。澳柯玛公寓房产建设二期工程所占压部分位于遗址北侧，即遗址边缘部位的汉代文化遗存。

根据发掘情况看，该遗址文化层堆积可分为 3 层。下面就以 T0320 东壁剖面图为例对其地层堆积情况加以介绍，由此可反映出该遗址边缘部位晚期文化堆积的基本情况（图二）。

第 1 层：黄褐土，土质疏松，内含少量陶片、瓷片、塑料等，该层分布于整个发掘区（现代耕作层）。厚 0.15～0.25 米。

第 2 层：浅黄褐土，土质疏松，内含少量陶片、瓷片等，该层分布于整个发掘区。厚 0.05～0.2 米。

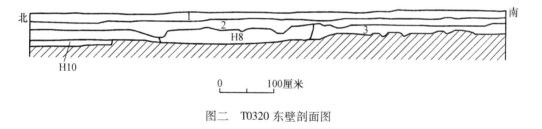

图二　T0320 东壁剖面图

第 3 层：浅灰褐色土，土质紧密略硬，内含少许红烧土颗粒、草木灰、炭粒、陶片、瓦片等，该层分布于整个发掘区。厚 0.25～0.45 米。

其下为黄褐色黏土层，即生土。

三、文 化 遗 迹

此次发掘发现并清理了灰坑 17 个、水井 4 眼、窑址 3 座、墓葬 6 座（含 2005 年清理的 2 座）、灰沟 3 条、灶址 1 座、石砌池子 1 处。

1. 灰坑

据平面形状分，灰坑有圆形、椭圆形、长方形和不规则形四种，以圆形居多，坑壁一般为斜壁内收，底部多数相对较平，个别为圜底。坑口直径不一，大者 5 米，小的 1～2 米。灰坑内填土多为浅灰褐土，夹有少量红烧土颗粒及炭屑等，出土遗物多为瓦片、砖块等。

H3，位于发掘区东中部。开口于②层下打破③层及生土。坑口圆形，斜直壁，底不平。口径 1.6、深 0.15～0.25 米。坑内堆积为浅灰褐土，土质略松，含少量红烧土颗粒及炭屑。坑东北部放置 1 件完整的泥质灰陶壶，另有少量陶片出土（图三）。

H6，位于发掘区东南。开口于②层下打破③层及生土。坑口圆形，斜直壁，平底。口径 3.8、深 2.6 米。坑内堆积为浅灰褐土，土质略松，含少红烧土颗粒及炭屑。出土大量陶（瓦）片、少量碎砖及硬瓷片。陶片中可辨器型有筒瓦、板瓦、壶、罐、盆等（图四）。

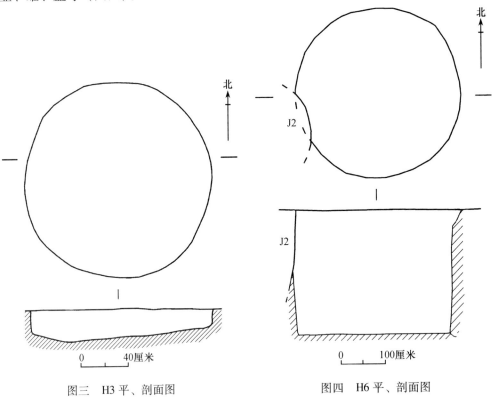

图三　H3 平、剖面图　　　　　图四　H6 平、剖面图

2. 灰沟

灰沟填土为黄褐或灰褐砂土，G1 和 G3 出土遗物较少，有少量的陶片。G2 开口处非常规整，平底底部又有一条小沟，初步推测可能为人工水沟。横剖面为

斜壁平底，底部呈"凹"字形。沟内出土了1件石斧和大量陶片、板瓦、筒瓦片等。

3. 水井

水井共4眼，其中3眼平面为圆形，1眼平面呈椭圆形。一般井壁较直向下逐渐内收，较深。水井内均出土少量陶片，可辨器形有板瓦、陶盆等。

J1，位于发掘区东南，M2以南。平面圆形，口径1.4米。开口于③层下，打破生土。圆形，直壁内收，底部情况不详（清理至5米，又探至2米多尚未到底，因积水太深易塌方，故未清理完毕）。井内堆积为浅灰褐淤土，土质略松，含少红烧土颗粒及炭屑。出土陶（瓦）片少许。可辨器型有筒瓦、板瓦、壶、罐、盆等（图五）。

4. 窑址

台头遗址所发现的窑址皆在生土上挖制。结构基本相同，一般由工作间、火门、火膛、窑室和烟道构成。

图五　J1平、剖面图

Y1，位于T1421西北部。开口于③层下，打破生土。方向180°。窑体建在生土中，仅剩窑床、火膛、工作间三部分。窑床呈椭圆形，仅残存底部，长径1.2、短径1米，烤红厚度0.1~0.15米；火膛为长方形圆角状，长1.3、宽1.8、深0.6厘米，烤红壁厚0.1米；工作间为近长方形圆角状，长3.4、宽3、深0.4米。工作间内填土为灰褐土，内含较多的草木灰、红烧土块（粒）等（图六）。

Y2，位于发掘区中南偏东。开口于③层下，打破生土。方向90°。由窑床、烟道、火膛、工作间四部分组成，最大长度10米。窑床平面呈长方形圆角状，与烟道相连呈"m"状。长2.2、宽1.65、残高0.05~0.19米。中心凹陷，烧结面厚0.02~0.05米，烤红厚度0.1~0.15厘米。烟道仅剩与窑床交接的底部平面，长径0.35~0.45、短径0.35~0.41米，烧结面为青灰色。火膛平面呈梯形，长端1.86、短端1.15、进深1.2、残高0.5米。火门两侧用土坯垒砌而成，烧烤后呈红色，

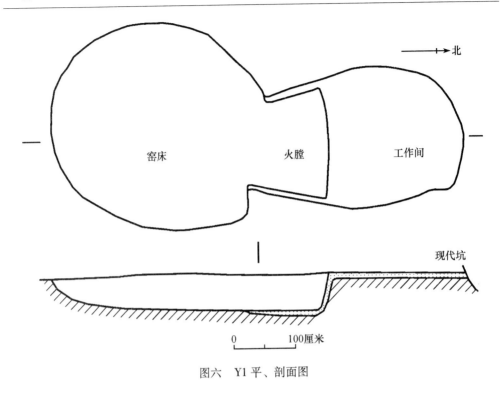

图六　Y1 平、剖面图

局部青灰色，火膛及火门底部为青灰色烧结面，厚 0.02～0.05、烤红厚度 0.1～
0.15 米，火门宽 0.33、高 0.28 米。工作间东部呈近梯形圆角状，西部不规则，似
与取土坑连接之势。窑内填土呈浅灰褐砂土，土质紧密略硬，工作间内含大量瓦片、
草木灰、木炭、烧土等，火膛底部有较多草木灰及木炭颗粒，出土陶片中可辨器型
有板瓦、筒瓦、盆、豆、罐等（图七）。

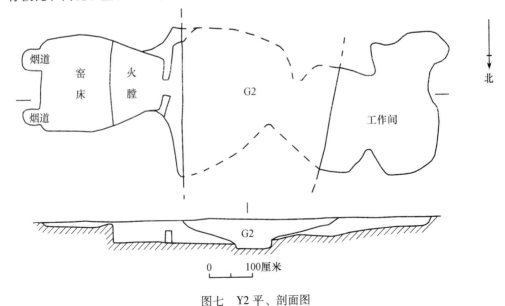

图七　Y2 平、剖面图

Y3，位于发掘区中南部。开口于③层下，打破生土。方向90°。由窑床（室）、火膛、烟道、工作间四部分组成。整个窑体包括工作间均建于生土中，窑床上部窑顶部分已遭破坏不存。窑床呈长方形，与火膛、烟道相连，底部较平，因长期焙烧而呈青灰色烧结层，局部暗红色，质地坚硬。靠近火膛部分已坍塌，长1.75、宽1.55、残高0.44米。火膛上部也已坍塌，底部平面形状像梯形，长端长1.15、短端长0.77、宽0.91、存高0.78米，底部存0.01米厚的草木灰。其下还有一薄层烧结面，根据其与窑床交接处上拱角度推测应为"馒头"状顶。Y3排烟分烟道和烟囱两部分。烟道呈半圆形拱状，最大径0.39、高0.19、进深0.19米，连接烟囱下部。烟囱呈圆形直壁外张，接烟道及窑床面残存最大直径0.3、存高0.41米。工作间近圆形，最大径3.95、东西径2.7～3.4、深0.15～0.7米。工作间分上下两部分，周围矮于地表0.15～0.2米近火膛部位呈长方形直壁平底，东部设一台阶，长0.85、宽0.35、上阶高0.3、下阶高0.15米，两侧各置一块石头。

窑内填土为浅灰褐砂土，质紧稍硬，内含较多的红烧土块（粒）、草木灰及木炭颗粒等。工作间底部有一小层厚约0.05米的淤沙和草木灰混合层，填土中有少量陶片、瓦片等，可辨器型有板瓦、筒瓦、盆、罐等。工作间外围（北侧）放置3件陶壶及一块石板（长0.45、宽0.34、厚0.09米）。石板较平整、规矩。其西侧置2件陶壶（均残）工作间西北上部置1件较完整陶壶。窑室内出土6件钵型陶垫圈、1件罐型垫圈、2件残陶瓮及较多的陶瓦片（图八）。

5. 墓葬

此次发掘共发现4座墓葬，其中3座瓮棺葬，1座瓦棺葬。另有2005年抢救性清理的砖室墓2座，破坏均较为严重。

M1，位于Y3西北约12米处，M3西北2米处，为长方形土坑竖穴陶棺葬。墓向171°。长1.07、宽0.44、残深0.2米，上部已被破坏约0.7米深。棺四周用板瓦作为挡板对接而成。其具体做法为，底部铺板瓦两块，四周各竖两层，上部再盖两层（图九；彩版二，1）。板瓦为泥质灰陶，正面饰瓦棱纹。长54、宽37、厚1.2厘米。

M2，位于发掘区东南，H2北2.5米处，为土坑竖穴瓮棺葬。墓向90°。长0.6、宽0.45、残深0.2米。棺由1件陶盆与1件陶瓮口部对接组成，两器均残（图一○）。

M3，位于Y3西北约12米处，M1东南约2米处，为近方形土坑竖穴瓮棺葬。墓向0°。长0.5、宽0.47、残深0.15米。葬具由陶盆和陶罐相对扣合而成（图一一）。

M4，位于T1321西南约36米处，为长方形土坑竖穴瓮棺葬。墓向88°。长1.5、宽0.5、深0.45米。棺是用陶罐和陶釜（瓮）相扣而成的（图一二）。

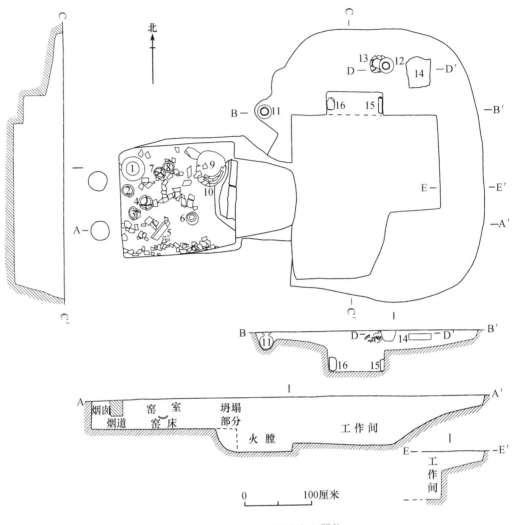

图八　Y3 平、剖面图及出土器物

1. 陶匣钵　2~8. 垫圈　9、10. 陶瓮　11~13. 陶壶　14~16. 石块

2005 年发掘的 M1 位于 2006 年发掘区的东北部，开口于②层下，打破③层及生土。该墓早年已遭严重破坏，为砖室墓，分前后室，穹隆顶。墓圹总长 5.6、最宽 2.36 米。前后室之间碹门宽 0.8、残高 0.7 米。前室发现 2 件陶碗，后室发现陶案 1 件、铜钱百余枚及陶耳杯碎片等。

6. 灶址

Z1，位于 M1 西北约 15 米处。开口于③层下。平面形状近椭圆形，火膛长径 1.2、短径 0.8、残深 0.05 米。灶底平整，烧结面厚约 0.05 米。灶壁烧结层厚 0.05~0.08 米。填灰褐色土，含较多草木灰及红烧土，出土瓦片少量（图一三）。

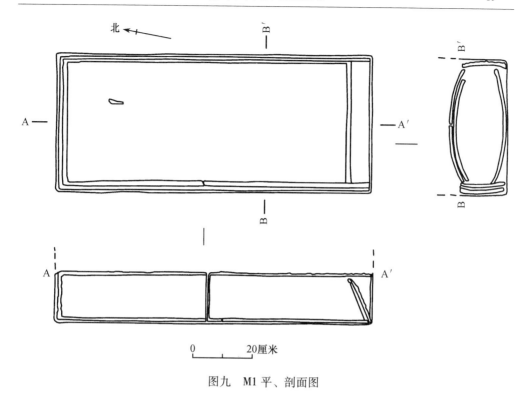

图九　M1 平、剖面图

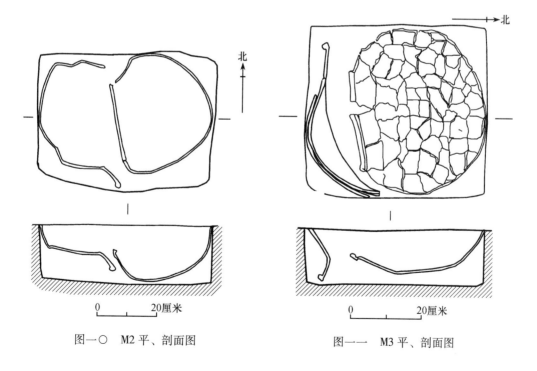

图一〇　M2 平、剖面图　　　　　　　　　　图一一　M3 平、剖面图

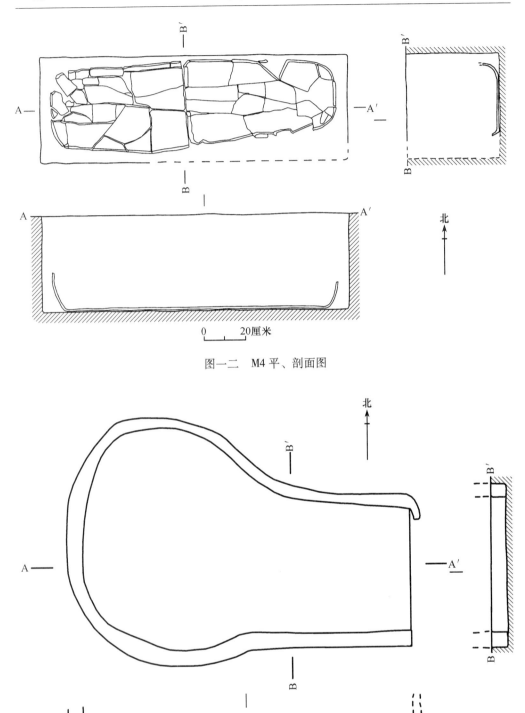

北

0   20厘米

图一二　M4 平、剖面图

北

0   20厘米

图一三　Z1 平、剖面图

　　池1，位于T0320内，平面形状不规则。开口于③层下，打破生土。开口距地表深0.5米，被H17打破斜壁内收，近平底，东部（壁）呈缓坡（坡度约为20°），出入口连接于坑底。南北长3.3～6.5、东西长2.6～6.3、深0.8米，池周围均用大小不等的石块垒砌，均有不同程度的坍塌滑落。石块大者长1、宽0.5、厚0.5米，小者长0.3、宽0.2、厚0.2米。池内填土为灰褐色，质地略松，含少量烧土颗粒及木炭屑，出土大量陶、瓦片。可辨器型有板瓦、筒瓦、盆、豆、罐、壶、瓮等，另有少量砖块及铁器残块出土。其用途不明，推测应与烧窑有关（图一四）。

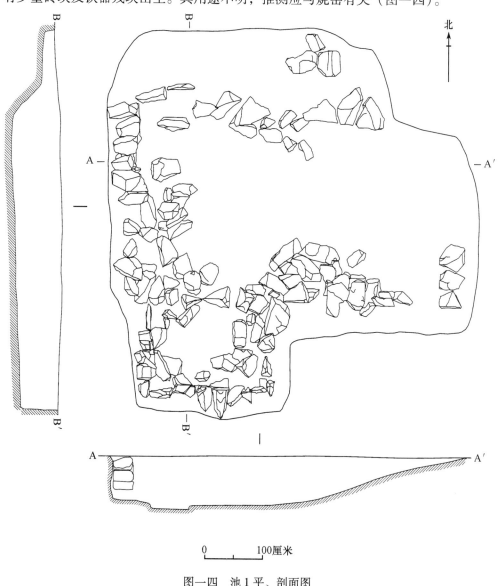

0 _____ 100厘米

图一四　池1平、剖面图

四、文 化 遗 物

此次发掘所出土遗物除几片瓷片和一石磨残块外均为陶器，陶器中有罐、壶、碗、瓷、缸、盆、钵、垫圈等。陶器中多为泥质陶，有少量夹砂陶。陶色以灰褐陶为主，其次为红褐陶、褐陶，纹饰有绳纹、瓦棱纹等。

1. 陶器

壶　7件。Y3∶11，夹砂灰黑陶，盘口，方唇，束颈，颈较短，溜肩，鼓腹，小平底。下腹斜收近底较深甚，腹中部以下及底饰不规则横向绳纹。口径14.8、底径6.8、高27.4、厚1～1.2厘米（图一五，1；彩版二，2）。Y3∶12，夹砂灰陶略黑，盘口，方唇，盘口较浅，束颈，溜肩，鼓腹，小平底。下腹斜收较深，腹底饰绳纹。口径14.6、底径6、高27.6、厚0.8～1.2厘米（图一五，7；彩版二，3）。Y3∶13，夹砂灰黑陶，盘口，方唇，折沿，盘口较深，束颈，溜肩，鼓腹，小平底。下腹斜收较深，腹中部饰清晰绳纹一周，腹下部及底饰不规则横绳纹。口径16、底径6、高29.4、厚0.8～1厘米（图一五，2；彩版三，1）。H3∶1，夹砂灰陶，颜色较深。盘口，方唇，折沿，束颈，溜肩，鼓腹，小平底。下腹斜收较甚，中腹部以下饰横绳纹。口径13.6、底径7.2、高25.6、厚0.8～1厘米（图一五，3；彩版三，2）。

瓷　11件。Y3∶9，夹砂灰陶，夹大量滑石粒。敛口，方圆唇，折肩。肩部凸起一周，上有按窝纹（图一五，5；彩版三，3）。Y3∶10，夹砂灰陶，夹大量的滑石颗粒。敛口，方圆唇，折肩，肩部突起一周上有按窝纹。口径34.4、残高18、腹最大径49.6、厚0.4～0.6厘米（图一五，4）。M2∶1，夹砂灰黑陶，夹少量滑石粉。敛口，方唇，圆折肩，圜底。肩下饰附加堆纹一周，上有按窝纹，其他素面。口径22.5、高33、厚0.4～0.6厘米（图一五，6；彩版三，4）。

盆形器　1件。J3∶22，窑具，泥质灰陶（夹零星细砂），直口，圆唇，底残。上部饰瓦棱纹（带绳纹），下部饰一周附加堆纹（带有浅按窝纹）。其下残留一直径2厘米的圆孔（应有对称的）。口径60.5、残高50、口部厚度3.6厘米（图一六，1；彩版三，5）。

匣钵　1件。Y3∶1，夹砂黑陶，侈口，肩部饰瓦棱纹，下腹部饰细绳纹，下口处有一圈凹弦纹。口径20、底径30、最大腹径35.6、厚1.2厘米（图一六，5；彩版三，6）。

瓷棺　2件。M4∶1，夹砂灰陶，敛口，方唇，直腹，圜底。上腹部饰瓦棱纹，下腹部饰绳纹。口径33.5、残高50、厚0.5～1厘米（图一六，6；彩版四，1）。M4∶2，夹砂灰陶，口微残，直腹，圜底。上腹部饰瓦棱纹，下腹饰粗绳纹。口径31.5、残高67.5、厚0.5～1.5厘米（图一六，3；彩版四，2）。

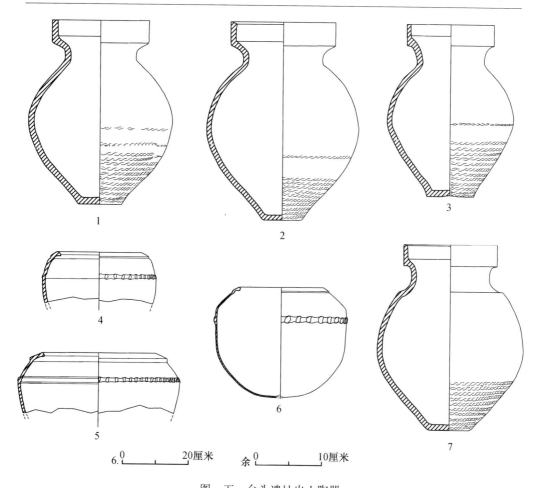

图一五 台头遗址出土陶器

1～3、7. 壶（Y3:11、Y3:13、H3:1、Y3:12）   4～6. 瓮（Y3:10、Y3:9、M2:1）

垫圈 8件。

Ⅰ式，7件。Y3:2，夹砂灰陶，颜色不均，局部黄褐色，素面。口径18.4、底径12.4、高8、厚0.8～2厘米（图一六，8；彩版四，3、4）。

Ⅱ式，1件。Y3:5，泥质灰陶，圆唇，卷沿，唇上饰两周凹弦纹，极细浅，内有轮制时留下的明显的弦纹痕迹。素面。口径45.8、底径34.2、高8.2、厚1.2～1.8厘米（图一六，9；彩版五，1、2）。

钵 2件。Y3工作间①:1，泥质灰陶，直口，方唇，折腹，平底，素面。口径20.4、底径7.2、高9、厚0.4～0.8厘米（图一六，4）。H1:1，方唇，直口，折腹，下腹斜收较甚，小平底，素面。口径18.2、底径6.4、高6、厚1～1.2厘米（图一六，2；彩版五，3）。

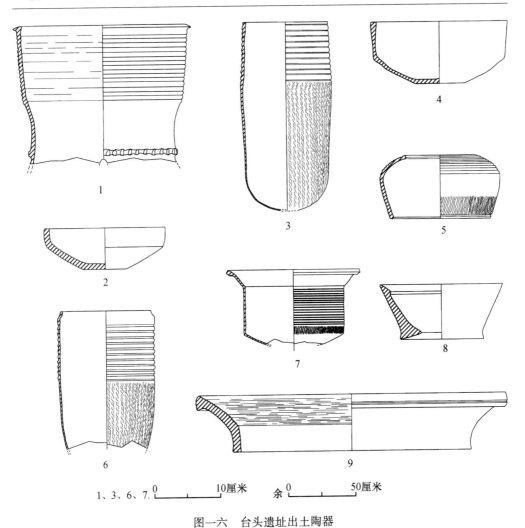

图一六　台头遗址出土陶器

1. 盆形器（J3∶22）　2. Ⅱ式钵（H1∶1）　3、6. 瓮棺（M4∶2、M4∶1）　4. Ⅰ式钵（Y3 工作间①∶1）

5. 匣钵（Y3∶1）　7. 深腹盆（M2∶2）　8. Ⅰ式垫圈（Y3∶2）　9. Ⅱ式垫圈（Y3∶5）

　　罐　15 件。Y2 工作间∶4，夹砂灰陶，微敛口，圆唇，卷沿，短束颈，广肩。残高 3.2、厚 0.6~0.8 厘米（图一七，13）。J3∶4，存口沿部分，夹砂灰陶。直口，圆唇，矮径，溜肩，素面。残高 7.4、厚 1.6~2 厘米（图一七，8）。J3∶6，存口沿部分，夹砂灰陶。侈口，厚方唇，翻卷沿，矮颈，溜肩，素面。残高 5.4、厚 0.6~1 厘米（图一七，7）。J3∶10，残存口沿部分，泥质灰陶。敛口，方唇，翻折沿，溜肩。唇部饰凹弦纹。残高 5.2、厚 1~1.2 厘米（图一七，9）。J3∶7，存口沿部分，泥质褐陶，敞口，方尖唇，翻卷沿，溜肩，素面。残高 5.4、厚 1.8~2 厘米（图一七，12）。G2∶1，夹砂白陶，直口，厚方唇。残高 5、厚 1~1.2 厘米。Y3 工作间①∶4，夹云母红胎黑皮陶，敛口，圆唇，溜肩。肩部一周按窝纹。残高 6、厚 1~1.2 厘米。H6∶1，残存口沿部分，泥质灰陶，侈口，方圆唇，卷沿。残高 4.8、

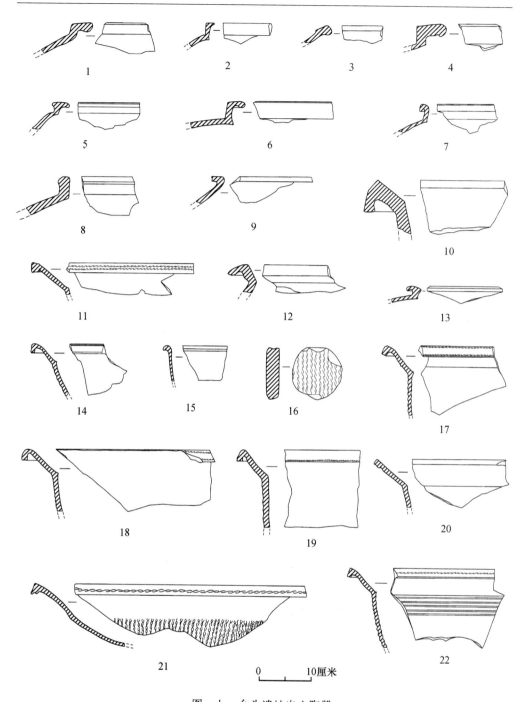

图一七　台头遗址出土陶器

1~6. 瓮（J3:8、池1:13、J3:20、J3:19、J3:3、Y2 工作间:5）　7~10、12、13. 罐（J3:6、J3:4、J3:10、
J3:7、Y2 工作间:4）　10、11、14、15、17~22. 盆（池1:10、M3:2、池1:3、池1:7、池1:2、池1:4、
池1:9、池1:11、H6:12、池1:5）　16. 拍（Y3 工作间①:2）

厚0.6~0.8厘米。池1:6，存口沿部分，夹云母灰陶，直口，方唇，广肩。残高3.4、厚0.8~1.2厘米。池1:13，存口沿部分，夹砂灰胎黄褐皮陶，敛口，尖圆唇，溜肩。残高4.6、厚0.8~1.2厘米。J1:2，泥质红胎黑皮陶，敛口，方唇，溜肩。唇部饰两道凹弦纹。残高8.2、厚1~1.2厘米。J2:2，残存口沿部分，白陶质，厚方唇，直颈。颈部饰一道凸弦纹。残高5.9、厚0.8~1厘米。J3:1，存底部，泥质灰陶，下腹斜收较甚，小平底，素面。底径12、残高5.8、厚1~1.2厘米。J3:2，肩部以上残缺，夹砂灰陶。小平底，下腹斜收较甚。底径6.2、残高15.4、厚0.6~1厘米。J3:3，存口沿部分，泥质灰陶，敛口，圆唇，短颈，溜肩，素面。残高5.2、厚0.8~1.2厘米。J3:11，残存口沿部分，夹砂灰陶，侈口，圆唇，矮领，束颈，溜肩。残高5.6、厚1.2~2.4厘米。

拍　1件。Y3工作间①:2，泥质灰陶，略呈圆饼形，单面饰绳纹，一面素面。直径4.8、厚2.6厘米（图一七，16）。

瓮　7件。J3:8，存口沿部分，泥质灰褐陶，敛口，圆唇，溜肩，素面。残高5.8、厚1~1.4厘米（图一七，1）。池1:13，存口沿部分，夹砂灰胎黄褐皮陶，敛口，尖圆唇，溜肩。残高4.6、厚0.8~1.2厘米（图一七，2）。J3:20，存口沿部分，夹云母红陶，敛口，圆唇，溜肩。残高3、厚0.8~1.1厘米（图一七，3）。J3:19，残存口沿部分，泥质灰陶，敛口，圆唇，溜肩。残高5、厚1~1.2厘米（图一七，4）。J3:3，存口沿部分，泥质灰陶，敛口，圆唇，短颈，溜肩，素面。残高5.2、厚0.8~1.2厘米（图一七，5）。Y2工作间:5，泥质灰胎黄褐皮陶，敛口，圆唇，广肩。残高5.2、厚1.2~1.4厘米（图一七，6）。

盆　22件。池1:10，存口沿部分，泥质灰陶，敞口，厚方唇，翻折沿，腹饰瓦棱纹。残高10、厚2.4~2.6厘米（图一七，10）。M3:2，夹砂红褐陶，方唇，折沿，唇部饰两道弦纹。残高6、厚0.8~1厘米（图一七，11）。池1:3，泥质灰陶，侈口，厚方唇，折沿，腹斜收。腹部饰瓦棱纹，内壁光滑。残高10、厚0.6~1厘米（图一七，14）。池1:7，泥质灰陶，侈口，方唇，斜收腹。残高6.8、厚0.5~0.6厘米（图一七，15）。池1:2，泥质灰陶，侈口，厚方唇，折沿，直腹。腹内外均饰瓦棱纹。残高13、厚0.8~1厘米（图一七，17）。池1:4，泥质灰陶，敞口，厚方唇，翻卷沿，腹斜收。腹部饰瓦棱纹。残高10、厚0.8~1厘米（图一七，18）。池1:5，黄皮灰胎陶，敞口，厚方唇，翻卷沿，腹斜收。腹内外饰瓦棱纹。残高15、厚0.6~1厘米（图一七，22）。池1:9，泥质灰陶，敞口，厚方唇，卷折沿，直腹。唇部饰一道绳纹，腹部饰瓦棱纹。残高14.6、厚1~1.4厘米（图一七，19）。池1:11，存口沿部分，夹砂灰陶，敞口，方唇，斜折沿。沿下有4~5道不规则凹弦纹。残高9、厚0.8~1厘米（图一七，20）。H6:12，夹砂灰陶，侈口，方唇，宽折沿，斜收腹较甚。口沿饰一周细绳纹，腹部饰绳纹。残高12、厚0.6~1

厘米（图一七，21）。T1421②:1，泥质灰陶，敞口，厚方唇，宽折沿，斜收腹。残高7.6，厚0.8~1厘米。J3:12，残存口沿部分，泥质灰陶，敞口，厚方唇，宽折沿。残高3.6、厚0.8~1厘米。J3:13，泥质灰陶，敞口，厚方唇，宽卷折沿，腹斜收。唇部饰一道凹弦纹，腹部内外饰瓦棱纹。残高8.6、厚1~1.4厘米。J3:14，存腹部以下，夹砂灰陶，斜收腹，小平底。腹部饰瓦棱纹。残高6、厚1~1.4厘米。J3:5，存口沿部分，泥质灰褐陶，敞口，厚方唇，翻卷沿。唇部饰一道绳纹，器身素面。残高4.4、厚0.8~1.2厘米。J2:1，泥质灰陶，侈口，厚方唇，腹斜收。残高8.4、厚0.8~1厘米。J1:1，残存口沿部分，泥质灰陶，敞口，方唇，折沿。残高6、厚0.6~1厘米。池1:12，残存口沿部分，泥质灰陶，敞口，厚方唇，卷折沿。残高6.6、厚2~2.4厘米。池1:2，泥质灰陶，侈口，厚方唇，折沿，直腹。腹内外均饰瓦棱纹。残高13、厚0.8~1厘米。H13:1，残存口沿部分，泥质灰陶，敞口，厚方唇，翻折沿。残高5.6、厚1.6~2厘米。H13:2，泥质灰胎红皮陶，敞口，圆唇，宽卷折沿，斜收腹。腹部饰瓦棱纹。残高9、厚1.2~1.6厘米。H6:9，残存口沿部分，泥质灰陶，敞口，方唇，宽折沿，素面。残高2.4、厚1.6~2厘米。H6:7，残存口沿部分，泥质灰陶，敞口，方唇，宽折沿。唇部饰细绳纹一周。残高7.5、厚0.7~0.9厘米。H6:2，残存口沿部分，泥质灰陶，敞口，方唇，卷沿，素面。残高3.8、厚0.8~1厘米。H6:3，残存口沿部分，泥质灰陶，方唇，翻卷沿。唇面有一道凹弦纹，沿面有两道细凹弦纹。残高6.6、厚0.6~0.8厘米。Y3工作间①:3，泥质灰陶，敞口，厚方唇，宽卷折沿，斜收腹。唇及沿上饰多道细绳纹。残高6.4、厚0.6~1厘米。Y2工作间:6，泥质灰陶，方唇，折沿，斜收腹。唇部饰两条弦纹，腹部饰瓦棱纹。残高11.2、厚0.6~0.8厘米。G2:7，泥质灰陶黄褐皮陶，敞口，厚方唇，宽卷折沿。残高6.4、宽0.8~1厘米。G2:3，泥质灰陶，敞口，方唇，卷折沿，斜收腹。沿上饰两条横向绳纹。残高6.6、厚1~1.2厘米。G2:4，残存口沿部分，泥质灰陶，敞口，厚方唇，卷折沿。沿上饰两道弦纹。残高7.2、厚2.4~2.8厘米。G2:5，残存口沿部分，泥质灰陶，敞口，厚方唇，卷折沿。残高6.2、厚2.2~2.6厘米。M2:2，泥质灰陶，侈口，方唇，宽折沿，折腹，圜底。腹部饰凹弦纹和细绳纹，底部饰细绳纹。口径48.6、残高27.2、厚0.6~0.8厘米。

豆 3件。H6:5，残存口沿部分，夹砂灰陶，侈口，尖唇。残高3厘米。H5:1，仅存豆盘，泥质灰陶，侈口，尖圆唇，折腹。盘口较深。残高4、厚0.5~0.7厘米。H5:2，仅存豆盘，泥质灰陶，侈口，尖唇，折腹。盘口较浅。残高2.4、厚1~1.2厘米。

碗 2件。05M1:3，夹砂灰陶，侈口，圆唇，弧腹，圈足。内底不平，中间略凸起，有一周凸弦纹。口径20.8、底径12.6、高12、厚0.6~1厘米（图一八，2；

彩版五，5）。05M1：1，夹砂灰陶，侈口，圆唇，弧腹，圈足。腹部三道凹弦纹，内底不平，中间略凸起，有一周凸弦纹。口径21.4、底径12.8、高13.4、厚0.6～1厘米（图一八，3；彩版五，4）。

案 1件。05M1：2，夹砂灰陶，敞口，内侧微凹，圆唇，近平底（中间稍凸）。口径42.2、底径40.2、高3.4厘米（图一八，1）。

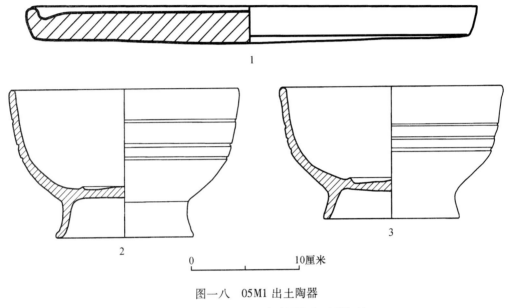

图一八 05M1 出土陶器
1. 案（05M1：2） 2、3. 碗（05M1：3、05M1：1）

瓦 5件。分板瓦、筒瓦两种。

板瓦，2件。Y2 工作间：2，夹砂灰陶，通体素面。残高14、厚0.8厘米。H6：10，夹砂灰陶，瓦身饰绳纹及其瓦棱纹。残高19.2、厚1～1.4厘米。

筒瓦，3件。Y2 工作间：1，夹砂红褐陶，瓦舌素面，瓦体饰瓦棱纹。残高9、厚0.5厘米。G2：2，夹砂红褐陶，瓦沿饰细绳纹，瓦身饰瓦棱纹。残高8.8、厚0.4～1厘米。H6：8，夹砂灰陶，瓦沿饰细绳纹，瓦身饰瓦棱纹。残高10.6、厚0.8～1厘米。

2. 石器

斧 1件。G2：1，花岗岩，琢制。顶部较窄，刃部较宽，刃部磨光，有使用疤痕。长14、宽4～6.3、最厚3.4厘米（图一九，2；彩版五，6）。

磨 1件。采集：1，花岗岩，淡红色，轻錾琢制。圆形，残。半径17.2、最厚处8、外沿宽9.2、内径15.8厘米（图一九，1）。

3. 瓷器

碗 1件。G2:2，白底青花，器微残。敞口微外侈，圆唇，圈足，通体饰青白釉，局部绘花卉图案，另有两青花弦纹，碗内近底有两青花弦纹，内底青花图案仅存一点，不可辨识。口径12.7、底径6、高5.8厘米（图一九，3）。

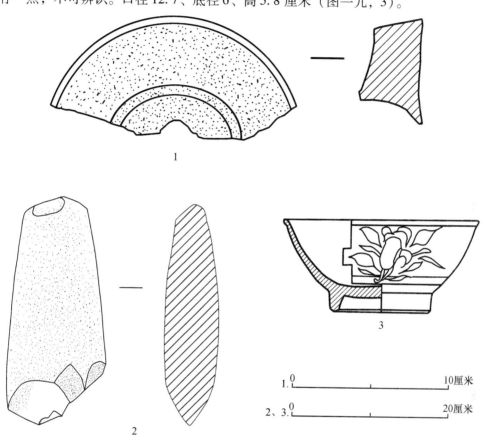

图一九 台头遗址出土及采集器物

1. 石磨（采集:1） 2. 石斧（G2:1） 3. 瓷碗（G2:2）

五、结　语

台头遗址发掘所发现的窑址、瓮（瓦）棺葬、石砌池子等遗迹均为该地区的新发现。尤其是窑址和石砌池子（炼泥池）的发现，在青岛地区尚属首次，颇具特色。

三座窑址中Y3保存相对较好，窑室内残留7件陶垫圈、1件陶匣钵、2件陶瓮和较多陶、瓦碎片等。工作间北部设有方便出入的台阶，第一层台阶两侧各有一石块。虽然火膛上部已经坍塌，但根据火膛与窑室上拱角度推测，该窑室上部应为"馒头"状。排烟系统亦较别致，由从上到下挖于生土内的两个等距离分布在窑室后壁的排烟孔和烟道呈半圆拱状连至窑室。所出土3件陶罐均与滕州东小宫墓地M15：10陶罐[1]相近。因此，Y3的相对年代应在西汉晚期到东汉晚期。

石砌池子是此次发掘的一大新发现，在以往的资料中不多见，从形制及周围石块垒砌方式看似一半地穴式房址，但从底部残留物看应为和泥或置放泥胎等物的遗迹，应该称为炼泥池。

J3所出土的大型盆形器（J3：22），口径达60余厘米，残存高度50多厘米，器壁厚度近2厘米。夹细砂，质地较硬，在已知资料中尚未发现类似陶器，根据其器型和该遗址所发现的窑址等遗迹来看，该器物应为烧窑用的陶窑具。其下部所设圆孔（应该有对称或更多的）推测是过滤陶土（泥浆）用的。

四座墓葬中，M1为瓦棺葬，葬具用板瓦砌成，M2、M3、M4为陶棺葬，M2、M3均用1陶盆1陶罐对接成"棺"，M4为2件筒状陶瓮对接而成。四座墓葬墓主人均为幼童。人骨均已腐朽，个别棺内仅存牙齿。根据M2、M3陶器器型看其时代应为西汉时期。M1、M4应是同一时代之遗存。

遗址出土遗物主要是大量陶片，以陶板瓦、筒瓦碎片为主，约占总量的90%以上，板瓦和筒瓦应是就地烧制，说明此地当时可能有较为密集的建筑群落。灰坑（取土坑）、窑址、瓮棺葬、灶址和水井的发现，其相互之间亦应有一定关联。

另外，在一条近代沟（G2）中还出土石斧和残青花瓷碗各1件。据其形制看石斧应为龙山时期遗物，青花瓷碗应为明代遗物。

发掘领队：林玉海
参加人员：尹锋超　李居发　杜义新
绘　　图：尹锋超　杜义新
摄　　影：林玉海　尹锋超
执　　笔：杜义新　郑禄红

注　释

[1]　山东省文物考古研究所：《鲁中南汉墓》，文物出版社，2010年。

胶南海青廒上村西汉墓发掘报告

青岛市文物保护考古研究所

2005 年 11 月 25 日，胶南市文化局、青岛市文物局得知海青镇廒上村村民在取土时发现疑似古墓 1 座。青岛市文物保护考古研究所、胶南市博物馆接讯后立即派员赶往现场查看，确认是一处已经暴露的古代墓葬（编号为 05JAM1，简称 M1）。M1 南边墓壁已被破坏，暴露出大部分的椁板，周围围观村民众多，保护形势十分严峻。

有鉴于此，青岛市文物保护考古研究所、胶南市博物馆联合组队立即对其抢救性清理发掘。发掘时间为 11 月 26 日至 31 日，抢救清理工作结束后，出土文物及葬具全部安全运往胶南市博物馆。清理结果表明，这座墓葬是青岛地区目前发现的规模较大、保存较完整、出土文物较丰富的西汉中晚期墓葬。现将墓葬情况简介如下。

一、墓 葬 概 况

廒上村隶属青岛市胶南海青镇，东北距胶南市约 50 公里，南部与日照地区相接，同三高速公路从村北穿过。M1 即位于廒上村西南麦场上（图一）。

M1 上部残存有高约 6 米的封土堆，封土底部周长约 30 米。2002 年修建同三高速公路时，周围的土已经挖走卖掉，唯独此处因其上部有一军事观测点而留存，故此墓葬得以幸运保存下来。

M1 为长方形砖圹木椁墓，两椁一棺，方向 288°。墓室总长 5、宽 3.44 米。墓葬形制如下（图二）：墓室四壁及墓室底部均砌有青砖，构成砖圹，砖圹长 4.2、宽 2.24 米。墓砖一般长约 0.28、宽约 0.12、厚约 0.04 米。四周砖壁垒砌方式不一，没有规律可循且通缝现象比较严重。墓底均以竖排方式铺青砖。

M1 葬具保存相对较好，结构清晰（彩版六，1）。砖圹内部四壁紧贴有木板，砖圹底部也横铺有木板，从而形成木构外椁室。外椁室上部所铺盖板为南北向，长约 2、宽 0.29、厚 0.06～0.08 米。盖板上面有厚约 0.01 米的木炭，其上有厚约 0.05 米的灰膏泥。外椁室长 3.85、宽 1.9 米。东椁板长 2.24、宽 0.26～0.39、厚 0.17 米；西椁板长 2.24、宽 0.32～0.44、厚 0.18 米；北椁板长 3.9、宽 0.3～

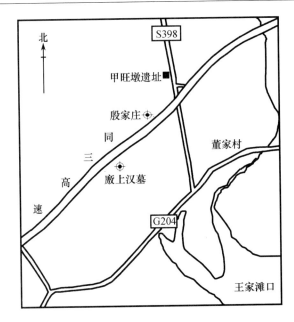

图一　胶南海青廒上位置示意图

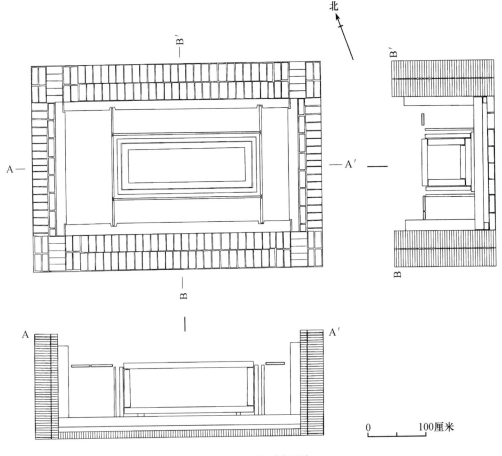

图二　M1 平、剖面图

0.38、厚 0.15 米；南樟板长 3.9、宽 0.38、厚 0.19 米。樟室底板长 2.23、宽 0.37~0.62、厚 0.16 米。

外樟室由头箱、脚箱、两个边箱及内樟室构成。头箱长约 1.9、宽约 0.46 米，头箱盖板长 1.9、宽 0.3、厚 0.03 米。脚箱长约 1.9、宽约 0.8 米，脚箱有两块盖板，均长 1.9、厚 0.03 米，其中 1 块宽 0.3 米，另 1 块宽 0.4 米。北边箱长约 2.53、宽约 0.39 米。北边箱盖板长约 2.4、宽约 0.2、厚约 0.03 米。南边箱长约 2.53、宽约 0.39 米。南边箱有 2 块盖板，盖板上木条 1 根。盖板均长约 2.5、厚约 0.02 米，1 块宽约 0.16 米，1 块宽约 0.35 米。木条长 2.43、宽 0.12、厚 0.06 米，两端各有 1 个穿孔，目前尚不清楚其用途。

内樟紧贴木棺，比棺室低 0.0045 米，长 2.31、宽 0.93 米，棺板厚 0.07 米。内樟外围涂抹一层厚 0.06~0.1 米的灰膏泥。东西端的膏泥厚 0.1 米左右，南北边的膏泥厚 0.06 米左右。内樟外侧涂有红漆。

棺室位于樟室中央，长方形，单棺。棺室上应该覆盖有织物，但已经分不清几层，是何织物，从残存痕迹来看，至少两层，纹理细密。木棺长 2.15、宽 0.78、厚 0.105 米。棺盖板长约 2.15、宽约 0.78、厚 0.1 米。木棺外面为黑漆白色花纹，但纹饰已不可分辨，木棺里面为红漆，棺盖板及盖板内侧亦涂有红漆（彩版六，2）。

木棺与棺盖板、木棺转角处均以榫卯方式结合，木棺边板之间以燕尾槽方式扣合，这都使得棺室十分牢固。

棺内未发现人骨，仅在棺内东部发现了保存完好的头发，推测墓主人头向东。根据头发的发型、装饰，推测墓主人应为成年女性。

二、随葬器物

M1 因为没有被盗，密封相对较好，所以出土遗物十分丰富，相当一部分遗物保存较好。遗物主要出土于樟室内的头箱、脚箱、两个边箱及棺内。此外，在樟室上面，M1 的东北角还出土了一批遗物。出土遗物按质地分主要有陶器、原始青瓷器、漆器、铜器、玉器、角器、竹木器、其他等几类。

1. 陶器

共 3 件。

釉陶壶　1 件。M1:1，出土于墓室东北角。红胎灰皮陶，黄绿色釉，釉脱落严重。口残，溜肩，鼓腹斜收，平底。腹部饰弦纹、圆圈纹、半圆纹和斜线纹。轮制，烧制温度低，部分已露出红胎，胎质较软。底径 9、腹最大径 15.2、残高 14.8 厘米（图三，1；彩版七，1）。

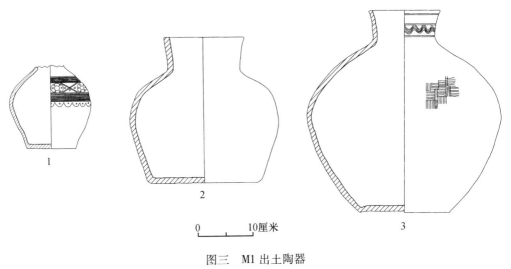

图三　M1 出土陶器

1. 釉陶壶（M1:1）　2. 漆衣陶壶（M1:8）　3. 印纹硬陶壶（M1:15）

漆衣陶壶　1件。M1:8，出土于北边箱。泥质灰陶，漆衣已基本脱去，仅局部可见。侈口圆唇，高领，溜肩，鼓腹微斜收，平底。器身素面。轮制，烧制温度低，陶质较差。口径14.4、底径21、腹最大径27、通高26厘米（图三，2；彩版七，2）。

印纹硬陶壶　1件。M1:15，出土于南边箱。侈口圆唇，矮束颈，溜肩，鼓腹斜收，平底微凹。颈部饰弦纹及水波纹，器身饰不规则席纹。轮制。口径13.2、底径16.4、腹最大径35.4、通高36厘米（图三，3；彩版七，3）。

2. 原始青瓷

壶　共10件，均出土于南北边箱。M1:3，褐胎，腹最大径以上有釉，颈部釉较少，口内侧及内底有釉。侈口圆唇，长束颈，鼓腹斜收，平底，小圈足。上腹部有一对铺首衔环，腹部饰有凸棱纹与多头鸟纹，颈部饰凹弦纹与水波纹。轮制，器内外壁可见轮制痕迹。口径14、底径15.8、腹最大径34.4、通高42.4厘米（图四，1；彩版七，4）。M1:4，红褐胎，腹最大径以上有釉，颈部釉较少，口内侧及内底有釉。侈口圆唇，长束颈，溜肩，鼓腹斜收，平底，小圈足。肩部饰一对桥型耳，耳上饰斜线纹，颈部及腹部饰弦纹与水波纹。轮制。口径12、底径13、腹最大径27.8、通高34.2厘米（图四，7；彩版七，5）。M1:5，褐胎，腹最大径以上有釉，颈部釉较少，口内侧及内底有釉。侈口圆唇，束颈，溜肩，鼓腹，平底，圈足较高外撇。上腹部饰一对桥形耳，耳上饰斜线纹和圆圈纹。颈部饰凹弦纹与水波纹。轮制，器内外壁皆可见轮制痕迹。口径11.5、底径12.2、腹最大径22.4、通高31厘米（图四，5；彩版七，6）。M1:7，褐胎，腹最大径以上有釉，颈部釉较少，口内侧及内底有釉。侈口圆唇，长束颈，溜肩，鼓腹，平底，圈足。上腹部饰一对铺首

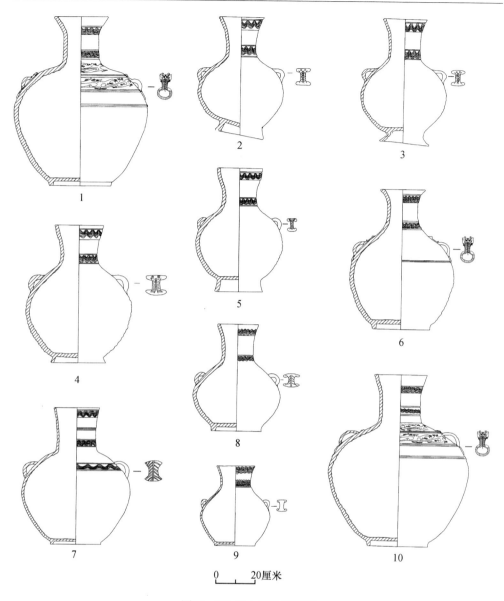

图四　M1 出土原始青瓷壶

1. M1:3　2. M1:9　3. M1:14　4. M1:13　5. M1:5　6. M1:7　7. M1:4　8. M1:11　9. M1:12　10. M1:10

衔环，颈部饰凹弦纹与水波纹。轮制，器内外壁皆可见轮制痕迹。口径12、底径
15.4、腹最大径27.4、通高35厘米（图四，6；彩版八，1）。M1:9，褐胎，腹最大
径以上有釉，颈部釉较少，口内侧及内底有釉。侈口圆唇，长束颈，溜肩，鼓腹，
平底，圈足较高且外撇。上腹部饰一对桥形耳，耳上饰斜线纹及圆圈纹，颈部饰凹
弦纹与水波纹。轮制，器内外壁皆有轮制痕迹，制作粗糙，器身倾斜严重，为残次
品，应为明器。口径11～11.6、底径13、腹最大径22、高30.6厘米（图四，2）。
M1:10，褐胎，腹最大径以上有釉，颈部釉较少，口内侧及内底有釉。侈口圆唇，长束颈，斜肩，鼓腹斜收，平底，小圈足。上腹部饰一对铺首衔环，颈部饰弦纹和水波纹，肩部饰凸棱纹，上腹部饰多头鸟状纹饰。轮制。口径13.6、底径16、腹最大径36.4、通高43厘米（图四，10；彩版八，2）。M1：11，褐胎，腹最大径以上有釉，颈部釉较少，口内侧及内底有釉。侈口圆唇，长束颈，溜肩，鼓腹，平底，圈足。上腹部有一对桥形耳，耳上饰斜线纹，颈部饰弦纹与水波纹。轮制，器内外壁皆可见轮制痕迹，烧制粗糙，应为明器。口径10.4、底径12.8、腹最大径22.4、通高26.8厘米（图四，8；彩版八，3）。M1：12，褐胎，腹最大径以上有釉，颈部釉较少，口内侧及内底有釉。侈口圆唇，束颈，溜肩，鼓腹斜收，平底，小圈足。上腹部饰一对桥形耳，颈部饰弦纹与水波纹。轮制。口径9.8、底径10.4、腹最大径17.8、通高20厘米（图四，9；彩版八，4）。M1：13，褐胎，腹最大径以上有釉，颈部釉较少，口内侧及内底有釉。侈口圆唇，长颈微束，溜肩，鼓腹，平底圈足外撇。上腹部有一对桥形耳，耳饰斜线纹及涡纹，口沿下及颈部饰凹弦纹和水波纹。轮制，器表下腹部及内侧可见明显轮制痕迹，釉易脱落。口径12.6、底径14.4、腹最大径27、通高34.4厘米（图四，4；彩版八，5）。M1：14，褐胎，腹最大径以上有釉，颈部釉较少，口内侧及内底有釉。侈口圆唇，长束颈，溜肩，鼓腹，平底，圈足较高外撇。上腹部饰一对桥形耳，耳上饰斜线纹及圆圈纹，颈部饰凹弦纹与水波纹。轮制，器内外壁皆有轮制痕迹，制作粗糙，器身倾斜，为残次品，应为明器。口径11.4、底径14、腹最大径22.2、通高31.6厘米（图四，3；彩版八，6）。

3. 漆器

七子圆奁　8件（套），M1：26。出土于棺内，保存基本完好。其分别为：①大圆奁，1件。M1：26-1，夹纻胎，有盖。器身直口，方唇，直壁，平底，器内壁及内底髹朱漆，内底以黑漆绘云纹，器表髹黑漆，并以朱漆绘云纹，器身中部镶嵌一周带状银釦。弧顶盖，盖上髹黑漆，盖顶边缘及盖沿各镶嵌银釦，银釦间饰以朱绘云纹（彩版九，1）。②长方形奁，2件。M1：26-2，夹纻胎，有盖。器身直口，方唇，直壁，平底，器内壁髹红漆，器表髹黑漆，口、底各镶嵌银釦，银釦间饰以朱绘云纹。盖为盝顶，盖顶边缘及盖沿各镶嵌银釦，银釦间饰以朱绘云纹（彩版九，2）。M1：26-3，形制、尺寸与M1：26-2相同。③圆奁，2件。M1：26-4，夹纻胎，有盖。器身呈圆筒形，直口，方唇，直壁，平底，器内壁髹红漆，器表髹黑漆，口、底各镶嵌银釦，银釦间饰以朱绘云纹。盖为弧顶，盖顶边缘及盖沿各镶嵌银釦，银釦间饰以朱绘云纹（彩版九，3）。M1：26-5，形制、尺寸与M1：26-4相同。④马蹄形奁，1件。M1：26-6，夹纻胎，有盖。器身呈马蹄形，直口，方唇，直壁，平底，器内壁髹红漆，内壁近口处饰两道黑漆弦纹，弦纹间饰黑漆箭头状几何纹，器表髹黑漆，上、下各镶嵌带状银钿，银钿间饰以朱绘云纹。盖平顶，盖顶外缘及盖口各镶嵌一周银钿，其余部分饰以朱绘云纹（彩版九，4）。⑤方形奁，1件。M1:26-7，夹纻胎，有盖。器身呈方形。直口，方唇，直壁，平底。器内壁髹红漆，器表髹黑漆，口、底各镶嵌一周带状银钿，银钿间饰以朱绘云纹。盖为盝顶，盖顶外缘及盖口各镶嵌一周银钿，银钿间饰以朱绘云纹（彩版九，5）。⑥椭圆形奁，1件。M1:26-8，夹纻胎，有盖。器身呈方形。直口，方唇，直壁，平底。器内壁髹红漆。器表髹黑漆、口、底各镶嵌一周银钿，银钿间饰以朱绘云纹。盖顶微弧，盖顶外缘及盖口各镶嵌一周银钿，银钿间饰以朱绘云纹（彩版九，6）。

漆盘 2件。M1:27，出土于头箱，保存较好。敞口，折沿，方唇，弧腹，平底。盘内壁髹红漆，器表髹黑漆，口、底各镶嵌一周银钿，银钿间饰以朱绘云纹（彩版一〇，1）。M1:28，与M1:27形制、尺寸相同。

耳杯 26件，分为大、中、小三个类型。大型6件、中型6件、小型14件。大型与小型均出土于头箱，中型出土于脚箱。①大漆耳杯，6件。M1:29，敞口，杯身呈椭圆形，两侧端耳上翘，平底。杯内壁髹红漆，器表与耳髹黑漆（彩版一〇，2）。②中漆耳杯，6件。M1:35，形制与大漆耳杯相似而略小。③小漆耳杯 14件。M1:42，形制与中漆耳杯相似而略小。

漆尊 1件。M1:57，出土于脚箱。残甚，未修复，不知其具体形制和尺寸。

漆案 1件。M1:58，出土于脚箱。残甚，未修复，不知其具体形制和尺寸。

4. 铜器

约16件，主要是小件，有铜镜、铜刷、铜钱、铜构件。

铜镜 3件。M1:2，出土于墓葬东北角，破损锈蚀较严重，已不能辨别纹饰。M1:16，出土于脚箱，出土时外部尚留有包裹物残迹，质地不明。铜镜本身保存较好，圆形，纹饰清晰。圆纽，纽外一圈凸棱纹，外饰八角星纹。八角星纹与边缘间有两圈放射纹带，放射纹带间有一圈铭文，为"见日月之长夫毋忘"。直径6.9厘米（彩版一〇，3）。M1:17，出土于大圆奁（M1:26-1）内，保存较好。圆纽，纽外饰两圈凸棱纹，凸棱外饰八角星纹。八角星纹与边缘间有两圈放射纹带，放射纹带间

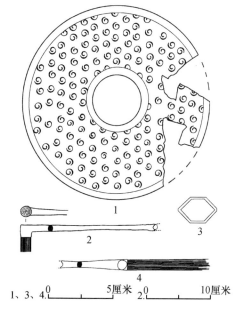

图五 M1 出土玉器、铜器

1. 玉璧（M1:22） 2、4. 铜刷（M1:18、M1:19） 3. 铜构件（M1:20）

有一圈铭文，释为"见日之光长毋相忘"。直径20.5厘米（彩版一〇，4）。

铜刷　2件。M1：18，铜柄梳刷，出土于长方形奁（M1：24－2）内，保存较好。细长柄中部较细，截面呈圆形，柄端已残，但可见有一圆形穿。斗呈圆形，刷毛齐整较短。刷毛长约1.1、斗径1.6、柄端穿径约0.6、柄残长20.3厘米（图五，2；彩版一〇，5）。M1：19，铜柄镜刷，出土于棺内，保存较好。一端粗一端细，截面呈圆形，柄端已残，但可见有一圆形穿。刷毛齐整较长。刷毛长约6.5、柄端直径3.2、尾端穿直径约0.4、柄残长约5.2厘米（图五，4；彩版一〇，6）。

铜钱　约10枚。M1：21，出土于棺内西北角，保存较差，锈蚀严重。可辨识者均为五铢钱。

铜构件　1件。M1：20，出土于棺内。平面呈六边形，竖截面呈长方形。六边形长轴3.2、短轴1.9、高0.85厘米（图五，3）。

5. 玉器

玉璧　1件。M1：22，已残。青玉质，内缘与外缘处分别有一周圆圈纹，圆圈纹之间饰谷纹。直径14.4、内径3.5厘米（图五，1）。

6. 角器

角摘　3件。形制完全一样，保存较好。M1：23，角制，腐朽为黑色，方形柄，有七根齿，已弯曲，尖头。柄宽2、厚约0.15、长约22厘米。

7. 竹木器

主要是乐器的构件、木梳和一些大多已经不能辨别形状、用途的竹片、木块。

木梳　1件。M1：59，出土于马蹄形奁（M1：26-6）内。残甚，具体形制和尺寸不详。

木琴弦柱　2件。M1：60-1，木质。扁平蹄形，顶部有放置琴弦的凹槽，表面绘有黑色图案。M1：60-2，木质。钩形，顶部有放置琴弦的凹槽，表面绘有黑色图案（彩版一〇，7）。

8. 其他

在头箱还出土了一些谷物。

三、结　　语

M1的墓葬形制很有特点，它将土坑、砖室、木构棺椁等几种墓葬的形制集于一身。这既延续了墓葬的传统埋葬方式，又利用了新的材料。可以看出 M1 的形制处在一个墓葬形制的转型期。尤其是在砖的使用上，首先，在垒砌砖壁、铺底的技术运用上显得不成熟，后期那种错缝、顺丁结合、人字纹方式铺底等较成熟的技术都未出现；其次，M1 仅仅用砖来垒砌墓底与墓壁，并未形成一个完整的砖室墓室。但同时也应看到，M1 已经用加厚砖壁、转角之处互相拉结等方法来增强砖圹的坚固稳定性。其墓底竖排铺底的方式，较之横排通缝方式铺砖要坚固得多。因此从 M1 的这些特点看，M1 的年代应晚不到东汉。

M1 随葬的器物中，陶器、原始青瓷器、漆器、铜器、玉器等年代大约都是西汉中晚期的。且 M1 出土的随葬器物与山东日照海曲西汉墓 M106 随葬的陶器、漆器等形制相似，而日照海曲西汉墓 M106 出土的竹简有纪年文字，其年代约为汉武帝末年或昭帝时期[1]。

通过以上分析，可以断定 M1 的年代应为西汉中晚期。M1 规模比较大，形制比较特殊，出土遗物精美，尤其是墓内乐器、大量漆器的出土，均表明墓主人的社会地位在当时是比较高的。

此外，M1 的东北角出土器物，很明显表明器物是在墓葬埋葬完以后又埋入的，我们推测这可能是埋葬后又进行了祭祀活动，当然，这只是一种推测，是否另有其他原因含义，还有待探讨证实。不过位于章丘的洛庄汉墓的发掘已经证实墓葬在埋葬完毕后，还曾进行过祭祀活动并随葬器物。或可为此推测提供旁证。

M1 无论是在墓葬形制、规模、保存情况，还是在出土器物的丰富精美程度上，在青岛地区都是比较难得的珍贵资料。同时，厰上村附近还有甲旺墩汉代墓群，此地距离日照很近，而日照海曲墓地曾经出土了大量与此墓形制相似的精美漆器，因此，M1 的发现应该不是一个独立的遗迹现象。它的发现为今后青岛地区的汉代墓葬发掘，汉代漆器的制作、流通，汉代政治、经济文化的研究等都提供了弥足珍贵的资料，同时也在一定程度上丰富了我们对山东地区汉代墓葬研究的认识。

附记：由于 M1 出土的漆木器目前都存放在水中，尚未进行脱水处理，为保护文物，笔者在整理资料时未对 M1 出土的漆木器做详细的测量和观察，故本文未有漆木器具体尺寸的描述，部分漆木器的器物描述可能也有欠精确，这些都有待漆木器做完脱水处理并修复后再做详细研究。

另，青岛市文化、文物部门，胶南市文化、文物、公安部门及海青镇政府对本次抢救发掘工作给予了大力支持，使工作得以圆满完成，在此一并致以诚挚的感谢。

发掘领队：林玉海

参加人员：尹锋超　纪中良

绘　　图：彭　峪　尹锋超

执　　笔：彭　峪　纪中良

注　　释

［1］　山东省文物考古研究所：《山东日照海曲西汉墓（M106）发掘简报》，《文物》2001 年第
　　　　1 期。

胶南殷家庄汉墓发掘报告

青岛市文物保护考古研究所

殷家庄位于青岛市胶南大场镇南，东北距胶南市约 50 公里。2009 年 4 月 15 日，殷家庄村民在取土时发现大量散落的木质椁板和陶器残片，接报后，青岛市文物保护考古研究所、胶南市博物馆立即派人赶往现场查看，确认其为一处被盗的古墓葬。鉴于围观村民众多，保护形势十分严峻，4 月 16 日至 29 日，青岛市文物保护考古研究所联合胶南市博物馆对被盗墓葬进行了抢救性清理发掘，现将发掘收获报告如下。

本次共清理墓葬 2 座，均位于殷家庄西北（图一），分别编号为 M1、M2。

一、M1

（一）墓葬形制

M1 现存封土呈馒头状，高约 3、直径 30 米，封土中部取土坑已基本将其打通，破坏严重（彩版一一，1）。

M1 为长方形土坑竖穴木椁墓，墓口平面呈长方形，长 5、宽 3.5、深 4.3 米，墓口距地表约 1.5 米。墓室南侧为一长 4.6、宽 2.7、深 3.2 米的器物坑。墓室内发现不同时期的盗洞 2 个，破坏非常严重，棺椁已破坏殆尽，仅剩下棺底板，棺下铺设两层垫木（图二；彩版一一，2）。在墓室内清理出玉琀蝉、漆盘、铜镜各 1 件及较多陶器残片，均已失去其原有位置。在椁室南侧器物坑的东西两侧共清理陶鼎、青瓷壶等 16 件可修复的文物（图三）。

（二）随葬器物

M1 共出土器物 19 件，其中陶器 6 件，原始青瓷器 8 件，铜器 3 件，石器 1 件，玉器 1 件。

1. 陶器

罐　4 件。M1:2，夹砂灰陶，方唇，侈口，溜肩，鼓腹，圜底。通高 35.4、口径 20.4、底径 11、最大腹径 36、器壁厚 0.6 ~ 1 厘米（图四，1；彩版一二，1）。

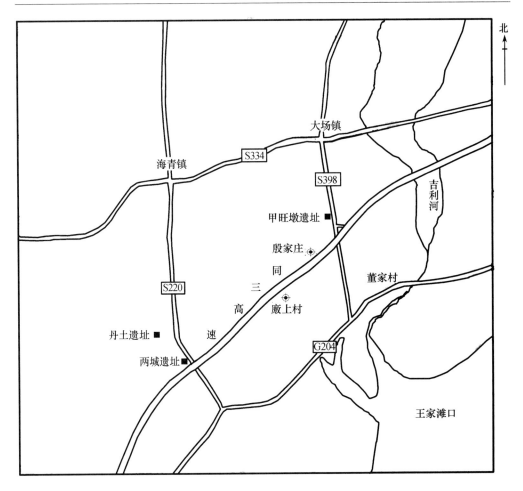

图一　殷家庄位置示意图

M1：3，夹砂红褐陶，尖唇，侈口，短束颈，溜肩，鼓腹，小平底，肩腹部遍布席印纹。通高 34.4、口径 18.4、底径 18、腹最大径 36.8、器壁厚 0.6～1.2 厘米（图四，4；彩版一二，2）。M1：6，泥质黄褐陶，圆唇，侈口，溜肩，鼓腹，小平底，下腹部拍印数组绳纹，绳纹方向无规律。通高 30、口径 22、底径 10.4、腹最大径 36、器壁厚 0.8～1 厘米（图四，2；彩版一二，3）。M1：7，夹砂灰陶，圆唇，侈口，短束颈，溜肩，鼓腹，小平底，腹部饰一周戳印纹。器物烧制不规整，横截面为椭圆形。通高 28.4、口径长径 22、短径 20.8、底径长径 13.2、短径 12、腹最大径 34、器壁厚 0.6～0.8 厘米（图四，3；彩版一二，4）。

　　鼎　2 件。均为陶盖鼎。M1：15，夹砂红褐陶。通高 40、口径 18、最大腹径 30、器壁厚 0.4～0.8、盖径 21.6 厘米（图四，6；彩版一二，5）。M1：14，夹砂灰皮陶，夹大量滑石颗粒。通高 33.4、口径 18、最大腹径 30.4、器壁厚 0.4～1 厘米（图四，5；彩版一二，6）。

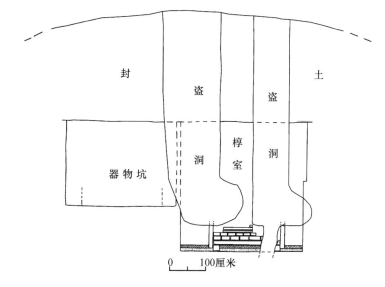

图二 M1 剖面图

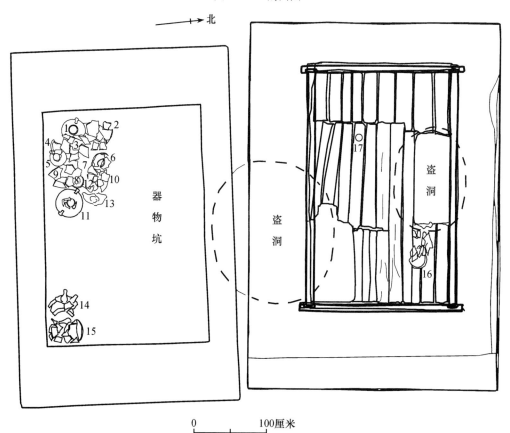

图三 M1 平面图及出土器物

1、4、8、11、16. 原始青瓷壶 2、3、6、7. 陶罐 5、9. 原始青瓷罐 10. 原始青瓷钫 12. 铜铺首

13. 漆器 14、15. 陶鼎

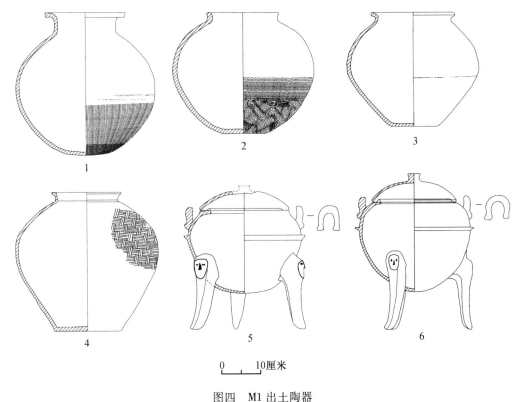

图四　M1 出土陶器

1~4. 罐（M1:2、M1:6、M1:7、M1:3）　5、6. 鼎（M1:14、M1:15）

2. 原始青瓷器

壶　5件。M1:1，口残，长束颈，溜肩，鼓腹，圈足底，颈部饰一周波浪纹，双耳间饰三周弦纹，弦纹间各饰一组波浪纹，肩部对称贴塑双耳，肩部饰弦纹加两周波浪纹带，器身旋出多重瓦棱纹。肩部及上腹施青釉，有泪状流釉，余部为红褐陶胎，器物烧制不规整，有气泡鼓出。残高25.4、底径16.6、腹最大径26.4、器壁厚0.6~1厘米（图五，1）。M1:4，敞口，长束颈，溜肩，鼓腹，圈足底，口及颈下部饰两条凹弦纹，其间各饰一组波浪纹，肩部对称贴塑双耳，两组弦纹与波浪纹交错分布，器身旋出多条瓦棱纹。口沿内侧、肩部及上腹施青釉，余部为红褐陶胎。通高33.2、口径14.2、底径11.8、腹最大径25.4、器壁厚0.4~0.8厘米（图五，7；彩版一三，1）。M1:8，尖唇，侈口，长束颈，溜肩，鼓腹，平底，肩部对称贴塑双耳。口沿内侧及肩上部施青釉，余为红褐色胎，器身旋出多重瓦棱纹。通高29.8、口径13、底径13.2、腹最大径22.8、器壁厚0.4~1厘米（图五，6；彩版一三，2）。M1:11，敞口，长束颈，溜肩，鼓腹，圈足底，颈下部两条凹弦纹，其间各饰一组波浪纹，肩部对称贴塑双耳，双耳间饰两道凹弦纹，其间加一组波浪纹，

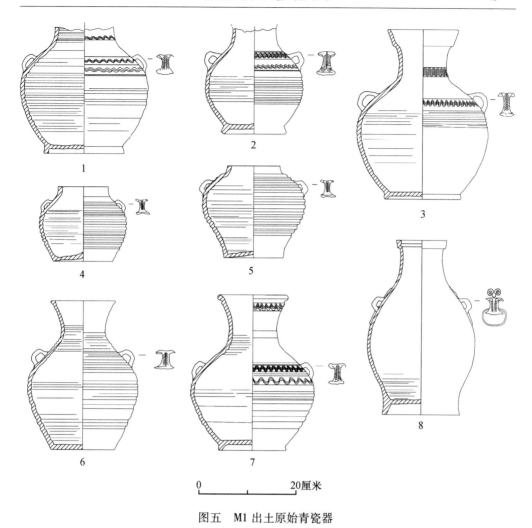

图五 M1 出土原始青瓷器

1~3、6、7. 壶（M1:1、M1:16、M1:11、M1:8、M1:4） 4、5. 罐（M1:9、M1:5） 8. 钫（M1:10）

肩腹部旋出多道瓦棱纹。口沿内侧、肩部及上腹施青釉，余部为红褐陶胎。通高34、口径14.8、底径15.6、腹最大径27.2、器壁厚0.6~0.8厘米（图五，3；彩版一三，3）。M1:16，口残，长束颈，溜肩，鼓腹，圈足底，肩部对称贴塑双耳，肩部饰弦纹加两周波浪纹带，下腹部旋出多重瓦棱纹。肩部及上腹施青釉，余部为红褐陶胎，器物烧制不规整，厚薄不均，多处有气泡鼓出。残高21.2、底径13.8、腹最大径20.4、器壁厚0.6~1厘米（图五，2；彩版一三，4）。

罐 2件。M1:5，方唇，敛口，矮颈，溜肩，鼓腹，凹底，肩部对称贴塑双耳。肩部施青釉，肩腹部旋出多重瓦棱纹。通高18.4、口径10.8、底径12.4、最大腹径20.6、器壁厚0.4~0.8厘米（图五，5；彩版一三，5）。M1:9，直口，方唇，矮颈，溜肩，鼓腹，凹底，肩部对称贴塑双耳，肩腹部旋出多重瓦棱纹。肩部施青釉。通高15、口径10.6、底径12.4、腹最大径18.4、器壁厚0.6~1厘米（图五，4；

彩版一三，6）。

钫　1件。M1：10，方口，方唇，束颈，溜肩，鼓腹，正方圈足底，肩部对称贴塑衔环辅首双耳，器身旋出数道瓦棱纹。口沿内侧、肩部及上腹施青釉，余部为红褐陶胎。通高35、口边长10.4、底边长16、腹最大径21.2、器壁厚0.6～1厘米（图五，8；彩版一四，1、2）。

3. 铜器

铜镜　1件。M1：17，昭明连弧铭带镜。破损锈蚀严重，圆形，圆纽，圆纽座。座外一周凸弦纹圈。其外两周栉齿纹间残存铭文："□□质以昭明，□□□□日月，心忽扬而愿忠，□□□不泄"。宽素缘。

铺首　1件。M1：12，为漆器附件。残长6、宽5.4、厚0.2厘米（图六，1；彩版一四，3）。

4. 玉器

口琀　1件。M1：01，青玉质，蝉状。出土于盗洞中，为盗墓者扰动后留下。长5.5、最宽2.2、最厚1厘米（图六，2；彩版一四，4）。

5. 石器

锛　1件。M1：02，页岩，上端残，单面弧刃。出土于填土中。残长7.5、残宽5.6、厚0.6～1、刃宽1.5厘米（图六，3）。

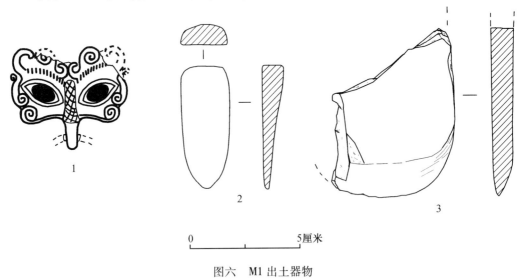

图六　M1 出土器物

1. 铜铺首（M1：12）　2. 玉口琀（M1：01）　3. 石锛（M1：02）

二、M2

（一）墓葬形制

M2 位于 M1 西侧，为长方形土坑竖穴墓，东西长 3.2、南北宽 1.6、深 1.6 米。墓内出土了原始青瓷壶、铜镜、铜钱等几件可复原文物。

（二）随葬器物

1. 原始瓷器

壶 2 件。M2:2，喇叭口，长束颈，溜肩，鼓腹，圈足底，肩部对称贴塑双耳，颈部两周凹弦纹间饰以一周波浪纹，两耳上下各饰两周凹弦纹。下腹部旋出多重瓦棱纹。口部内侧、肩部及上腹施青釉，余部为红褐陶胎。通高 25.6、口径 12.8、底径 10.4、腹最大径 19.8、器壁厚 0.6 ~ 0.8 厘米（图七，4；彩版一四，5）。M2:4，圆唇，杯形口，长束颈，溜肩，鼓腹，小平底，底部微凹，肩部对称贴塑双耳，两耳上部饰一周凹弦纹，两耳下及腹部旋出数道瓦棱纹。器物烧制不规整，厚薄不均，有气泡鼓出。通高 14.6、口径 5.2、底径 7、腹最大径 11、器壁厚 0.3 ~ 0.8 厘米（图七，2；彩版一四，6）。

瓿 2 件。M2:1，敛口，尖唇，短束颈，溜肩，鼓腹，小平底，肩部对称贴塑双耳，肩及上腹部饰三周凹弦纹。下腹部旋出多重瓦棱纹。口部及上腹部施青釉。余部为红褐陶胎，器物烧制粗糙，局部有气泡鼓出。通高 23.2、口径 8.2、底径 11.6、腹最大径 24、器壁厚 0.4 ~ 1 厘米（图七，1；彩版一五，1、2）。M2:3，敛口，尖唇，短束颈，溜肩，鼓腹，平底，肩部对称贴塑双耳，肩腹部饰三组横向凸棱纹，口部及上腹部施青釉，余部为红褐陶胎。器物烧制粗糙，厚薄不均，局部有气泡鼓出。通高 30.2、口径 10、底径 15.2、腹最大径 32.8、器壁厚 0.3 ~ 1.2 厘（图七，3；彩版一五，3）。

2. 铜器

铜镜 1 件。M2:7，禽兽博局镜，破损锈蚀严重。圆形，圆钮，圆钮座。座外重圈，圈间环列九乳，方格内角各一字，合为"长宜子孙"。方格外博局纹及八枚乳钉将内区划分为四方八极，其内分别配以各种禽兽，其外为一周栉齿纹。镜缘较宽，饰以锯齿纹及连续云气纹。直径 18.8、镜缘宽 3、厚 0.25 ~ 0.6 厘米（彩版一五，4）。

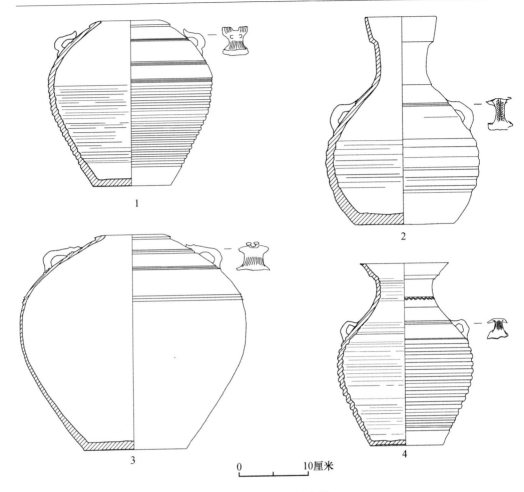

图七　M2 出土原始瓷器

1、3. 瓿（M2∶1、M2∶3）　　2、4. 壶（M2∶4、M2∶2）

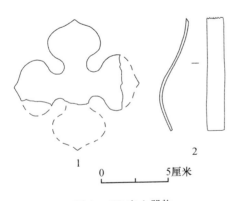

图八　M2 出土器物

1. 铜饰（M2∶9）　2. 角摘（M2∶6）

　　铜饰　1 件。M2∶9，四叶柿蒂形，为漆器附件。残。厚 0.02 厘米（图八，1；彩版一五，5）。

3. 角器

　　角摘　M2∶6，条状弯曲。长 8、宽 1.3、厚 0.1～0.2 厘米（图八，2；彩版一五，6）。

三、结　语

殷家庄汉墓 M1 为青岛地区近年来发现的规模较大的汉代墓葬，而 M1 于椁室南侧再开凿出随葬器物墓坑的形制较为少见。从其墓葬形制规模及出土随葬品来看，应为当时的地方贵族墓，下葬年代据出土器物推测为西汉早中期。

原始瓷器最早见于我国南方地区。春秋战国时期，江南地区土墩墓中已经普遍使用原始瓷器随葬。通过近年来的考古发现，青岛地区汉代墓葬多见随葬原始青瓷器的习俗，而且呈现出由南向北逐渐减少的趋势。殷家庄墓地出土的原始青瓷器亦多见于江浙一带墓葬中，从西汉到东汉均有发现，其形制、釉色、刷釉方法及胎质特点等也与江浙一带发现的同类器基本相同，据此推断这一地区出土的汉代原始瓷器应该来自江浙一带。

从地缘上说，胶南地处鲁东南沿海地区，南接吴越，与江浙地区原始瓷器产品的交流有着便利条件。史书多有记载，春秋时期吴国曾发兵占据了位于胶南西南的琅琊等地，之后，勾践灭吴并徙都琅琊，以示永久驻霸中原之意。这些都使该地文化与吴越地区关系密切，因此这一带的文化面貌自春秋战国起直到汉代表现出与江浙地区文化面貌相似的一面。

发掘领队：林玉海
参加人员：杜义新　尹锋超　郑禄红
　　　　　纪中良　翁建红（胶南市博物馆）
文物修复：杜义新
摄　　影：彭　峪
绘图、整理：郑禄红
执　　笔：郑禄红　翁建红

城阳后桃林汉墓发掘报告

青岛市文物保护考古研究所

　　后桃林汉墓群位于青岛市城阳区后桃林村东约 1 公里的高岭之上（图一），随着近年城市化的加速，四周已经高楼林立，道路纵横。2007 年 1 月，该处发生盗墓事件，接报后，青岛市文物保护考古研究所会同城阳市文管办于当日对 1 座被盗墓葬进行了抢救性清理，编号为 M1，之后将其回填保护。2010 年 5 月，城阳区文阳路道路建设工程中该墓地附近封土被破坏，数座墓葬暴露，并有文物出土，即向当地文物部门报告。7 月，青岛市考古研究所会同城阳区文物保护管理委员会办公室对被破坏墓葬进行了抢救性清理。经过现场勘查及发掘，在文阳路与新青威路交汇处共清理墓葬 12 座，其中砖椁墓 1 座，岩坑墓 11 座，现将发掘报告如下（图二）。

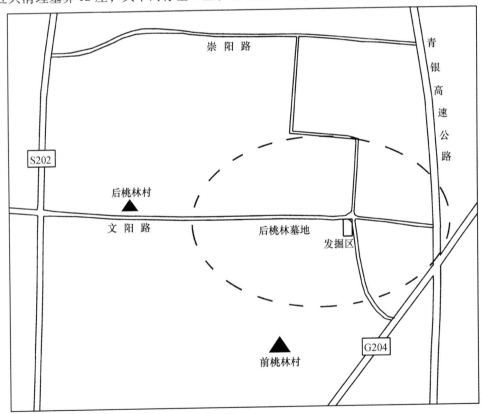

图一　后桃林墓地位置示意图

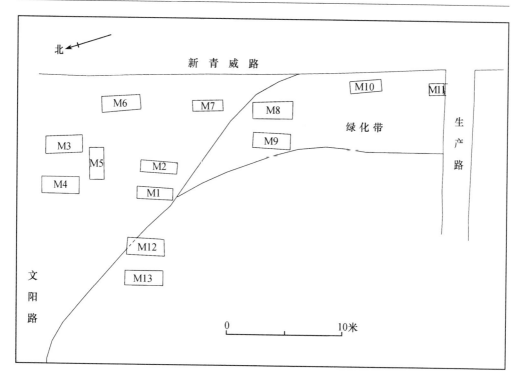

图二 后桃林墓地分布图

后桃林墓地地层简单，上层为深 0.3 ~ 0.5 米的耕土层，其下为岩石层，两次发掘的墓葬均属于竖穴岩坑墓。本次发掘区原有封土数座，当地村民称该处为烽火台。从现场情况看，墓葬上部原有封土几乎已全部被破坏，多数已露出墓室岩圹来，封土结构因此已难以了解。

一、M1 与 M2

（一）墓葬形制

M1 与 M2 为并穴合葬墓，其形制相同，均为竖穴岩坑墓（彩版一六，1）。

M1 墓葬平面呈长方形，南北向，墓口长 3.25、宽 1.4 米，墓底长 3.05、宽 0.85 米，墓底距地表约 1.75 米。墓葬剖面为倒"凸"字形，在距地表深约 0.85 米处为岩层，人工凿出生土二层台，其上并排放置四块东西长约 1.5、南北宽约 0.95 米的砂岩质石板，石板下距离墓室北壁 0.6 米处竖立一块厚约 0.1 米的豆青色砂岩质挡板，其北侧放置器物，南侧为棺室。墓室内填土上部为厚约 0.2 米的黄褐色耕土层，其下为厚约 0.3 米的乳白色淤土层，再下为厚约 0.35 米的红褐色黏土层（图三）。

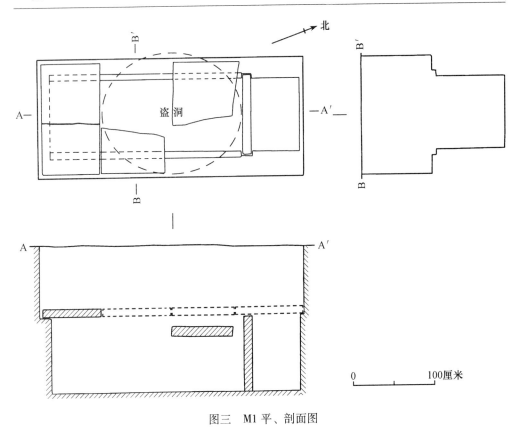

图三　M1 平、剖面图

　　M2 墓室上部已遭破坏，岩圹墓口长 3.25、宽 0.95 米，墓底距墓口约 0.9 米。墓口盖的石板多已遭到破坏，厚约 0.25 米。石板下距离墓室北壁 0.65 米处于东西壁的凹槽内嵌入一块厚约 0.25 米的豆青色砂岩质挡板，北侧即作放置器物之头箱，墓口处口朝下放置陶器 1 件，其下还发现有较多漆皮，原应有漆器随葬，由于保存环境较差，腐朽严重，已难辨器形。在墓底随葬陶壶 1 件。挡板南侧为棺室，根据残留漆皮推测棺为漆棺，墓内人骨已腐朽，仅残存痕迹能辨明其头向北，墓室东北近挡板处放置铜镜 1 件（图四）。

　　（二）随葬品

1. 陶器

　　罐　3 件。M1:1，夹砂灰陶，侈口，方唇，束颈，溜肩，鼓腹，小平底。肩部饰数道凹弦纹，下腹部饰竖绳纹，近底部饰横向绳纹，底部亦饰绳纹。口径 17.4、底径 12、最大腹径 37.2、通高 38、厚 0.8～1 厘米（图五，1）。M2:1，夹砂灰陶，侈口，方唇，折沿，束颈，溜肩，鼓腹，小平底。肩部饰四道弦纹，下腹部饰竖绳纹，竖绳纹中间饰一道弦纹，近底部饰横绳纹，器底亦饰绳纹。口径 16.4、底径 12.4、

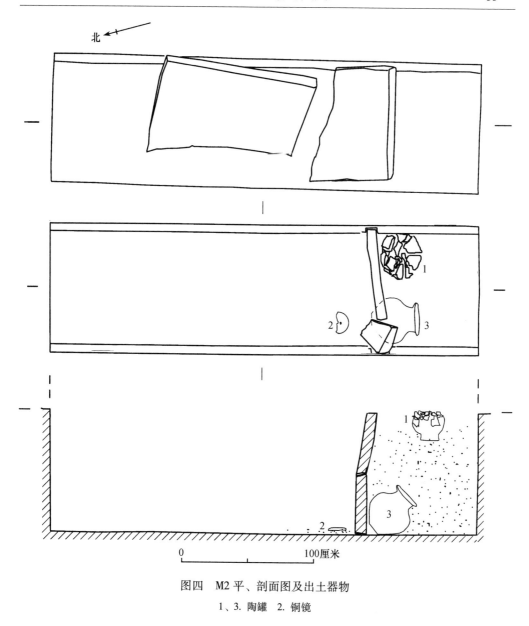

图四　M2平、剖面图及出土器物
1、3. 陶罐　2. 铜镜

高38.4、腹径38.8、厚0.6~0.8厘米（图五，2；彩版一六，2）。M2:3，夹砂灰陶，侈口，方唇，折沿，束颈，溜肩，鼓腹，小平底。肩部饰四道弦纹，下腹部饰竖绳纹，竖绳纹中间饰一道弦纹，近底部饰横绳纹，器底亦饰绳纹。口径20、底径14、高38.5、腹径38.6、厚0.6~0.8厘米（图五，3）。

2. 铜器

铜镜　1件。M2:2，草叶纹镜。圆形，圆形，半球纽，四叶纹纽座残，座外一个细线小方格和一个凹面大方格，方格内每边两字篆体二字铭，连读为："见日之

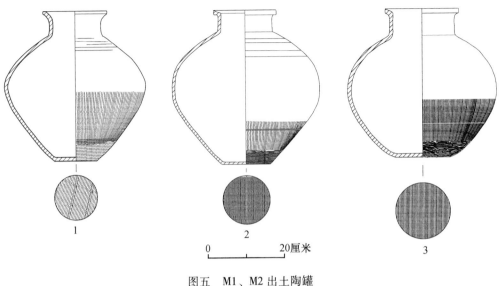

图五　M1、M2 出土陶罐

1. M1：1　2. M2：1　3. M2：3

光，常勿相忘"，方格四内角为两个对称的三角形回纹组成的正方形。4 枚乳丁压在大方格四边的中心点上，并向外伸出一桃形花苞，两边为对称二叠式草叶纹，四角外伸出双瓣一苞花枝纹。内向十六连弧纹缘。直径 14、缘厚 0.4 厘米（彩版一六，3）。

二、M3 与 M4

（一）墓葬形制

M3 与 M4 为并穴合葬墓，其形制亦相同，为竖穴岩坑墓（彩版一七）。

M3 墓葬平面为长方形，南北向，墓口长 3.65、宽 1.75 米，墓底距墓口约 1.1 米。墓口盖以 5 块石板，石板长方形，雕凿规整，长 1.5～1.6、宽 0.65～0.7、厚约 0.2 米。墓口四角开凿出长宽约 0.25、深约 0.2 米的井字框。墓内棺椁腐朽严重，根据残留漆皮及黑灰痕迹判断，棺置于墓室南侧，贴近墓室东壁，长约 2、宽约 0.9 米。墓室北侧东西并排放置陶壶 2 件，此外还有较多漆皮，应随葬有漆器，器形难辨（图六）。

M4 墓葬平面为长方形，南北向，墓口长 3.6、宽 1.85 米，墓底距墓口约 1.3 米。墓口盖以石板，石板长方形，雕凿较规整，残留三块，均已断裂，厚约 0.25 米。墓口四角开凿出长宽深约 0.2 米的井字框。墓内棺椁腐朽严重，根据残留漆皮及黑灰痕迹判断，棺置于墓室南侧，贴近墓室西壁，长宽难辨，棺南部残留股骨与胫骨，在右侧股骨旁随葬铜镜一面，铜镜破碎成数块，两层叠放（图七）。

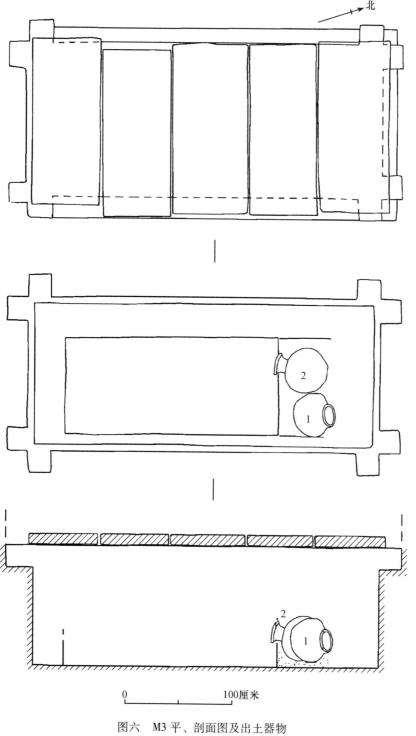

图六 M3 平、剖面图及出土器物

1、2. 罐

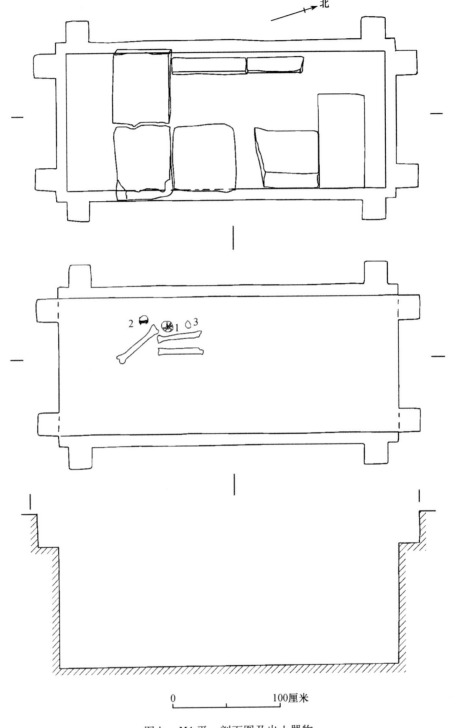

图七　M4 平、剖面图及出土器物
1. 铜镜　2. 木篦　3. 不明铁器

（二）随葬器物

1. 陶器

罐 2件。M3：1，夹砂灰陶，侈口，方唇，折沿，溜肩，鼓腹，小平底内凹。鼓腹部有数道戳印成的弦纹，下腹部饰竖绳纹，近底部饰横绳纹，底部饰交错绳纹。口径18.2、底径15.2、高38.4、腹径39.6、厚0.8～1厘米（图八，1；彩版一八，1）。M3：2，夹砂灰陶，侈口，方唇，折沿，束颈，溜肩，鼓腹，小平底。腹部饰三道戳印弦纹，下腹部饰竖绳纹，近底部饰横绳纹，底部亦饰绳纹。口径14.2、底径12、高38.6、腹径38、厚0.6～1厘米（图八，2；彩版一八，2）。

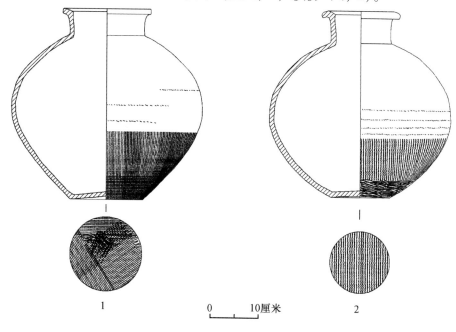

0 　　　10厘米

图八 M3 出土陶罐

1. M3：1 2. M3：2

2. 铜器

铜镜 1件。M4：1，蟠螭镜。圆形，残破锈蚀严重。纽残，纽外凹面圈带，饰纹由主纹和地纹组成，地纹为较稀疏的涡纹，主纹为极度涡化的"C"形螭纹。其外为内向十六连弧纹圈带，匕缘。直径9.2、缘厚0.35厘米（彩版一八，3）。

3. 铁器

不明器物 1件。M4：3，锈蚀，圆形，器形难辨。

4. 木器

木箟　1件。M4:2，马蹄形，残缺严重（彩版一八，4）。

三、M5

竖穴岩坑墓，其上部已被严重破坏，仅残留底部。墓葬东西向，残深0.25、长2.7、宽1.25米（图九）。

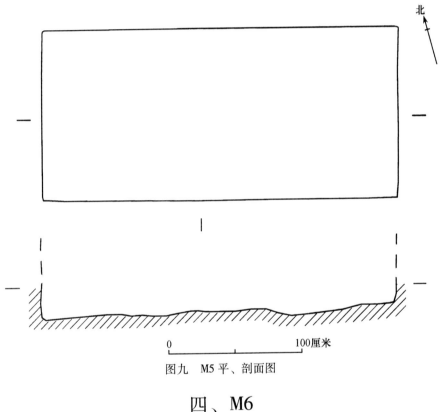

图九　M5平、剖面图

四、M6

（一）墓葬形制

竖穴岩坑墓，岩坑上部已被破坏。墓葬平面呈长方形，南北向，墓口长3.2、宽1.5米，墓底距墓口约0.55米。墓口原应盖以石板，均已破坏不见。棺位于墓室南部，根据残留痕迹判断棺长约2.5、宽约0.9米，墓室东南部发现铜钱数枚，已锈蚀难辨，墓室西南角随葬铜镜1件，铜镜被人为折为数段并分三层放置，铜镜西侧有铁器1件，锈蚀难辨。墓室北侧紧靠棺木位置放置陶器2件（图一〇；彩版一九，1）。

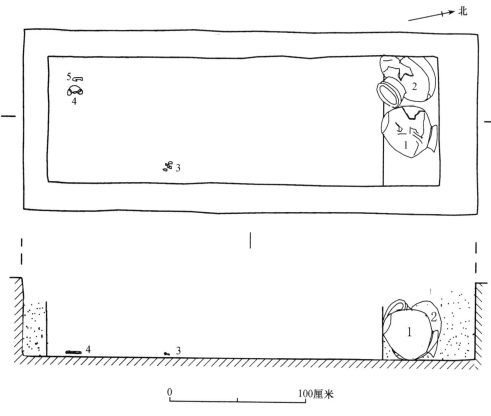

图一〇　M6 平、剖面图及出土器物
1、2. 陶罐　3、4. 铜镜　5. 不明铁器

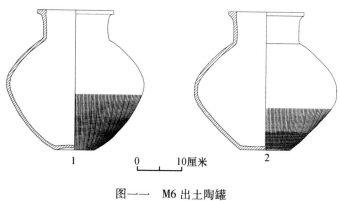

图一一　M6 出土陶罐
1. M6：1　2. M6：2

（二）随葬器物

1. 陶器

罐　2件。M6:1，夹细砂黑皮黄褐陶，侈口，方唇，宽平沿，束颈，溜肩，鼓腹，小凹底。下腹部饰竖绳纹。口径17、底径8.8、高30.4、腹径30.8、厚0.6～0.8厘米（图一一，1；彩版一九，2）。M6:2，夹细砂黑皮黄褐陶，口微敛，方唇，束颈，溜肩，鼓腹，小平底。下腹部饰竖绳纹，近底部饰横绳纹。口径16.8、底径11、高30、腹径32、厚0.6～1厘米（图一一，2；彩版一九，3）。

2. 铜器

铜镜　2件。M6:3，草叶纹镜。锈蚀严重，仅存少量铜体。M6:4，草叶纹镜。圆形，镜纽镜座及内区均残缺严重，座外见1个凹面大方格，四枚乳丁压在大方格四边的中心点上，并向外伸出一桃形花苞，两边为对称二叠式草叶纹，四角外伸出双瓣一苞花枝纹。内向十六连弧纹缘。直径14、缘厚0.4厘米（彩版一九，4）。

3. 铁器

不明器物　1件。M6:5，铁片弯曲形，不明何用。与M6:4铜镜伴出，长6.4、宽0.8厘米（彩版一九，5）。

五、M7

（一）墓葬形制

竖穴岩坑墓，岩坑上部已被破坏。墓葬平面呈长方形，南北向。墓口长2.65、宽0.9、墓底距墓口约0.6米。墓口原应盖以石板，均已破坏不见。棺位于墓室南部，棺及人骨均已腐朽不见，棺室北侧随葬铜镜一面，叠为两半放置。墓室北侧高起成石质二层平台，南北宽约0.35、距墓底高约0.05米。二层台上东西并置陶罐2件（图一二；彩版二○，1）。

（二）随葬器物

1. 陶器

罐　2件。M7:1，夹砂灰陶，口微敛，方唇，短束颈，溜肩，鼓腹，小平底。肩部饰两道弦纹，下腹部饰竖绳纹，近底部饰横绳纹，底部饰交错绳纹。口径

21.2、底径11.6、高34、腹径41.4、厚0.6～0.8厘米（图一三，1；彩版二〇，2）。

M7∶2，夹砂灰陶，侈口，方唇，短束颈，溜肩，鼓腹，小平底。肩部饰两道弦纹，鼓腹部分饰两道戳印纹组成的弦纹，下腹部饰竖绳纹，近底部饰横绳纹，底部饰交错绳纹。口径22、底径16.6、高34.4、腹径42、厚0.6～0.8厘米（图一三，2）。

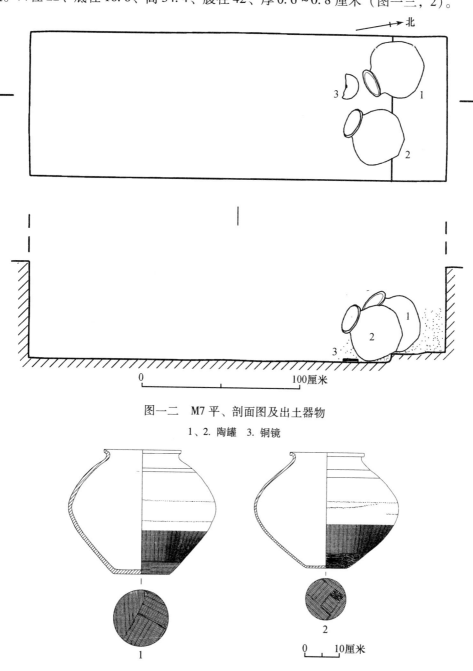

图一二　M7平、剖面图及出土器物

1、2. 陶罐　3. 铜镜

图一三　M7出土陶罐

1. M7∶1　2. M7∶2

2. 铜器

铜镜　1 件。M7:3，草叶纹镜。圆形，残为三块。纽缺，四叶纹纽座残，座外一个细线小方格和一个凹面大方格，方格内每边两字篆体二字铭，连读为："见日之光，天下大明"，方格四内角为两个对称的三角形回纹组成的正方形。四枚乳丁压在大方格四边的中心点上，并向外伸出一桃形花苞，两边为对称二叠式草叶纹，四角外伸出双瓣一苞花枝纹。内向十六连弧纹缘。直径 13.8、缘厚 0.35 厘米（彩版二〇，3）。

六、M8 与 M9

（一）墓葬形制

M8 与 M9 为并穴合葬墓，其形制相同，均为竖穴岩坑墓。

M8 岩坑上部已被破坏。墓葬平面呈长方形，南北向。墓口长 3.45、宽 1.5 米，墓底距墓口约 1.4 米。墓口原应盖以石板，均已破坏不见。石板下距离墓室北壁 0.7 米处于东西壁的凹槽内嵌入两块厚约 0.25 米的豆青色砂岩质挡板，挡板分上下两块，上侧宽 0.5、下侧宽 0.55 米。墓室北侧挡板隔置头箱，箱内放置较多器物，头箱东侧南北并放陶壶 2 件。陶壶上部有铜铺首 2 件，铜器足 3 件及少量漆皮，推测其上部原有 1 件三足漆器。附近还遗留大量动物骨骼，包括鱼骨、狗骨等，陶壶北侧有铜洗 1 件，铜洗下再置 1 件铜盆，2 件铜器均锈蚀严重。墓室南侧为棺室，根据残留痕迹判断，南部棺板距南壁 0.15、距东壁 0.12 米，棺长约 2.05、宽 0.8 米。棺室西南角随葬铜镜 1 件，棺室北部东西各随葬铜镜 1 件，2 件铜镜间有漆器 1 件，残破较甚（图一四）。

M9 岩坑上部也已被破坏。墓葬平面呈长方形，南北向。墓口长 3.3、宽 1.35 米，墓底距墓口约 0.5 米。墓口原应盖以石板，现均已遭到破坏。石板下距离墓室北壁 0.55 米处于东西壁的凹槽内嵌入两块厚约 0.1 米的豆青色砂岩质挡板，挡板下端悬空，距墓底 0.15 米。墓室北侧挡板隔置头箱，头箱东侧放置陶壶 2 件（其中 1 件被人为扰动，位置已失）。陶壶西部有铜铺首 2 件、铜器足 3 件及少量漆皮，并与大量兽骨混合，包括鱼骨、狗骨等，推测该处原有 1 件三足漆器。墓室南侧为棺室，已腐朽难辨，根据棺室内仅存部分人骨骨骼痕迹判断墓主头向向北。棺室东北角随葬铜镜 1 件，棺室中部偏东随葬铁刀、铁剑各 1 件，其西侧还随葬铜带钩 1 件（图一五）。

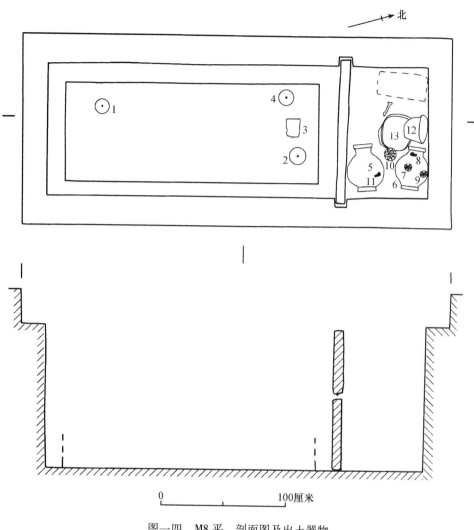

图一四　M8 平、剖面图及出土器物

1、2、4. 铜镜　3. 漆奁　5、6. 陶壶　7、9. 铜铺首　8、11、14. 铜器足　10. 铜熏炉

12、13. 铜洗　15. 铜提手

（二）随葬品

1. 陶器

壶　2件。M8:5，夹砂黑皮灰陶，盘口，方唇，短束颈，溜肩，鼓腹，圈足底。腹部饰数道戳印弦纹。口径 16.4、圈足径 14、高 32.4、腹径 29.2、厚 0.6～1 厘米（图一六，1；彩版二一，1）。M8:6，泥质灰陶，盘口，方唇，短束颈，溜肩，鼓腹，圈足底。腹部饰三道戳印弦纹。口径 16、圈足径 13.6、高 32.6、腹径 30.6、厚 0.4～0.6 厘米（图一六，2；彩版二一，2）。

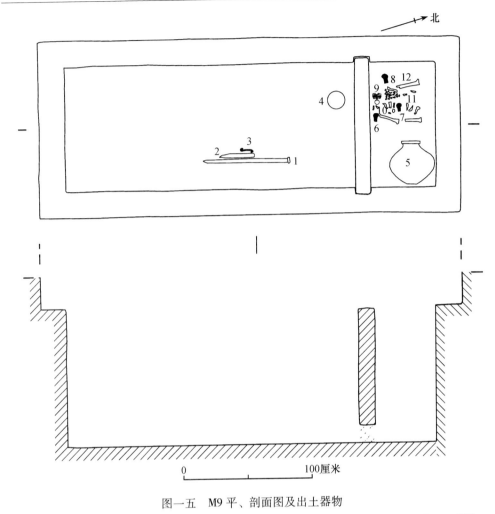

图一五　M9 平、剖面图及出土器物

1. 铁剑　2. 铁环首刀　3. 铜带钩　4. 铜镜　5、6. 陶罐　7~9. 铜器足　10、12. 铜铺首　11. 铜饰

罐　2 件。M9∶5，侈口，方唇，唇部一道弦纹，折沿，束颈，溜肩，鼓腹，小平底。腹部一道戳印纹组成的弦纹，下腹部饰横绳纹，底部饰交错绳纹。口径17.2、底径11.2、高33.8、腹径34.4、厚0.6~0.8厘米（图一六，4）。M9∶6，夹砂灰陶，腹部残，侈口，方唇，卷沿，束颈，溜肩，小平底微内凹。肩腹部原有红黑彩，已脱落。肩部饰多道凹弦纹，其内壁亦旋出多重瓦棱纹，下腹部饰竖绳纹，近底部饰横绳纹，器底亦饰绳纹。口径19、底径12、厚0.6~1厘米（图一六，3）。

2. 铜器

铜镜　4 件。M8∶1，星云纹镜。圆形，九乳连峰纽，圆纽座，座外一周内向十六连弧纹缘，其外两周栉齿纹，圈内为主纹，主纹内四组圆座乳相间以四组星云纹，小乳众多，云纹卷曲似蟠螭纹，镜缘为内向十六连弧纹。直径10.4、厚0.4厘米

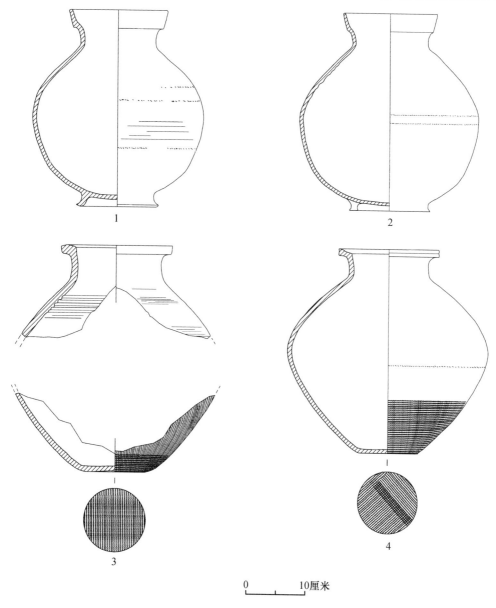

图一六　M8、M9 出土陶器

1、2. 壶（M8:5、M8:6）　　3、4. 罐（M9:6、M9:5）

（彩版二一，3）。M8:2，草叶纹镜。圆形，半球纽，四叶纹纽座，座外一个细线小方格和一个凹面大方格，方格内每边四字篆体四字铭，连读为："富贵常乐，常得所食，常宜酒食，长乐勿事"。方格四内角为两个对称的三角形回纹组成的正方形。四枚乳丁压在大方格四边的中心点上，并向外伸出一桃形花苞，两边为对称二叠式草叶纹，四角外伸出双瓣一苞花枝纹。内向十六连弧纹缘。直径14、厚0.6厘米。M8:4，圆形，锈蚀严重，仅存少量铜锈（彩版二一，4）。M9:4，星云纹镜。圆形，

青岛考古（一）

九乳连峰纽，圆纽座，座外一周内向十六连弧纹缘，其外两周栉齿纹圈内为主纹，主纹由四枚并蒂连珠座的大乳分为四区，每区内各有七枚小乳，以曲线相连。镜缘为内向十六连弧纹。直径 10.5、缘厚 0.3 厘米（彩版二一，5）。

洗　2件。M8:12，捶揲制成，体质极轻薄，破损严重。敞口，外折沿，浅腹，其下残。口径 17.8、残高 4、厚 0.05 ~ 0.1 厘米（图一七，6；彩版二一，6）。M8:13，捶揲制成，体质极轻薄，破损严重。敞口，外折沿，浅腹，下腹残，假圈足底。口径 26.8、底径 11.2、厚 0.02 ~ 0.1 厘米（图一七，3）。

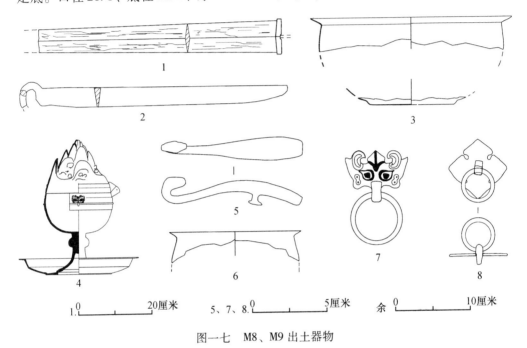

图一七　M8、M9 出土器物

1. 铁剑（M9:1）　2. 铁环首刀（M9:2）　3、6. 铜洗（M8:13、M8:12）　4. 铜熏炉（M8:10）

5. 铜带钩（M9:3）　7. 铜铺首（M8:7）　8. 铜提手（M8:15）

熏炉　1件。M8:10，全器由底盘、炉把、炉身、炉盖组成。下部底盘作敞口，平折沿，下腹急收为底，底部中心内凹。口径 9.4、高 17.6、盘径 16.2、盘底 9、厚 0.1 ~ 0.2 厘米。圆盘中央立一空心炉把以承炉身，炉身似豆形，子口，直壁，浅腹，圜底。炉身和盖系分别铸成后用铁钉卯合而成。炉盖上铸出高低起伏、挺拔峻峭的山峦多层，炉盖因山势镂孔。山峦间神兽出没，四周模印各种人物故事。炉身两侧有模铸饕餮图案挂手。盘径 16.2、器高 17.6 厘米（图一七，4；彩版二二，1）。

带钩　1件。M9:3，长条形，钩首蛇头状，钩颈细长，钩腹宽大，钩面隆起，尾端宽平，纽为圆饼形。通长 9.5、高 1.7 厘米（图一七，5；彩版二二，2）。

铺首　4件。为漆器附件。M8、M9 各出土 2 件，其大小形制亦完全相同。M8:7，兽面衔环式，应为漆木器上的附件。兽面睁目，双耳竖直，额似山尖形，铺首下方作曲鼻衔环，下方左右露两爪，背有二竖立插钉。全器长 6.2、宽 4.3、环外径 3.5 厘米（图一七，7；彩版二二，3）。

器足 6 件。为漆器附件。M8 及 M9 各出土 3 件，在器足附近发现大量漆皮痕迹，应为漆木器器足，各墓出土的大小形制均相同。M8∶11，平面呈琵琶形，蹄足，中空，背面平整，半球形足根内侧有一锥形插榫，通高 4.6 厘米。M9∶7，通高 4.7 厘米。

提手 1 件。为漆器附件。M8∶15，漆器盖顶镶嵌物，柿蒂纹形薄片，中部长方形方孔内插钉与一铜环相扣。柿蒂纹薄片长为 3.9、铜环外径为 2.4、环厚 0.3 厘米（图一七，8；彩版二二，4）。

3. 铁器

剑 1 件。M9∶1，剑身中部微起脊，断面呈菱形，茎残，与剑身交接处有铜镡，铜镡平素无纹饰，中间隆起成脊，一端中间稍向前突出，另一端中间稍向内凹入。剑身残留竹木质剑鞘腐朽痕迹。剑残长 69.7、宽 3～4.3 厘米（彩版二二，5）。

环首刀 1 件。M9∶2，残缺锈蚀严重，刀首残，直刃直背，断面为三角形，刀尖微往上翘。残长 12、宽 2～3 厘米（彩版二二，6）。

七、M10

（一）墓葬形制

竖穴岩坑墓，岩坑上部已被破坏。墓葬平面呈长方形，南北向，墓口长 2.7、宽 0.9 米，墓底距墓口约 0.8 米。墓口盖以石板，多已遭到破坏。石板长方形，雕凿粗糙，长约 1.25、宽 0.45～0.7 米。棺位于墓室南部，棺及人骨均已腐朽不见，棺室北侧东西各随葬铜镜 1 件。墓室北侧高起成石质二层平台，南北宽约 0.5 米，距墓底高约 0.15 米。二层台上东侧放陶器 1 件，已被石盖板压碎，陶器西面随葬较多动物骨骼（图一八）。

（二）随葬品

1. 陶器

罐 1 件。M10∶3，夹砂灰陶，侈口，方唇，卷沿，束颈，溜肩，鼓腹，平底。肩及上腹部饰三道凹弦纹。口径 16.4、底径 19.5、高 26、腹径 29.2、厚 0.6～1 厘米（图一九；彩版二三，3）。

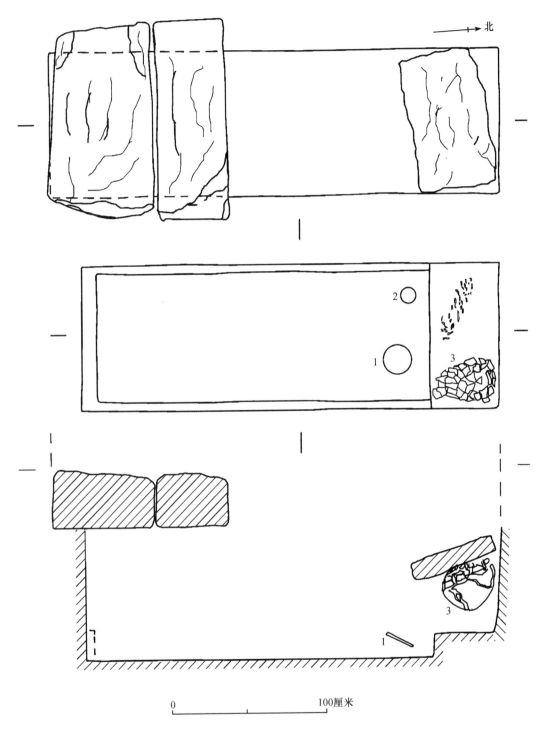

北

0　　　　　　　　　　　　100厘米

图一八　M10 平、剖面图及出土器物

1、2. 铜镜　3. 陶罐

2. 铜器

铜镜　2件。M10:1，草叶纹镜。圆形，半球纽，四叶纹纽座残，座外一大一小两个凹面方格，方格内每边两字篆体四字铭，连读为："见日之光，天下大明"，方格四内角各伸出一桃形花苞。四枚乳丁压在大方格四边的中心点上，并向外伸出一桃形花苞，两边为对称二叠式草叶纹，四角外伸出双瓣一苞花枝纹。内向十六连弧纹缘。直径18.2、缘厚0.5厘米（彩版二三，4）。M10:2，圆形，锈蚀严重，仅残存少量铜锈。

八、M11

土坑竖穴砖椁墓。南北向，其上部、南北部均已遭到破坏。墓葬宽1.1、残长1.3、残深0.28米。砖长0.25、宽0.13、厚0.4米。砖椁为单砖错缝垒砌，底部人字形砖铺地面。棺已腐朽不见，残存少量头骨、肢骨等，据此判断头向东，未有任何随葬品发现（图二〇）。

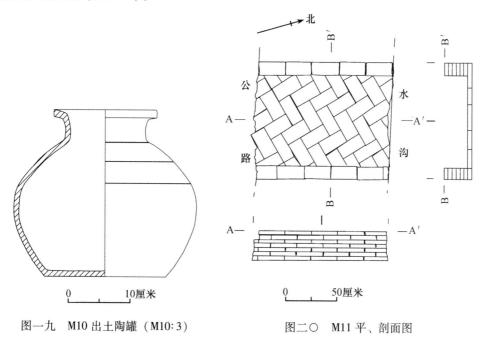

图一九　M10出土陶罐（M10:3）　　　图二〇　M11平、剖面图

九、M12与M13

（一）墓葬形制

M12与M13为并穴合葬墓，其形制相同，均为竖穴岩坑墓（彩版二三，1、2）。M12墓葬平面呈长方形，南北向，宽1.45米，岩圹墓口长2.8、宽0.95米，墓

底距墓口约 1.05 米。墓口盖以石板，北侧石板被人为破坏，剩下南部石板三块。石板长方形，雕凿粗糙，长约 1.35、宽 0.5～0.65 米。石板下墓室北部东西壁凿出宽 0.08、深约 0.08 米的浅槽，但未有挡板发现。墓室北侧头箱东西放置陶壶各 1 件。墓室南侧为棺室，根据残留痕迹判断棺长约 1.9 米，宽不可辨，墓内人骨腐朽严重，仅剩少量骨骼。墓主的骨骼已挪失原位，其脊椎位于棺室偏西部，而头骨位于棺室东北（图二一）。

图二一　M12 平、剖面图及出土器物

1、2. 陶罐

M13 墓口长 1.45、宽 1.25 米，岩圹墓口长 1.25、宽 1.1 米，墓底距墓口约 1.6 米。墓口盖以石板 4 块，石板长方形，长约 1.25、宽 0.7～0.8 米。石板下距离墓室北壁 0.55 米处在东西壁的凹槽内嵌入两块长约 1.05、宽约 0.95、厚约 0.06 米的豆青色砂岩质挡板。墓室北侧头箱东西放置陶壶各 1 件。墓室南侧为棺室，棺已残不可辨，墓内人骨腐朽严重，但大致轮廓尚存，墓主头向东，仰身直肢葬。其头部北侧随葬角摘 1 件，头西侧随葬铜镜 1 件（图二二）。

（二）随葬品

1. 陶器

罐　2 件。M12:1，夹砂灰陶，侈口，方唇，宽卷沿，束颈，溜肩，鼓腹，平底。口径 16.4、腹径 18、高 30.6、腹径 29.8、厚 0.4～0.6 厘米（图二三，1）。M12:2，夹砂灰陶，侈口，方唇，宽卷沿，束颈，溜肩，鼓腹，平底。口径 16.6、腹径 17、高 30.64、腹径 29.2、厚 0.4～1.2 厘米（图二三，2；彩版二四，1）。

瓮　2 件。形制相同。M13:3，夹砂灰陶，敛口，圆唇，高领，广肩，鼓腹，下腹斜收，平底内凹。肩及上部饰数道弦纹，下腹饰竖绳纹，近底部饰横绳纹，底部亦饰绳纹。口径 24.4、底径 14.6、高 34、腹径 50、厚 0.8～1.2 厘米（图二三，3；彩版二四，2）。M13:4，口径 22、底径 14.8、最大腹径 45.2、通高 33.6、厚 0.8～1.2 厘米（彩版二四，3）。

2. 铜器

铜镜　1 件。M13:1，草叶纹镜。圆形，半球纽，四叶纹纽座残，座外一个细线小方格和一个凹面大方格，方格内每边两字篆体二字铭，连读为："见日之光，天下大明"，方格四内角各伸出一桃形花苞。四枚乳丁压在大方格四边的中心点上，并向外伸出一桃形花苞，两边为对称二叠式草叶纹，四角外伸出双瓣一苞花枝纹。内向十六连弧纹缘。直径 13.3、缘厚 0.4 厘米（彩版二四，4）。

3. 角器

角摘　1 件。M13:2，残长 5、宽 1.3、厚 0.1～0.2 厘米（图二三，4；彩版二四，5）。

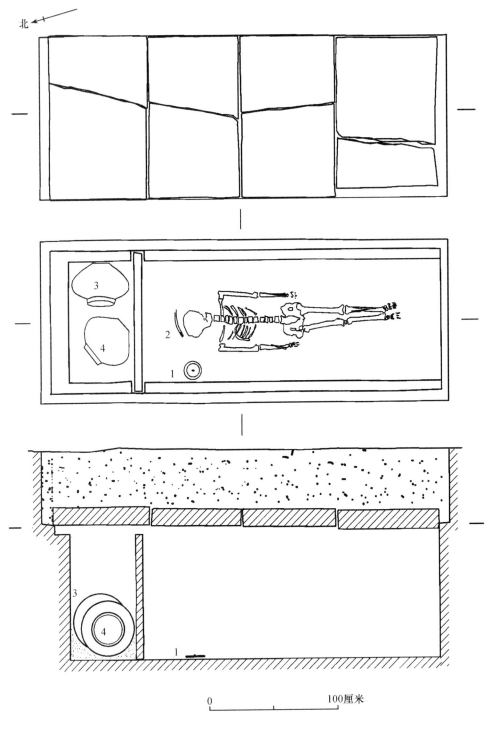

图二二　M13 平、剖面图及出土器物

1. 铜镜　2. 角擿　3、4. 陶瓮

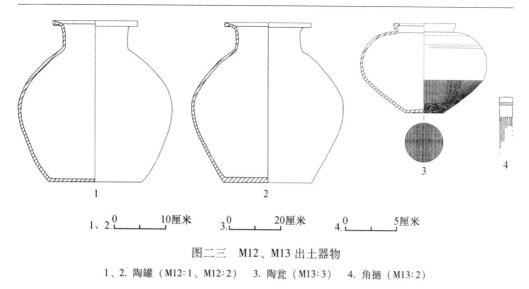

图二三　M12、M13 出土器物

1、2. 陶罐（M12:1、M12:2）　3. 陶瓮（M13:3）　4. 角摘（M13:2）

结　语

1. 墓葬年代

后桃林墓地发掘的 13 座墓葬均未发现可供断代的纪年文字，然据墓葬形制及其随葬器物，仍可看出较为明显的时代特征。

从墓葬形制看，除 M10 为砖椁墓外，其余均为岩坑竖穴墓，其墓穴上又加石质盖板，有的墓葬还与墓口四角凿出放置石盖板的凹槽，显示出石椁形制，尤其是 M3 与 M4，石圹上部还造出 "#" 字形圹，这与四面立板的典型的石椁墓做法相似，可看作石椁墓的较早期做法。又汉代石椁墓流行于山东鲁中南一带，青岛地区所见较少，或许受其传播影响所致。但除去这些地方特色外，仍然属于西汉时期流行的埋葬制度。

从随葬陶器看，后桃林汉墓出土较多的小口高领陶罐，以及 M13 出土的陶瓮均流行于西汉中晚期墓葬中[1]。

后桃林汉墓随葬铜镜包括草叶纹镜及星云纹镜，也均为西汉中晚期墓葬典型随葬铜镜。

综合以上特征可推断，后桃林墓地发掘的除 M10 之外的 12 座墓葬下葬年代应为西汉中晚期。M10 年代较难断定，其墓葬形制为砖椁式，墓砖为素面青砖，同样的青砖见于周围发现的汉代墓葬，由于其墓穴打破岩圹墓上部封土，其埋葬年代晚于岩圹墓，为西汉晚期到东汉早期。

2. 关于墓主

城阳后桃林汉墓群所处地望在西汉时期属于徐州琅琊郡不其县，据《汉书》记载："琅琊郡，秦置。莽曰填夷，属徐州……不其，有太一、仙人祠九所，及明堂……"；武帝三年，"夏四月，幸不其，祠神人于交门宫，若有乡坐拜者，作《交门之歌》。"

据《太平寰宇记》载："不其城，汉置，古城约周十余里"，其县辖境大体相当于今青岛市市内四区及城阳区。不其城旧址就在今城阳街道城阳、城子、寺西三村交汇处。秦时建为县署，于西汉太始四年（前93年）汉武帝至不其时东迁，原址改为行宫。东汉建武六年（30年）伏湛又改建行宫为都署。1979年，在此处发现了秦代纹饰兽面半瓦当、西汉黄绿釉云纹圆瓦当、东汉篆书"千秋万岁"挂黄绿釉圆瓦当以及秦复线三角砖等遗物。后桃林墓地规模巨大，墓葬分布密集，为一处汉代家族墓地，应与当时不其城内居民有关系。

西汉时期不其县属于徐州琅琊郡，后桃林发掘墓葬的形制及随墓较多的漆器等习俗也显示出其深受楚文化的影响。

3. 碎镜葬俗

后桃林墓地共出土铜镜11件，其中大半为破碎的。从发掘情况来看，推测应该是器物在随葬前已经人为打碎而后埋葬的。如M4∶1铜镜，出土时碎为数块且为叠压放置；M6∶4铜镜，出土时三层叠压放置；M7∶3铜镜，出土时候已经碎为三块，叠压成两层放置。其他破碎的铜镜根据破碎情况推测多为随葬前即已遭人为打碎。

打碎陶、铜、玉器等毁器习俗广泛见于世界各地的丧葬与祭奠习俗。而墓葬内随葬破镜习俗，据目前研究来看，于出土的秦墓[2]及匈奴墓葬[3]中较为常见，这也被研究者认为是一种北方少数民族的丧葬习俗，而近年来青岛地区的汉代墓葬中也普遍见以破碎铜镜随葬，如胶州盛家庄汉墓也发现同样情况，这一现象值得引起重视，关于其具体文化内涵则有待进一步探讨。

发 掘 领 队：林玉海

参 加 人 员：杜义新　陈宇鹏　彭　峪　郑禄红

　　　　　　　袁伦江　毕照森　黄雅楠（城阳区文物保护管理委员会办公室）

文 物 修 复：杜义新

绘图、整理：郑禄红

摄　　　影：彭　峪

执　　　笔：郑禄红　袁伦江

注　释

［1］　郑同修、杨爱国：《山东汉代墓葬出土陶器的初步研究》，《考古学报》，2003 年第 3 期。

［2］　马丽清：《出土秦镜与秦人毁镜习俗蠡测》，《郑州大学学报（哲学社会科学版）》，2009 年第 6 期。

［3］　马丽清：《匈奴墓葬出土铜镜及毁镜习俗源流考》，《中央民族大学学报（哲学社会科学版）》，2009 年第 6 期。

城阳文阳路汉墓发掘报告

青岛市文物保护考古研究所

2008 年 9 月，青岛电业公司在青岛市城阳区文阳路变电站施工过程中发现汉代墓葬，接到报告后青岛市文物保护考古研究所立即会同城阳区文物保护管理委员会办公室于 9 月 9 日至 11 日对该处墓葬进行了抢救性发掘清理。

从现场情况看，该地应为一处汉墓遗址群，由于历年施工建设，破坏情况十分严重，本次共清理墓葬 3 座（图一）。现将发掘收获报告如下。

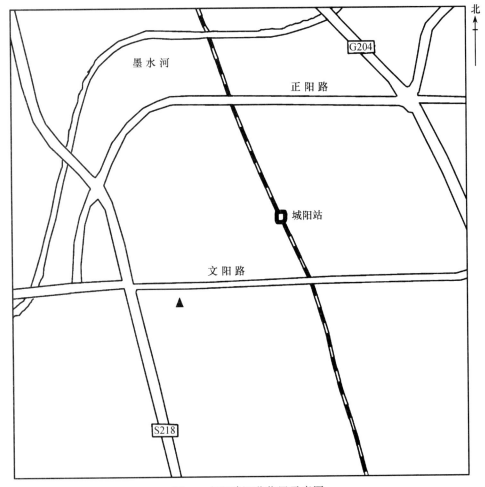

图一　文阳路汉墓位置示意图

一、墓 葬 形 制

　　3座墓葬相距不远，均为南北向土坑竖穴砖椁墓，由北向南编号为M1、M2、M3（图二）。

　　M1　残长0.2、宽1.6米，砖椁残高0.6米，墓底距地表1.6米。墓向8°。由于破坏严重，墓穴、棺椁具体长度均不详。该墓未有人骨发现，仅在椁北侧龛内发现2件原始青瓷壶，1件缺失口及肩部，另1件破损较严重（图三）。

　　M2　残长1.9、宽0.11米，深2米。墓向8°。M2西侧被M1打破，叠压于其下。砖椁高度0.74米（北部高0.82米并嵌入生土一半，即砖椁部分高度向外挖成龛式），为错缝平砌。底部为一层人字形砖铺地。棺为木质，据板灰痕迹，厚约0.04米，残存高度0.2米，棺盖板板灰痕迹厚度约0.02米，砖椁之上有木质盖板痕迹。砖长0.24、宽0.12、厚0.035～0.042米。墓主人为仰身直肢葬，头向北，仅见少许人骨、牙齿。北侧棺椁之间清理原始青瓷壶1件，墓主右手处出土铜钱1枚（图四）。

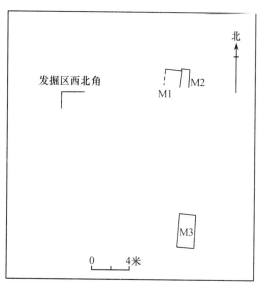

图二　文阳路墓地平面图

　　M3　墓圹长约3.7、宽1.8米，铺地砖距离地表约2.4米。墓向10°。砖椁残存高度约0.6米，为错缝平砌。底部为一层人字形砖铺地，铺地砖底部又铺有一层砖，其中北面8排为一层立砖铺砌，南部则交错铺砌两层侧砖。棺为木质，板灰痕迹厚度0.08、高0.35米，棺盖板板灰痕迹厚度0.04米，砖椁之上有木质盖板板灰痕迹。砖长0.25、宽0.12、厚0.035～0.042米。墓主人仰身直肢葬，头向向北，墓室内仅见少许腐朽人骨痕迹，头骨及下肢骨残存较为清晰。棺椁之间北侧出土青瓷壶及陶罐各1件；墓主头部出土铜钱数枚，铜带钩、铜镜刷各1件；右手处出土环首铁刀1件；左手处出土铁剑1把；出土铜带钩2枚、铁环1枚及袋装铜钱1件，置于腰部；另有铁环1枚置于腿部（图五）。

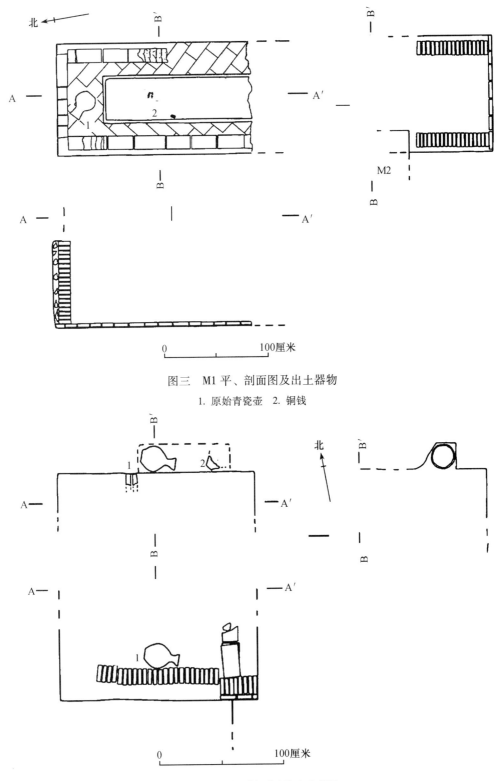

图三　M1 平、剖面图及出土器物

1. 原始青瓷壶　2. 铜钱

图四　M2 平、剖面图及出土器物

1、2. 原始青瓷壶

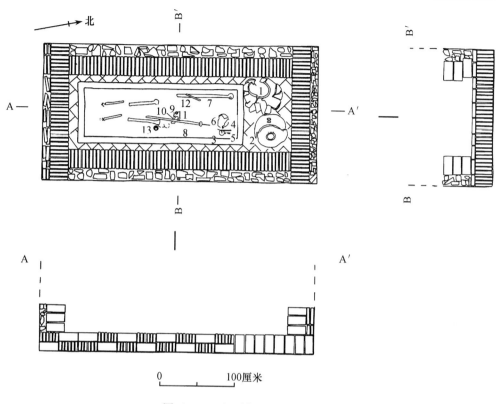

图五　M3 平、剖面图及出土器物

1. 原始青瓷壶　2. 陶罐　3. 铜镜　4. 铜镜刷　5. 铜带钩（头部）　6、11. 铜钱　7. 铁削　8. 铁剑
9、10. 铜带钩（腰部）　12. 铁环（腰部）　13. 铁环（腿部）

二、随 葬 器 物

以上 3 座墓葬共出土遗物 17 件，加上现场群众上缴的采集文物 3 件，共 20 件。按质地可分为陶器、原始瓷器、铁器、铜器四类。

1. 陶器

罐　1 件。M3:2，泥质灰陶，侈口，尖唇，短束颈，溜肩，鼓腹，平底。下腹部饰两层竖绳纹，一条弦纹隔开。口径 24.4、底径 16.8、最大腹径 42、通高 35.2、厚 0.8~1.2 厘米（图六，6；彩版二五，1）。

2. 原始青瓷器

壶　7 件。M1:1，杯形口，圆唇，长颈，鼓腹，凹底。颈部饰一周波浪纹，肩及腹部旋出多重瓦棱纹。口径 10.4、底径 11.2、最大腹径 10.4、通高 27、厚 0.4~

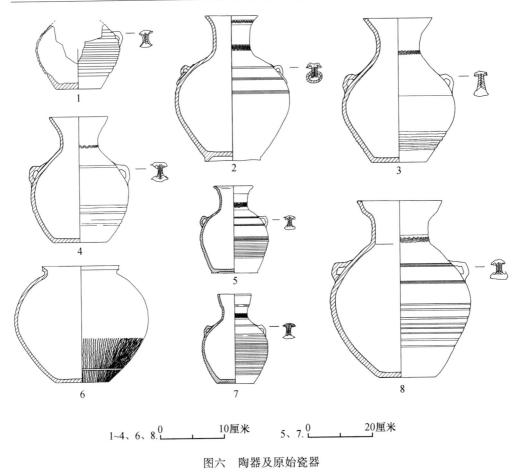

1~4、6、8. 0 ⊢—⊢—⊢—⊣ 10厘米　　5、7. 0 ⊢—⊢—⊢—⊣ 20厘米

图六　陶器及原始瓷器

1～5、7、8. 原始青瓷壶（M1:2、M3:1、采:3、采:2、M2:1、M1:1、采:1）　6. 陶罐（M3:2）

1厘米（图六，7；彩版二五，2）。M1:2，口部残缺，剩余部分为灰褐色胎体，溜肩，鼓腹，平底。器身旋出多重瓦棱纹。最大腹径13.2、底径7、残高9.8、厚0.1～1厘米（图六，1）。M2:1，喇叭口，尖唇，长颈，鼓腹，凹底。颈部饰三道弦纹，下颈两道弦纹之间饰波浪纹，肩及腹部旋出多重瓦棱纹。口径12.6、底径14.8、最大腹径21.6、通高26.4、厚0.4～0.8厘米（图六，5；彩版二五，3）。M3:1，喇叭口，尖唇，长颈，鼓腹，凹底。口上缘和颈下刻画水波纹，各以二道凹弦纹约束，上腹饰三道凸弦纹，双耳于上腹模印作铺首衔环形，上腹至口沿部施青釉，下腹及底无釉，胎体呈红褐色。器形制作不规整，多处因气泡鼓起致器物变形。口径16.4、底径17、最大腹径36、通高44、厚0.6～1.2厘米（图六，2；彩版二五，4）。采:1，盘口，尖唇，束颈，鼓腹，平底。颈部饰一周波浪纹，腹部旋出多重瓦棱纹。双肩模印双耳，耳部上下饰数道弦纹。上腹至口沿部施青釉，下腹及底无釉，胎体呈红褐色（图六，8；彩版二五，5）。采:2，敞口，尖唇，束颈，鼓腹，平底。颈部饰一周波浪纹，腹部旋出多重瓦棱纹。双肩模印双耳，耳部饰两道

弦纹。上腹至口沿部施青釉，下腹及底无釉，胎体呈红褐色（图六，4；彩版二五，6）。采：3，敞口，尖唇，束颈，鼓腹，平底。颈部饰一周波浪纹，腹部旋出多重瓦棱纹。双肩模印双耳，双耳下部饰一道弦纹。上腹至口沿部施青釉，下腹及底无釉，胎体呈红色（图六，3）。

3. 铁器

剑　1件。M3：7，剑身中部微起脊，断面呈菱形，茎扁平，与剑身交接处有铜镡，铜镡平素无纹饰，中间隆起成脊，一端中间稍向前突出，另一端中间稍向内凹入。剑身残留竹木质剑鞘腐朽痕迹。剑长约90、宽1.2～2.8厘米。

环首刀　1件。M3：8，环首椭圆形，直刃直背，断面为三角形，刀尖微往上翘，长约72、宽2～3厘米（彩版二六，1）。

环　2件。环形内孔近方形，有木质工具腐烂痕迹，出土时候位于人骨架下腹及髋部，推测二铁环套于同一木器两端，其用途不明。M3：12，直径3.6、内孔径1.5～1.9、环径0.3～1厘米（图七，4；彩版二六，2左）。M3：13，直径5.4、内孔径3、环径0.4～1.2厘米（图七，6；彩版二六，2右）。

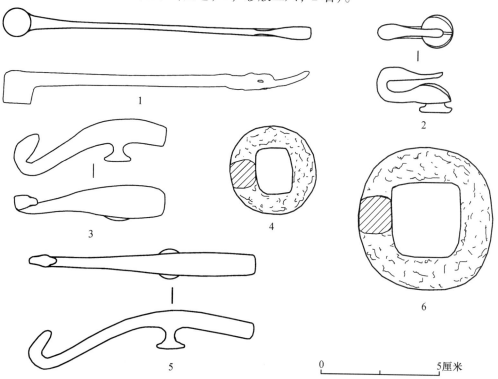

图七　M3 出土器物

1. 铜镜刷（M3：4）　2、3、5. 铜带钩（M3：10、M3：9、M3：5）　4、6. 铁环（M3：12、M3：13）

4. 铜器

铜镜　2件。M3：3，日光镜。圆形，圆纽，圆纽座。座外内向八连弧纹圈带，其外为两周凸弦纹及两周栉齿纹，两周弦纹之间为铭文："见日月光，长□□忘"，字间间隔以涡纹等。字体简化，三角缘。直径7.2、缘厚0.3厘米（彩版二六，3）。采：4，昭明镜。圆形，圆纽，圆纽座。座外一周凸弦纹及一周内向八连弧纹带，连弧间有简单的纹饰。其外两周栉齿纹之间有铭文："内而清而以而昭而明而光而象而夫日而月不泄"。字体较方整，素宽缘。直径10.8、缘厚0.4厘米。

镜刷　1件。M3：4，圆管曲尺形，烟斗状。器表鎏金，部分已剥落。细长柄，两端较粗，截面呈扁圆形，柄端做龙头状，龙头衔舌状上翘。斗呈圆形，残存刷毛痕迹。斗径1.1、柄端穿径0.3～0.6、长12.8厘米（图七，1）。

带钩　3件。M3：5，长条形，钩首蛇头状，钩颈细长，钩腹宽大，钩面隆起，尾端宽平，纽为圆饼形。通长7、高1.2厘米（图七，5；彩版二六，4）。M3：9，长条形，钩首蛇头状，钩颈较粗短，钩腹宽大，钩面隆起，尾端宽平，纽为圆饼形。通长5.4、高1.6厘米（图七，3；彩版二六，5）。M3：10，鸭首形，钩首与钩体近乎等长，钩首像鸭嘴，腹短而近圆形，背部一圆，钩纽呈圆饼形。外部有细密织物包裹痕迹，出土时位于人骨架腹部，与左侧佩剑相近，应为刀剑钩。通长3.2、高2厘米（图七，2；彩版二六，6）。

铜钱　M1及M3出土铜钱均为五铢钱。面廓清晰，"五"字交笔缓曲。直径2.1、穿径1厘米。M3：11，长管状，长11厘米，内装铜钱数十枚，外层有细密织物包裹痕迹，已与铜钱锈蚀一处。

群众上缴的铜钱均为王莽时期"货泉"，锈蚀板结一处，原应有布条或绳索穿系，数量众多，近千枚。

三、结　语

文阳路墓地发掘的3座墓葬并未发现可供断代的纪年材料，且由于破坏严重，该墓地布局及具体情况已不可知。然据墓葬形制及其随葬器物，仍可看出较为明显的时代特征。

土坑竖穴砖椁墓出现于西汉中晚期，墓穴构造基本与竖穴木椁墓相同，唯木椁部分由墓砖代替，砖椁内仍置木棺。虽遭到破坏，仍可看出文阳路墓地3座砖椁墓葬呈现出椁墓向室墓转变的趋势。

　　从随葬品看，同类型原始青瓷器多见于西汉中晚期墓葬中，M3 出土的汉代日光镜为西汉中晚期墓葬典型随葬品之一。

　　综合以上特征推断，文阳路墓地发掘的 3 座墓葬下葬年代应为西汉中晚期。

发掘领队：林玉海

参加人员：杜义新　郑禄红

　　　　　袁伦江　牟文忠　毕照森（城阳区文物保护管理委员会办公室）

文物修复：杜义新

绘　　图：郑禄红

摄　　影：彭　峪

执　　笔：郑禄红　毕照森

胶州盛家庄汉墓发掘报告

青岛市文物保护考古研究所

盛家庄汉墓群（表一）位于胶州市九龙镇盛家庄村东约 100 米的岭地之上，地势由南向北渐缓，周围均为农田。汉墓群北部即为胶州市区，北距香港路约 500 米，南部靠近青岛市级文物保护单位双岭汉墓群（图一）。

表一　胶州盛家庄墓地墓葬登记表

墓号	形制	长（米）	宽（米）	深（米）	墓向	随葬品	备注
M1	土坑竖穴	3.70	1.20	5.50			墓室积贝
M2	土坑竖穴砖椁	2.75	2.30	6.50			墓室积贝
M3	土坑竖穴砖椁	3.80	2.40	1.50			墓室积贝
M4	土坑竖穴	2.50	1.05	2.50	90°	无	
M5	土坑竖穴	2.25	1.00	2.20	94°		
M6	土坑竖穴	2.20	0.92	2.10	18°		
M7	土坑竖穴	1.96	0.92	2.20	0°	1 件	
M8	土坑竖穴砖椁	3.00	1.65	2.35	83°		墓室积贝，带壁龛
M9	土坑竖穴	3.30	1.20	3.90	86°		墓室积贝，砖棺
M10	土坑竖穴	2.10	0.66	1.20	88°		
M11	土坑竖穴	2.40	1.00	2.80	86°		
M12	土坑竖穴	2.60	1.36	2.00	92°		
M13	土坑竖穴	2.60	1.20	1.70	75°		
M14	土坑竖穴	2.30	0.90	2.00	92°		
M15	土坑竖穴	2.30	1.75	1.2	83°		
M16	土坑竖穴	2.90	1.40	2.70	72°		
M17	土坑竖穴	2.70	1.20	2.60	94°		
M18	土坑竖穴	2.40	1.00	2.00	80°		砖棺
M19	土坑竖穴	3.20	1.30~1.46	2.9	354°		
M20	土坑竖穴	2.25	0.90	1.90	0°		
M21	土坑竖穴	2.10	0.90	1.80	0°		
M22	土坑竖穴	2.25	0.85	2.00	80°		
M23	土坑竖穴砖椁	3.70	1.65	4.30	85°		墓室积贝
M24	土坑竖穴砖椁	3.60	1.62	4.80	86°		墓室积贝
M25	土坑竖穴	1.20	0.55~0.6	1.60	112°		瓮棺葬
M26	土坑竖穴	1.10	0.35	1.20	102°		瓦棺葬
M27	土坑竖穴	1.36	0.40	2.40	90°		瓦棺葬

续表

墓号	形制	长（米）	宽（米）	深（米）	墓向	随葬品	备注
M28	土坑竖穴砖椁	3.40	1.60	2.00	85°		墓室积贝，带壁龛
M29	土坑竖穴砖椁	3.20	1.80	3.76	84°		墓室积贝，带壁龛
M30	土坑竖穴	2.30	2.30	1.50	350°		
M31	土坑竖穴	2.30	0.90	1.90	88°		
M32	土坑竖穴砖椁	3.50	1.90	2.30	358°		
M33	土坑竖穴砖椁	3.30	1.50		348°		
M34	土坑竖穴	2.20	0.90	1.80	94°		

图一　胶州盛家庄墓地位置示意图

2009 年 8 月，盛家庄村东约 200 米岭地施工过程中发现古墓葬。接到群众举报后，胶州市博物馆随即组织人员前往，抢救性清理了 3 座西汉时期的积贝墓，出土各类文物共 17 件。同时在对该处遗址进行了调查后，将其列为第三次文物普查新发现加以保护。

2010 年 7 月，九龙镇政府有工程在该遗址附近进行，青岛市文物保护考古研究所随即会同胶州市博物馆对遗址施工范围进行了抢救性考古勘探及发掘工作。

2010 年发掘区位于 2007 年发掘位置南约 100 米，由于近年城市化快速发展，非法取土现象严重，岭地被蚕食成深谷，文物保护形势严峻。本次的发掘区呈"Y"字形，采用探沟法发掘，探沟为南北向，宽 1 米，探沟间距为 1.5 米。共清理墓葬 31 座（图二），墓葬分布较为密集，出土各类文物 50 余件。现将两次发掘收获报告如下。

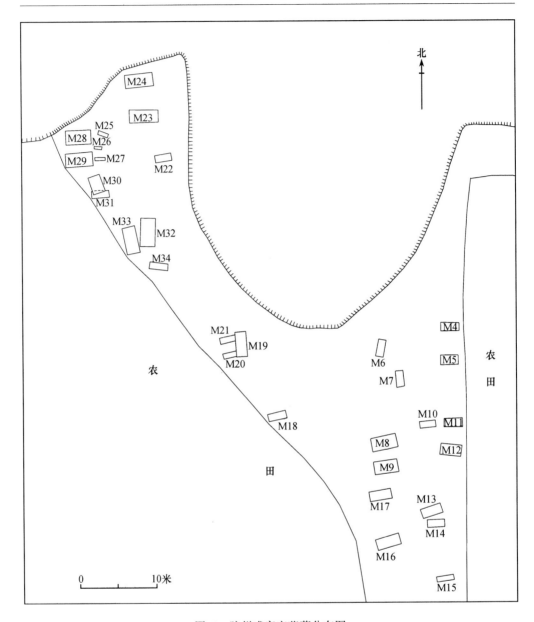

图二　胶州盛家庄墓葬分布图

一、土坑竖穴墓

土坑竖穴墓（表二）为本次发掘中所见最多的墓葬，根据其墓室填土，将其分为积贝与非积贝两类。

表二 土坑竖穴墓统计表

墓号	形制	长（米）	宽（米）	深（米）	墓向	随葬品	是否积贝
M1	土坑竖穴	3.70	1.20	5.50		2件陶器、1件铜镜、1件玉器	是
M4	土坑竖穴	2.50	1.05	2.50	90°	无	否
M5	土坑竖穴	2.25	1.00	2.20	94°	无	否
M6	土坑竖穴	2.20	0.92	2.10	18°	无	否
M7	土坑竖穴	1.96	0.92	2.20	0°	铜器1件	否
M10	土坑竖穴	2.10	0.66	1.20	88°	无	否
M11	土坑竖穴	2.40	1.00	2.80	86°	陶器1件	否
M12	土坑竖穴	2.60	1.36	2.00	92°	无	否
M13	土坑竖穴	2.60	1.20	1.70	75°	陶器2件	否
M14	土坑竖穴	2.30	0.90	2.00	92°	陶器1件	否
M15	土坑竖穴	2.30	1.75	1.2	83°	陶器1件	否
M16	土坑竖穴	2.90	1.40	2.70	72°	原始瓷2件	是
M17	土坑竖穴	2.70	1.20	2.60	94°	铜钱数枚	否
M19	土坑竖穴	3.20	1.30～1.46	2.9	354°	陶器1件	否
M20	土坑竖穴	2.25	0.90	1.90	0°	无	否
M21	土坑竖穴	2.10	0.90	1.80	0°	无	否
M22	土坑竖穴	2.25	0.85	2.00	80°	无	否
M31	土坑竖穴	2.30	0.90	1.90	88°	无	否
M34	土坑竖穴	2.20	0.90	1.80	94°	无	否

（一）积贝墓

均为土坑竖穴积贝墓，2座，分别为 M1 和 M16。

1. M1

M1，为 2009 年盛家庄墓地第一次发掘时清理，与 M2、M3 两座贝砖墓并排处于一座封土之下，位于三座墓最北侧。

（1）墓葬形制

墓室平面呈长方形，东西向，长3.7、宽1.2米，墓室底部距开口部位4.9米。墓室填土分两部分，上部填土为黄褐色五花土，填土经过夯打，十分坚硬，下部填土为大量贝壳，厚约0.7米，由于椁盖腐朽坍塌，贝壳塌落填满墓室。墓室北设有头箱，出土彩绘陶罐2件，同时还残留随葬的鸡、鱼等动物骸骨及鱼鳞。棺木已腐朽，据其残留痕迹可知棺外髹黑漆、内髹红漆。墓主头向东，仰身直肢葬，人骨架腐朽严重，仅残留少量头骨、牙齿。墓主头部随葬玉环1件，足部左侧随葬铜镜1件（图三）。

（2）出土器物

① 陶器

罐 2件。均为彩绘。M1：1，泥质灰陶，侈口，方唇，束颈，溜肩，鼓腹，圜底。通体彩绘，已剥落难辨，下腹部两道弦纹间布三层竖绳纹。口径20.8、底径

15.2、最大腹径35.2、通高35、厚0.8～1.2厘米（图四，1；彩版二七，1）。M1：2，泥质灰陶，侈口，方唇，束颈，溜肩，鼓腹，小平底。颈及肩部饰红黑彩纹饰，剥落不可辨，肩部饰三道凹弦纹，下腹饰两层绳纹，以弦纹分开，上层竖绳纹，下层横绳纹，底部饰交错绳纹。口径18、底径13.4、最大腹径36.8、通高33.6、厚0.6～1.1厘米（图四，3；彩版二七，2）。

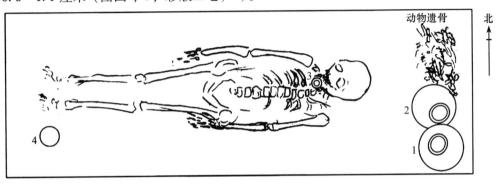

图三　M1平面图及出土器物

1、2. 陶罐　3. 玉环　4. 铜镜

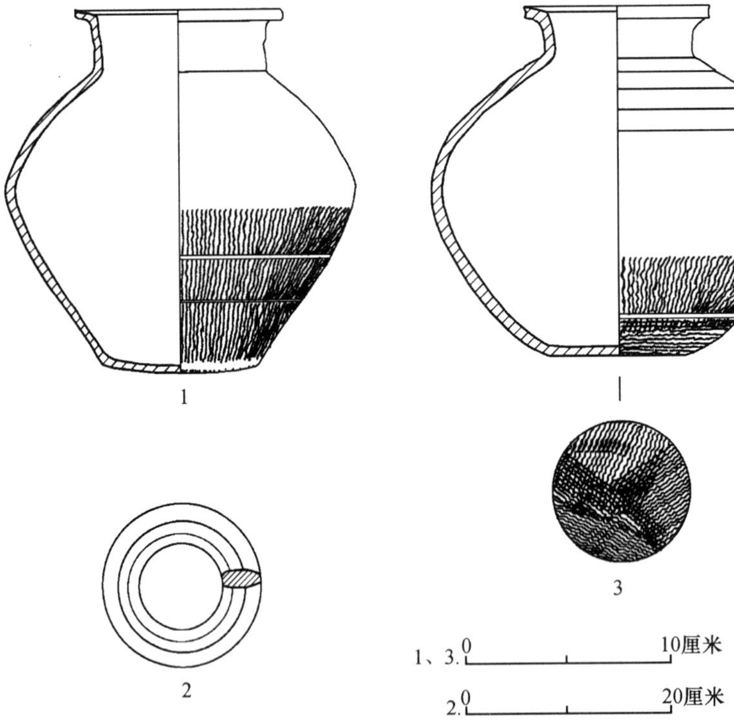

图四　M1出土陶罐

1. M1：1　2. M1：3　3. M1：2

② 铜器

铜镜 1件。M1:4，四乳方格草叶镜或花瓣镜。保存较完整，纹饰大致清晰。边饰内连弧，乳形纽。直径11.3、厚0.4厘米（彩版二七，3）。

③ 玉器

环 1件。M1:3，白玉质，素面，内外缘斜坡，截面呈扁八边形。直径4、内径2、厚0.55厘米（图四，2；彩版二七，4）。

2. M16

M16简介如下。

（1）墓葬形制

长方形岩坑竖穴墓，东西向，长2.9、宽1.4、深2.7米，开口距地表0.3米，墓向72°。填土中约1.5米以下夹有少量的贝壳层。砂岩二层台宽0.1~0.3、高0.7米。仅一棺，棺木不存，据墓室底部棺木腐朽后留下的灰痕判断，棺长约2.5、宽约1米。棺内仅存少量人肢骨，棺室中部随葬铜钱8枚，棺外东南角随葬原始青瓷壶2件（图五）。

（2）出土器物

原始青瓷壶 2件。M16:1，敞口，尖唇，长束颈，溜肩，鼓腹，圈足底，颈部饰二道凸弦纹，其间刻划一周波浪纹圈带，肩部贴塑叶脉纹双耳，两耳间各刻画两组双弦纹，腹部旋出多重瓦棱纹。红褐色胎质，肩部及口沿内部施青色釉。口径12.8、底径10、腹径18.6、通高26、壁厚0.4~0.6厘米（图六，1；彩版二七，5）。M16:2，口部残，长束颈，溜肩，鼓腹，圈足底，颈部饰二道凹弦纹，之间刻划一周波浪纹圈带，肩部贴塑叶脉纹双耳，两耳间各刻画两组凹弦纹，腹部旋出多重瓦棱纹。颈下部、肩部及口沿内部施黄绿色釉，余部为红褐色胎体。残高24、底径10.6、腹径20、壁厚0.4~0.6厘米（图六，2；彩版二七，6）。

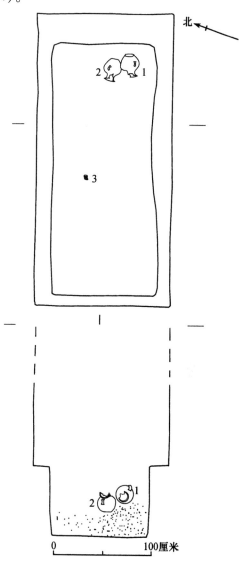

图五 M16平、剖面图及出土器物

1、2. 原始青瓷壶 3. 铜钱

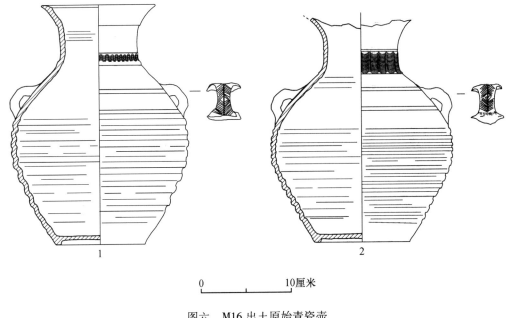

图六　M16 出土原始青瓷壶

1. M16∶1　2. M16∶2

（二）非积贝墓

（1）墓葬形制

绝大多数土坑竖穴墓填土里没有积贝，此类墓葬墓室狭小简陋，仅一棺，棺木已不存，仅存有灰痕，且此类墓葬多数没有随葬品。根据发掘情况，此类墓葬有的为并穴墓葬，如 M4 与 M5、M11 与 M12、M13 与 M14 等，有的为单人墓，如 M6、M7、M10 等。

① M13

M13，长方形土坑竖穴墓，东西向，长 2.6、宽 1.2、深 1.7 米，开口距地表 0.3 米。墓向 75°。仅一棺，棺木不存，据墓室底部棺木腐朽后留下的灰痕判断，棺长 2 米、宽 0.6 米。棺内人骨已腐朽，棺外北侧随葬小陶罐 2 件（图七；彩版二八，1）。

② M19、M20、M21

M19，长方形土坑竖穴墓，南北向，长 3.2、宽 1.3～1.46、深 2.9 米，开口距地表 0.3 米。墓向 354°。仅一棺，棺木不存，仅留下少量灰痕。人骨亦已腐朽，墓室北部随葬陶罐 1 件（图八，彩版二八，2）。

M20、M21 为并穴合葬墓，均为长方形土坑竖穴墓，东西向，墓口上部残存灰白色封土层厚 0.3 米，墓葬开口距现今地表 0.9 米，墓向 90°。墓室东侧被 M19 打破，墓室内棺木不存，仅留下少量灰痕。人骨亦已腐朽，无随葬品发现。M20 长 2.25、

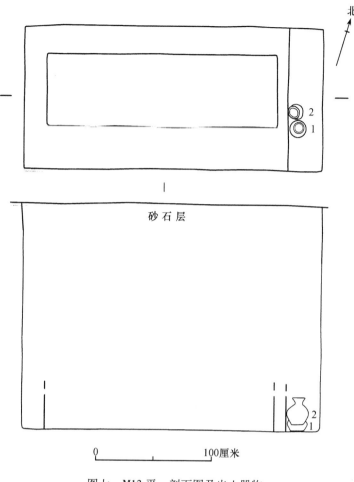

图七　M13 平、剖面图及出土器物

1、2. 陶罐

宽 0.9、深 1.9 米，M21 残长 2.1、宽 0.9、深 1.8 米（见图八；见彩版二八，2）。

（2）出土器物

①陶器

壶　1 件。M11:1，夹砂灰陶，直口，尖唇，斜肩，折腹，圈足底。陶器烧制火候低，器形制作不规整。口径 12.4、底径 12.2、腹径 10.5、通高 19.2、壁厚 0.4 ～ 0.8 厘米（图九，1；彩版二九，1）。

罐　4 件。M13:1，泥质灰陶，敞口，方唇，长束颈，溜肩，鼓腹，平底。下腹有少量绳纹痕迹。口径 9.8、底径 12.2、腹径 18.4、通高 22.4、壁厚 0.4 ～ 0.6 厘米（图九，2；彩版二九，2）。M13:2，夹砂灰陶，敞口，圆唇，束颈，溜肩，鼓腹，平底。烧制火候低，器形制作不规整。口径 10.5、底径 14.4、腹径 17.6、通高 18.6、壁厚 0.4 ～ 0.6 厘米（图九，3；彩版二九，3）。M14:1，泥质灰陶，侈口，

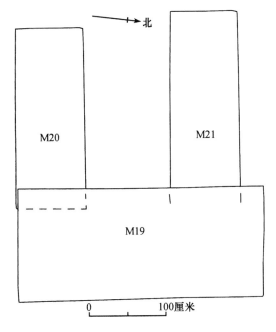

图八　M19、M20、M21 平面图

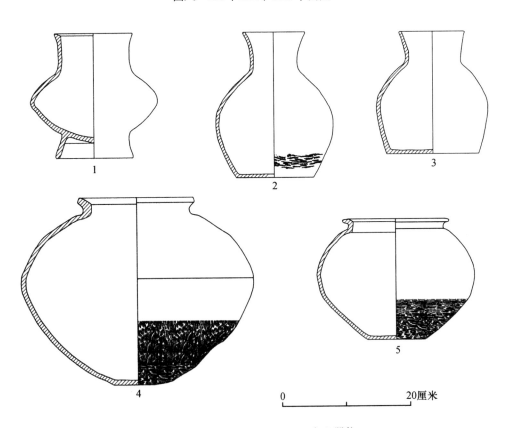

图九　M11、M13、M14、M19 出土器物

1. 陶壶（M11:1）　　2～5. 陶罐（M13:1、M13:2、M19:1、M14:1）

方唇，短束颈，溜肩，鼓腹，小平底。下腹及肩部均饰横绳纹。口径16.8、底径9、腹径24.8、通高18.6、壁厚0.6～1厘米（图九，5；彩版二九，4）。M19:1，夹砂灰陶，侈口，方唇，短束颈，溜肩，鼓腹，小平底。腹部一道凹弦纹，下腹饰竖绳纹，近底部饰横绳纹，器形制作不规整，多处有凹陷变形痕迹。口径18.2、底径8、最大腹径37.2、通高28.6、壁厚0.6～1.2厘米（图九，4；彩版二九，5）。

② 铜器

铜剑 1件。M7:1，仅剩锋刃部分。残长7.7、宽2.5、脊厚0.6厘米。

二、土坑（岩坑）竖穴砖椁（棺）墓

（一）贝砖墓

盛家庄墓地发掘的贝砖墓均为夫妻并穴合葬墓，介绍如下。

1. M2、M3

（1）墓葬形制

M2，墓葬平面长方形，东西向，东部遭到破坏，残留墓室内壁长2.75、宽2.3米，墓底距地表深6.5米，砖椁高1.5米。墓室内用素面青砖砌砖椁，砖与墓圹壁之间用沙质土填实，砌筑出二层台，且四周留有椁盖原木出头口。墓底青砖"人"字形铺设，共有两层。墓壁青砖压于墓底青砖之上，应是墓圹挖好以后，先铺地砖，后砌砖壁，铺地砖下未铺垫贝壳。墓室椁盖板上覆大量贝壳，然后填土，椁板腐朽坍塌后贝壳塌落于墓室内，堆积厚度约1米。棺已腐朽，置于墓室北侧，棺外髹黑漆、内髹红漆，有彩绘，均剥落不可辨。墓主头向东，仰身直肢，人骨架腐朽严重，仅残留少量头骨、牙齿等。墓主人头部随葬白玉印章（无款）1件，胸部随葬谷纹玉瑗1件。墓主头部右侧有长方形漆盒痕迹，盒内未发现随葬物品。由于墓室东部已遭施工破坏，无法判断是否设有头箱。墓室南侧设有边箱，边箱内发现随葬鸡、鱼、猪等动物的骸骨和大量鱼鳞。墓室边箱内随葬彩绘陶罐4件（图一〇）。

M3，位于M2南，与M2为并穴墓。清理过程中发现早年盗洞，盗洞直至墓主人的头部至腰部位置，在盗洞距墓底约0.8米处发现五铢铜钱1枚。墓室东西长约4.5米，南北宽约3.2米，墓底距地表深7米。砖壁外填充贝壳，厚约0.3米。墓室内贝壳堆积厚度约1.3米。墓室内用素面青砖砌砖椁，砖与墓圹壁之间用沙质土填实，砌筑出二层台，且四周留有椁盖原木出头口。墓底为"人"字纹青砖铺地，共有两层，地砖下垫有贝壳，厚约0.1米。棺木放置于墓室北侧，已腐朽，据残留痕迹观察，棺外髹黑漆、内髹红漆，有彩绘，已剥落不可辨。棺内墓主头向东，仰身

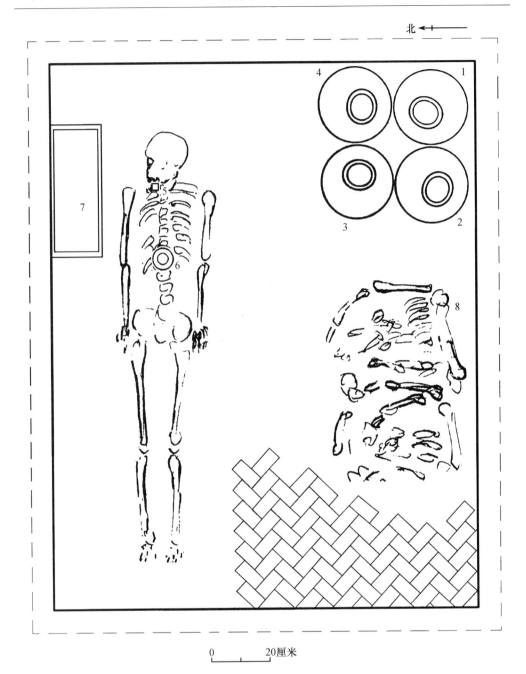

北 ←

图一〇　M2 平面图及出土器物

1~4. 陶罐　5. 玉印章　6. 玉瑗　7. 漆盒　8. 兽骨

直肢，骨架腐朽严重。墓主人头部左侧有一长方形漆盒，腐朽严重。墓主人脚部左侧随葬半枚铜镜。墓室内设有头箱和边箱。头箱内随葬彩绘陶罐 5 件，另有鸡、鱼、龟、乌贼、牛等动物的骸骨和鱼鳞。边箱置于墓室南侧，残留小块腐朽木板，黑漆和红漆较厚，漆下麻布纹痕迹清晰。在边箱和棺之间发现腐朽严重的小型铁器残块1件，无法分辨其形状（图一一）。

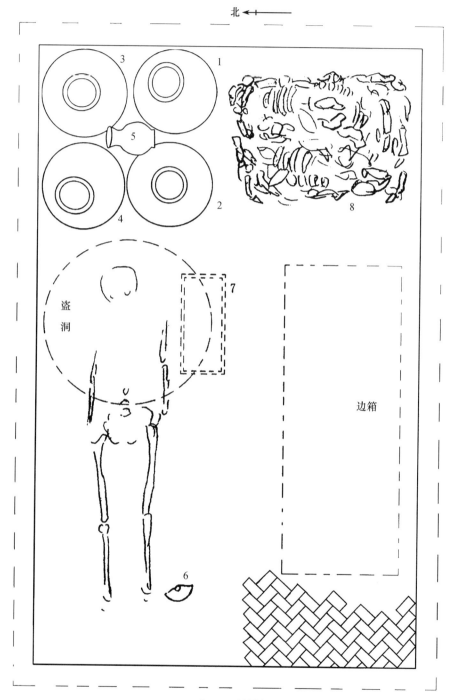

图一一 M3 平面图及出土器物

1~4. 陶罐 5. 陶壶 6. 铜镜 7. 漆盒 8. 兽骨

（2）出土器物

① 陶器

壶　1件。M2：4，泥质灰陶，侈口，方唇，束颈，溜肩，鼓腹，圈足底。陶器肩腹部原有红黑色彩绘，已剥落难辨。口径9.5、腹径17、底径9.6、高20.5、厚0.6~0.8厘米（图一二，3；彩版三〇，1）。

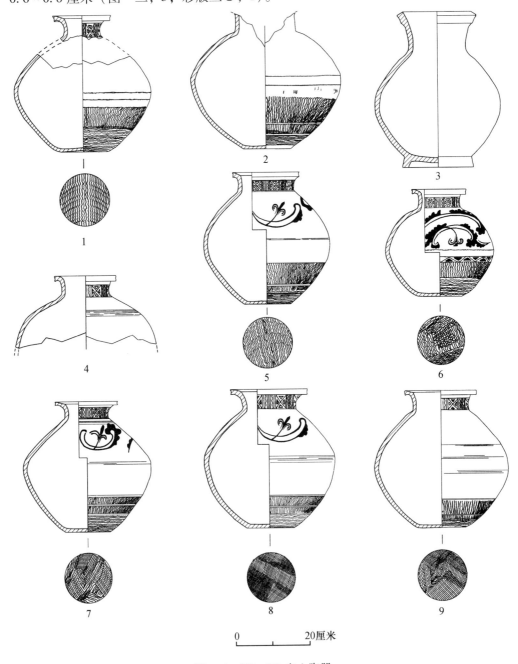

0　　　　　　　20厘米

图一二　M2、M3 出土陶器

1、2、4~9. 罐（M2：1、M2：2、M2：3、M3：3、M3：4、M3：2、M3：1、M3：5）　　3. 壶（M2：4）

罐　8件。M2、M3所出陶器形制基本相同，泥质灰陶，侈口，方唇，束颈，溜肩，鼓腹，小平底。均为彩绘陶器，由于保存环境较差，彩绘图案多已剥落难辨。一般于颈部周饰红黑彩三角形纹、竖条纹，肩及上腹饰红黑彩云气纹，上腹有的饰以弦纹，下腹则多饰一或两层绳纹，底部亦多饰绳纹。

M2:1，夹砂灰皮黑陶，侈口，方唇，束颈，溜肩，鼓腹，凹底。颈部施红黑彩三角纹、竖条纹，肩腹部彩绘剥落难辨，下腹部饰三条绳弦纹，之下为二层绳纹，上层为竖绳纹，下层为横绳纹，底部饰一层绳纹。口径16.4、底径13.6、最大腹径38、通高44、厚0.6~1.1厘米（图一二，1）。M2:2，泥质灰陶，口部残，束颈，溜肩，鼓腹，小平底。肩及颈部施红黑彩纹饰，腹部饰两道弦纹间三层绳纹，最下层为横绳纹，其余为竖绳纹。底径12.8、最大腹径40.8、残高35.8、厚0.6~1.1厘米（图一二，2）。M2:3，泥质灰陶，侈口，方唇，束颈，溜肩，鼓腹，余部残。颈部周施红黑彩三角纹、竖条纹，肩部纹饰剥落难辨。口径17.2厘米，残高18.6厘米，厚0.6~1.1厘米（图一二，4）。

M3:1，泥质灰陶，侈口，方唇，束颈，溜肩，鼓腹，小平底。颈部周施红黑彩三角形纹、竖条纹，肩及上腹施红黑彩云气纹，下腹饰两层绳纹，以二弦纹分开，上层竖绳纹，下层横绳纹，底部饰交错绳纹。口径18.4、底径13.2、最大腹径35.4、通高36、厚0.6~1.1厘米（图一二，8；彩版三〇，2）。M3:2，颈部周施红黑彩三角形纹、竖条纹，肩腹部施红黑彩云气纹，腹部三层绳纹以两条弦纹隔开，上两层为竖绳纹，底层为横绳纹，底部饰交错绳纹。口径17.2、底径13.2、最大腹径35.2、通高34.4、厚0.8~1.2厘米（图一二，7；彩版三〇，3）。M3:3，颈部周施红黑彩三角形纹、竖条纹，肩及上腹施红黑彩云气纹，下腹饰两层绳纹，以一弦纹隔开，上层竖绳纹，下层横绳纹，底部饰交错绳纹。口径19、底径13.2、最大腹径34.4、通高34.8、厚0.6~1.1厘米（图一二，5）。M3:4，颈部周施红黑彩三角形纹、竖条纹，肩及上腹施红黑彩云气纹，下腹饰红黑彩三角形纹，下腹两层绳纹，上层竖绳纹，下层横绳纹，底部饰交错绳纹。口径15、底径12、最大腹径29.6、通高30、厚0.6~1.1厘米（图一二，6；彩版三〇，4）。M3:5，泥质灰陶，侈口，方唇，束颈，溜肩，鼓腹，小平底。肩及颈部施红黑彩纹，腹部饰两道弦纹间三层绳纹，最下层为横绳纹，其余为竖绳纹。底径12.8、最大腹径40.8、残高35.8、厚0.6~1.1厘米（图一二，9；彩版三〇，5）。

② 铜器

铜镜　1件。M3:6，星云镜，残剩半枚，为随葬时已被破坏。九乳星云纽，边饰内连弧，两周栉齿纹圈内为主纹。直径11、厚0.5厘米。

铜钱　1枚。M3:7，五铢钱，面廓清晰，"五"字交笔缓曲。直径2.5、穿径1厘米。

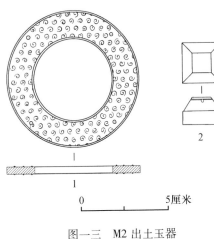

③ 玉器

瑗　1件。M2:6，青玉质，双面谷纹，外边缘对称4孔。直径7.4、内径4.5、厚0.3厘米（图一三，1；彩版三〇，6）。

印章　1件。M2:5，白玉质，方形，盝顶，截面为梯形，顶部有穿孔，无款。边长2.2、高1.4厘米（图一三，2）。

图一三　M2出土玉器

1. 瑗（M2:6）　　2. 印章（M2:5）

M8，平面长方形，东西向，长3、宽1.65、深2.35米，开口距地表0.3米。墓向83°。墓室东壁开有壁龛，其开口距地表0.5、底距墓底1.2、进深0.5米，内并放原始青瓷器2件。砖椁乃假砖椁，其做法为在砂岩二层台上置砖一层而就，底部铺砖一层，人字缝结构，砖长0.35、宽0.15、厚0.5厘米，砂岩二层台宽0.15、高0.75米。墓室内仅一棺，棺木不存，据墓室底部有棺木腐朽后留下的灰痕判断，木棺长约2.2、宽约0.7米，棺内还有肢骨及一块下颌骨，据此推测墓主直肢葬，头向东，棺内未有随葬品发现。墓葬填土分两层，上层为黄褐色花土，深约0.8米，下层为积贝层，深约1.3米（图一四；彩版三一，1）。

2. M8、M9

（1）墓葬形制

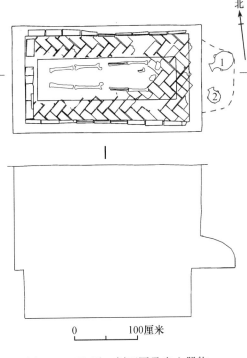

图一四　M8平、剖面图及出土器物

1、2. 原始青瓷壶

M9，位于M8南侧，为并穴墓。平面长方形，东西向，长3.3、宽1.2、深2.9米，开口距地表0.3米。墓向86°。填土分两层，上层为黄褐色花土，深约1.5米，下层为积贝层，深约1.4米。墓棺为青砖砌就，其结构为先在墓底铺垫厚约0.2米的贝壳层，其上人字缝铺砖，四周以木板为支撑，人字缝砖四周砌砖一层为棺挡板，砖棺剖面略成梯形，高0.3米，棺室东侧挡板砖高两层，应为墓主头部位置，高0.5米。棺内人骨已腐朽不见，未有随葬品发现，砖棺东侧、紧贴砖棺位置随葬陶器两件（图一五；彩版三一，2）。

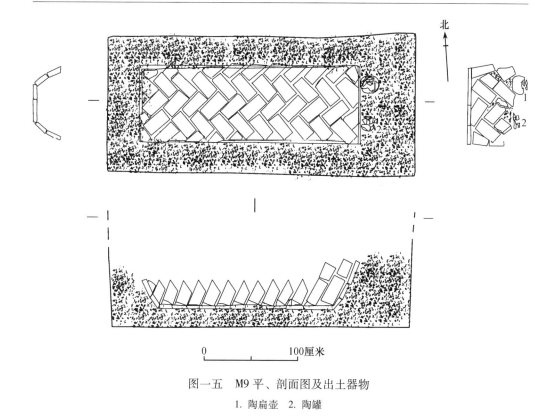

图一五 M9 平、剖面图及出土器物
1. 陶扁壶 2. 陶罐

（2）出土器物

① 原始青瓷器

壶 2 件。M8:1，敞口，尖唇，长束颈，溜肩，鼓腹，圈足底，颈部饰二道凸弦纹，其下刻划一周波浪纹圈带，肩部贴塑叶脉纹双耳，耳上部作羊角状，耳上下各饰一组三条凸弦纹，下腹部因轮制旋出多重瓦棱纹。颈下部、肩部及口沿内部施青釉，余部为红褐色胎体。口径 14、底径 14、腹径 25.2、通高 33.6、壁厚 0.4 ~ 0.6 厘米（图一六，1；彩版三二，1）。M8:2，敞口，尖唇，长束颈，溜肩，鼓腹，圈足底，颈部饰二道凸弦纹，其下刻划一周波浪纹圈带，肩部贴塑叶脉纹双耳，耳上下各饰一组三道凸弦纹，下腹部因轮制旋出多重瓦棱纹。颈下部、肩部及口沿内部施青釉，余部为红褐色胎体。口径 13.6、底径 10.4、腹径 20.8、高 26、厚 0.4 ~ 0.8 厘米（图一六，2；彩版三二，2）。

② 陶器

扁壶 1 件。M9:1，夹砂灰陶，侈口，方唇，短束颈，溜肩，鼓腹，圈足底，肩部一对贯耳，器形制作不规整，局部略有变形。口径 11.2 ~ 11.8、底径 11 ~ 15.6、腹径 16 ~ 31.2、通高 29.2、壁厚 0.6 ~ 1.2 厘米（图一六，4；彩版三二，3）。

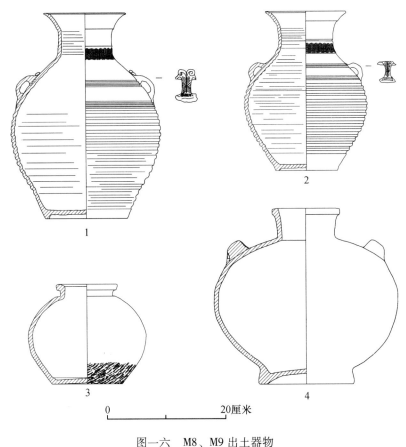

图一六　M8、M9 出土器物

1、2. 原始青瓷壶（M8:1、M8:2）　3. 陶罐（M9:2）　4. 陶扁壶（M9:1）

罐　1件。M9:2，泥质灰陶，侈口，方唇，短束颈，溜肩，鼓腹，平底内凹，下腹饰斜粗绳纹。口径 10.4、底径 12、腹径 20、通高 16.4、壁厚 0.6～1.2 厘米（图一六，3；彩版三二，4）。

3. M28、M29

（1）墓葬形制

M28，墓室平面长方形，东西向，长 3.4、宽 1.6、深 4.3 米，墓葬开口距地表 0.3 米。墓向 85°。墓圹东壁开有壁龛，沿砖椁宽度进深 0.3、高 1.2 米。墓室内用长方形青砖砌椁壁，砖与圹壁之间以砂土及贝壳填实，墓底铺人字缝地砖一层，头箱内未铺砖。砖椁内长 2.45、宽 0.7、高 1 米，砖长 0.25、宽 0.12、厚 0.04～0.05 米。砖椁砌南北西三面，砌法为距离墓圹约 0.3 米从墓底部单砖顺摆 10 层，其上再平砖丁砌 10 层，最上 5 层贴近墓圹，其下 5 层向墓室贴近，形成一个安放椁盖板的凹槽，椁四角还留缝隙做椁四角出头，即于砖椁内又用木板构筑木椁。东西砖椁已塌陷挤向墓室。墓室内棺木已不存，根据残留痕迹可知道，棺外髹黑漆、内髹红漆，长约2.4、宽约0.8米。棺内人骨多已不存，有少量肢骨，据以判断墓主头向东，在棺北面发现1件铜镜和1枚铜钱。在棺东面为头箱，延伸到壁龛里。头箱南北壁用砖砌筑，紧贴砖椁东头，其西部插有椁板将墓室与之隔开，砖筑头箱南北长0.75、东西宽0.55米。头箱内上下重叠放置陶罐及壶等彩绘陶器共9件（套）（图一七；彩版三三，1）。

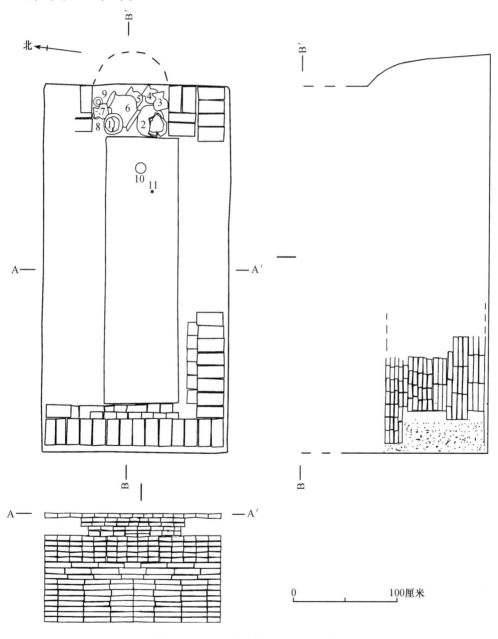

图一七　M28平、剖面图及出土器物

1、4、5、7、9. 陶壶　2、3、6、8. 陶罐　10. 铜镜　11. 铜钱

M29，长3.2、宽1.8、深3.76米，开口距地表0.3米。墓向84°。墓室内用长方形青砖砌椁壁，砖与圹壁之间以砂土及贝壳填实，墓底铺人字缝地砖一层，头箱内未铺砖。砖椁只于南北两侧砌砖，内长2.6、宽1.1、高1米，砖长0.28、宽0.13、厚0.04~0.05米。墓圹东壁开有壁龛，沿砖椁宽度进深0.48、高1.6米。砖椁砌法为距离墓圹约0.3米从墓底部单砖顺摆10层，其上再平砖丁砌10层，最上5层贴近墓圹，其下5层向墓室贴近，形成一个放椁盖板的凹槽，砖椁东西两头还留有插挡板的凹槽，即于砖椁内还有木板构筑的木椁。墓室内棺木已不存，根据残留痕迹可知道，棺外髹黑漆、内髹红漆，长约1.8、宽约0.75米，棺下原垫有竹席，仅存痕迹，棺内人骨保存较差，但能判断墓主头向东。墓室内墓主左肱骨内侧置铜带钩1件，其下铜剑1把，墓主盆骨上部铜镜1面，铜镜南部镜刷1件。右侧股骨置环首刀1件，其下为铁环1枚，铁环南部有铜钱1枚及石质黛板1件。木棺东侧为头箱，头箱南北壁用砖砌筑，紧贴砖椁东头，其西部插有椁板将墓室与之隔开，头箱南北深入到壁龛内，内随葬彩绘陶壶及罐等共8件（套）（图一八）。

（2）出土器物

① 陶器

均为带盖陶器，除M29:14为泥质黑皮陶外均为灰陶。由于陶器烧制火候较低，质量较差，个别陶器器盖已残破不可修复。均为彩绘陶器，多于器身、器盖用红彩绘制图案，由于保存环境较差，大多陶器上彩绘已剥蚀难辨纹饰。

壶　10件。M28出土陶壶4件，M29出土陶壶6件。从2座墓的陶壶综合看，其口沿有由敞口向杯口发展，其肩部有由斜肩向溜肩发展的趋势（或相反方向），当然由这2座墓来看，这也并不妨碍多种形制的壶并存发展。

M28:2，泥质灰陶，圆唇，敞口，束颈，溜肩，鼓腹，圈足底。肩部饰凹弦纹两道，同时有红色彩绘图案，盖顶亦有红色彩绘图案。口径18.8、底径21.2、腹径30、壶高31、全器高35.4厘米（图一九，1）。M28:3，泥质黑皮褐陶，圆唇，敞口，束颈，斜肩，鼓腹，圈足底。口径32、底径33.2、腹径21.2、高25.4、厚0.6~1厘米（图一九，6；彩版三三，2）。M28:6，夹砂灰陶，杯形口，圆唇，束颈，斜肩，鼓腹，圈足底。肩部绘有红色彩绘但剥落不可辨，肩部饰两道凹弦纹和一道绳弦纹，圈足外饰瓦棱纹。口径16.8、底径21.6、腹径28.4、高32.4、厚0.6~1厘米（图一九，5）。M28:8，泥质灰陶，敞口，圆唇，束颈，斜肩，鼓腹，圈足底。肩部两道凹弦纹，壶盖及器身原有红色彩绘，已剥蚀难辨。口径18、底径20.8、腹径28、壶高31.6、全器高36.2、厚0.6~1厘米（图一九，9；彩版三三，3）。

M29:8，泥质灰陶，敞口，方唇，短束颈，斜肩，鼓腹，圈足底。口径14.4、底径15.2、最大腹径21.2、通高25.6、壁厚0.4~0.8厘米（图二〇，1）。M29:9，泥质灰陶，方唇，敞口，短束颈，斜肩，鼓腹，圈足底。口径14.4、底径15.2、最

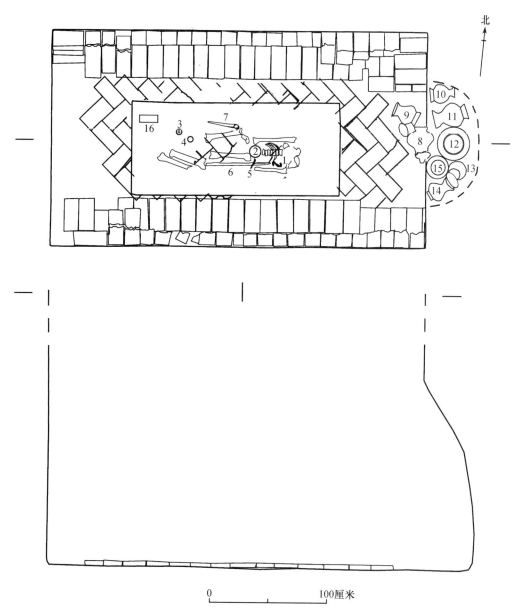

图一八　M29 平、剖面图及出土器物

1. 铜带钩　2. 铜镜　3. 铜钱　4. 铁环　5. 铜镜刷　6. 铁剑　7. 环首铁刀

8～11、14、15. 陶壶　12、13. 陶罐　16. 石黛板

大腹径21.2、通高25.6、壁厚0.4～0.8厘米（图二〇，3；彩版三四，1）。M29:10，泥质灰陶，敞口，方唇，短束颈，斜肩，鼓腹，圈足底，底部饰交错粗绳纹。口径14.8、底径16、腹径21、高27.8、壁厚0.6～1厘米（图二〇，7）。M29:11，泥质灰陶，杯形口，圆唇，溜肩，鼓腹，圈足底。肩部饰二道凹弦纹，腹部饰一道绳弦纹。口径16、底径20.8、腹径27.6、壶高30.6、全器高34.2厘米（图二〇，4）。

图一九　M28 出土陶器

1、5、6、9. 壶（M28:2、M28:6、M28:3、M28:8）　　2～4、7、8. 罐（M28:1、M28:4、M28:9、M28:7、M28:5）

M29:14，泥质灰胎黑皮陶，杯形口，方唇，束颈，斜肩，鼓腹，圈足底。口径15.2、底径16.8、腹径28.4、高22.4、厚06～0.8厘米（图二○，6）。M29:15，泥质灰陶，圆唇，敞口，束颈，溜肩，鼓腹，圈足底。底部饰交错绳纹。口径13.6、底径16、腹径20.8、壶高25、全器高28、厚0.4～0.6厘米（图二○，8；彩版三四，2）。

0　　　　　　　20厘米

图二〇　M29 出土陶器

1、3、4、6~8. 罐（M29:8、M29:9、M29:11、M29:14、M29:10、M29:15）

2、5. 壶（M29:13、M29:12）

罐　7件。M28出土陶罐5件，M29出土陶罐2件。2座墓出土陶罐形制基本相同，这7件陶罐有口沿由敞口向杯口（或杯口向敞口）发展的趋势。

M28：1，泥质灰陶，杯形口，圆唇，束颈，斜肩，鼓腹，平底微凹。颈及肩部施一组为重叠四层的"V"形图案，剥蚀严重。口径11.4~11.6、底径13.4、最大腹径16.6、通高16.2、厚0.4~0.8厘米（图一九，2；彩版三四，3）。M28：4，杯形口，圆唇，束颈，溜肩，鼓腹，平底。器身彩绘图案剥落严重，仅可辨有一组为重叠四层的"V"形图案。口径11.8、底径12.6、腹径16、器高15.6、厚0.4~0.6厘米（图一九，3；彩版三四，4）。M28：5，泥质灰陶，圆唇，杯形口，束颈，斜肩，鼓腹，平底。口径12.4、底径12、腹径16、罐高15.4、全器高18.2、厚0.6~1厘米（图一九，8）。M28：7，泥质灰陶，有盖，圆唇，杯形口，束颈，斜肩，鼓腹，平底。口径12.4、底径12.4、腹径16、罐高15.4、全器高18.6、厚0.6~1厘米（图一九，7）。M28：9，敞口，口沿较厚，有向杯形口发展趋势，束颈，溜肩，鼓腹，平底。器盖、器身均用红彩绘图，器盖图案已失，器身图案分四区，两两对称，一组为重叠四层的"V"形图案，一组为由圆、点组成的图案。口径12、底径13、腹径16.8、器高16.8、全器高19、厚0.6~1厘米（图一九，4；彩版三四，5）。

M29：12，泥质灰陶，圆唇，杯形口，束颈，溜肩，鼓腹，平底。肩腹部施对称重叠四层的"V"形红彩图案。口径10.8、底径12、腹径15.6、罐高15.4、全器高18.2、厚0.6~1厘米（图二〇，5；彩版三四，6）。M29：13，敞口，圆唇，束颈，溜肩，鼓腹，平底。肩部饰一道凹弦纹，腹部饰绳弦纹一道。口径12、底径12、腹径16.4、罐高16.4、全器高20.8、厚0.4~0.6厘米（图二〇，2）。

② 铜器

带钩　1件。M29：1，长条形，钩首蛇头状，钩颈细长，钩腹宽大，钩面隆起，尾端宽平，纽为圆饼形。通长9.2、高2.5厘米（图二一，1）。

铜镜　2件。M28：11，星云镜。圆形，七乳连峰纽，圆纽座。座外由四枚圆座乳分为四区。每区一组由五枚小乳组成的星云纹，内向十六连弧纹镜缘。铜镜有布帛包裹痕迹，镜钮由布条穿系。直径7.8、缘厚0.4厘米。M29：3，日光圈带铭带镜。圆形，圆纽，圆纽座。座外内向八连弧纹圈带。其外两周栉齿纹间为铭文带，铭文不清，每字间填以涡纹。素缘。直径8.4、缘厚0.4厘米。

铜钱　两墓均有所出，共5枚，为同一形制的五铢钱。M28：12，1枚。直径2.5、穿径1厘米。M29：2，4枚，直径2.5、穿径1厘米。

镜刷　1件。M29：5，圆管曲尺形，烟斗状。细长柄，柄端较细，截面呈扁圆形。斗呈圆形，有破损，刷毛不存。斗径1.4、柄端穿径0.2~0.6、长13.5厘米（图二一，4）。

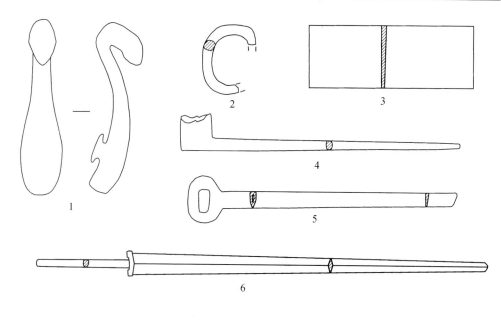

图二一 M29 出土器物

1. 铜带钩（M29:1） 2. 铁环（M29:4） 3. 石黛板（M29:16） 4. 铜镜刷（M29:5）
5. 铁环首刀（M29:7） 6. 铁剑（M29:6）

③ 铁器

环 1件。M29:4，略呈圆形。长径3.2、短径2.4、厚0.4厘米（图二一，2）。

剑 1件。M29:6，剑身中部微起脊，断面呈菱形，茎扁圆形，与剑身交接处有铜镡，铜镡平素无纹饰，中间隆起成脊，一端中间稍向前突出，另一端中间稍向内凹入。剑身残留竹木质剑鞘腐朽痕迹，剑全长87、身长68.5、茎长18、宽1.5～4厘米（图二一，6）。

环首刀 1件。M29:7，环首椭圆形，直刃直背，断面为三角形，刀尖微往上翘。长约26厘米，刀身1.2～1.6厘米（图二一，5）。

④ 石器

黛板 1件。M29:16，长方形石片状，磨制光滑。长15.9、宽5.9、厚0.15～0.25厘米（图二一，3）。

（二）砖椁墓

1. M18

M18，长方形土坑竖穴砖椁墓，东西向，长2.4、宽1、深2米，开口距地表

0.3 米。墓向 80°。砖椁内长 1.2、宽 0.56、深 0.5 米，其结构为墓底先东西向顺摆一层地砖为中心，南北两边再横向铺砖一层，其四角除北部两层砖，其余三侧均以一层砖为边。砖长 0.33、宽 0.16、厚 0.06 米，其内未见墓主骨骼及任何随葬品（图二二）。

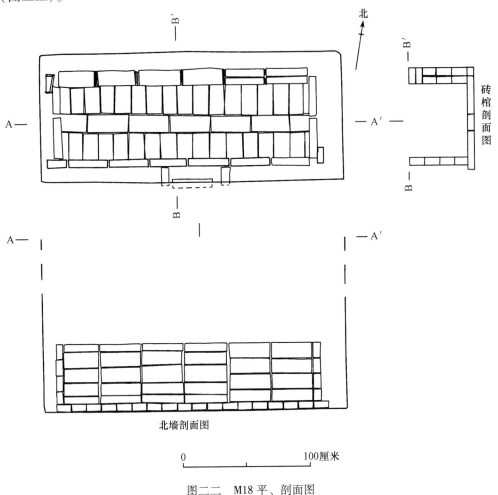

图二二　M18 平、剖面图

2. M23、M24

（1）墓葬形制

M23，墓室平面长方形，东西向，长 3.7、宽 1.65、深 4.3 米，开口距地表 0.3 米。墓向 85°。墓圹下部用长方形青砖砌椁壁，砖与圹壁之间以砂土填实，砖椁内长 3.28、宽 1.12、高 1 米，砖长 0.28、宽 0.13、厚 0.05 米。砖椁上部三层平砖丁砌，下部为单砖顺摆。墓底平铺长方形青砖一层，人字形排列。墓内东置一棺，棺木已朽成灰，长 2、宽 0.9 米。棺内人骨已腐朽不存，也未有随葬品发现（图二三；彩版三五，1）。

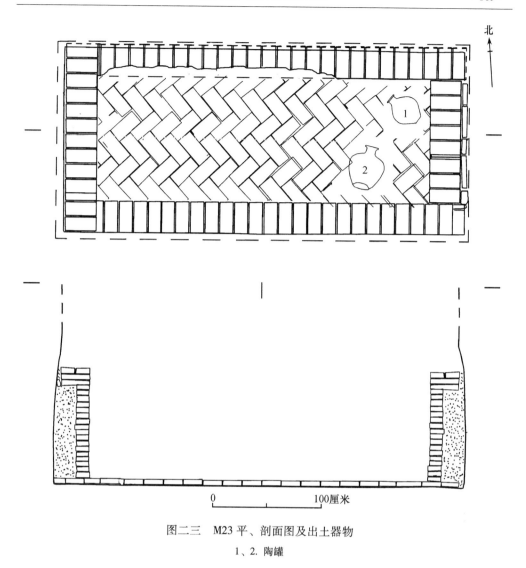

图二三　M23 平、剖面图及出土器物
1、2. 陶罐

　　M24，位于 M23 北侧，东西向，长 3.6、宽 1.62、深 4.8 米，开口距地表约 0.3 米。墓向 86°。墓圹下部用长方形青砖砌椁壁，砖与圹壁之间以砂土填实，砖椁上部四层平砖丁砌，下部以单砖顺摆，底部垫有 0.3 米的黄褐色土，椁室四角留有宽约 0.05 ~ 0.08 米的缝隙，似有木板南北插入，但未有痕迹留下。砖椁内长 3.06、宽 1.1、高 1.06 米，砖长 0.3、宽 0.1 ~ 0.14、厚 0.045 ~ 0.05 米。墓底平铺长方形青砖一层，"人"字形排列。木棺位置靠近椁室西侧，根据残留的灰痕判断，棺长 2、宽 0.8 米，棺内人骨已不存，也未见有任何随葬物品。棺外东侧并排随葬陶罐 2 件（彩版三五，2）。

（2）出土器物

① 陶器

罐　4件。M23:1，夹砂灰陶，底部微圜底。口径12.8、底径8、腹径29、高25.4、厚0.4～0.8厘米（图二四，1）。M23:2，泥质黑陶，侈口，方唇，束颈，溜肩，鼓腹，小平底。肩及腹部饰数道凹弦纹，下腹饰竖绳纹，近底部饰横绳纹。口径18.2、底径12、最大腹径34、通高34、壁厚0.5～0.8厘米（图二四，3）。

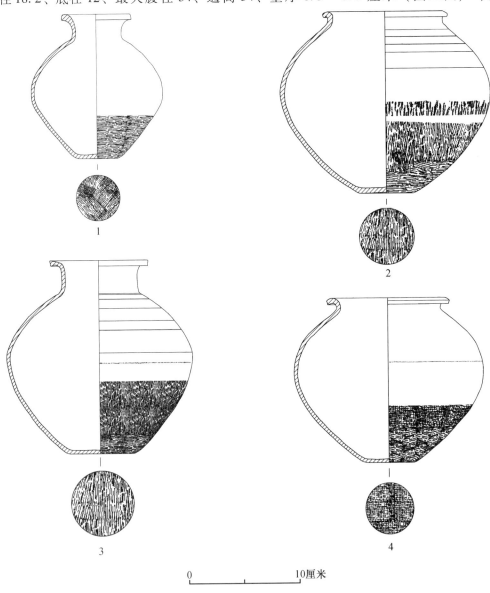

0　　　　　　　　　　　10厘米

图二四　M23、M24 出土陶罐

1. M23:1　2. M24:1　3. M23:2　4. M24:2

M24：1，夹砂灰陶，侈口，圆唇，卷沿，短束颈，溜肩，鼓腹，小平底微凹。肩部饰五道凹弦纹，下腹饰竖绳纹，近底部饰横绳纹，底部亦饰绳纹。口径 20.4、底径 10、腹径 38、高 32、壁厚 0.6～1.2 厘米（图二四，2）。M24：2，夹砂灰陶，侈口，方唇，卷沿，短束颈，溜肩，鼓腹，小平底。腹部饰一道绳纹弦纹，下腹上半部饰交错绳纹，下半部饰竖绳纹，底部饰交错绳纹。口径 22、底径 18、腹径 34.2、高 29、厚 0.6～1 厘米（图二四，4）。

3. M32、M33

（1）墓葬形制

M32，墓口平面长方形，南北向，长 3.5、宽 1.9、深 2.3 米，墓葬开口距地表 0.3 米。墓向 358°。墓葬填土分两层，1.5 米以上为灰褐色细沙土，其下 0.8 米为红褐色砂石黏土层。墓室内椁室以青砖垒砌，东、西、南三面以砖砌做椁板，上部两层平砖丁砌，下部砌以横砖，砖下部有厚约 0.5 米垫土，砖椁向墓室内塌陷，内长 3.12、宽 0.7、高 1 米，砖长 0.3、宽 0.14、厚 0.04 米。根据残留灰痕判断，棺长 2.2、宽 0.7 米，棺内人骨已不存，也未有随葬品发现。在椁室北侧还有东西两排砖砌的头箱，墓底开始单砖顺摆，南北内长 0.8、东西宽 0.7、高 1 米。头箱东南角随葬陶器 1 件（图二五）。

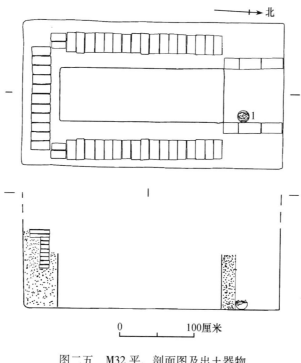

图二五　M32 平、剖面图及出土器物

1. 陶罐

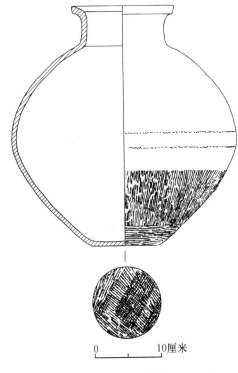

图二六　M33 出土陶罐（M33：1）

M33，位于 M32 西部，略向西偏。墓口平面长方形，南北向，长 3.3、宽 1.5、深 3.9 米，墓室四壁外张，剖面呈袋状，墓葬开口距地表 0.3 米。墓向 348°。墓室内椁室以青砖垒砌，上部三层平砖丁砌，下部以单砖顺摆，底部垫有 0.25 米的灰褐色土，椁室四角留有宽约 0.05～0.08 米的缝隙，砖椁内长 2.92、宽 0.98、高 1 米，砖长 0.32、宽 0.12、厚 0.05 米。椁室内棺木已不存，也不见人骨，椁室东北侧随葬陶罐 1 件。

（2）出土器物

陶罐　2 件。M33：1，夹砂灰陶，束颈，腹部饰两道绳弦纹，下腹饰竖绳纹，近底部饰横绳纹，底部饰交错绳纹。口径 15.6、底径 10.2、最大腹径 33.6、通高 34.6、壁厚 0.6～1 厘米（图二六）。M33：2，夹砂灰陶，侈口，方唇，溜肩，鼓腹，小平底。残破不可修复，其具体数据不明。

三、瓮（瓦）棺葬

本次发掘瓮棺葬 1 座，瓦棺葬 2 座，3 座墓葬位置相互靠近，均位于夫妻并穴墓 M28、M29 的东部（图二七）。

1. 墓葬形制

（1）瓮棺葬

M25，长方形土坑竖穴式，东西向，土坑长 1.2、宽 0.55～0.6、深 1.6 米，开口距地表 0.4 米。墓向 112°。瓮棺结构为东边蛋形瓮口套入西边尖底形瓮内，瓮棺内人骨不存，墓室内也未有随葬品发现（图二八；彩版三六，1）。

（2）瓦棺葬

长方形土坑竖穴式，东西向，瓦棺结构为上下数块板瓦扣合成棺，东西两头以碎板瓦作东、西挡板，棺内人骨不存，墓室也未有随葬品发现。

M26 墓圹土坑长 1.1、宽 0.35、深 1.2 米，开口距地表 0.4 米。墓向 102°。

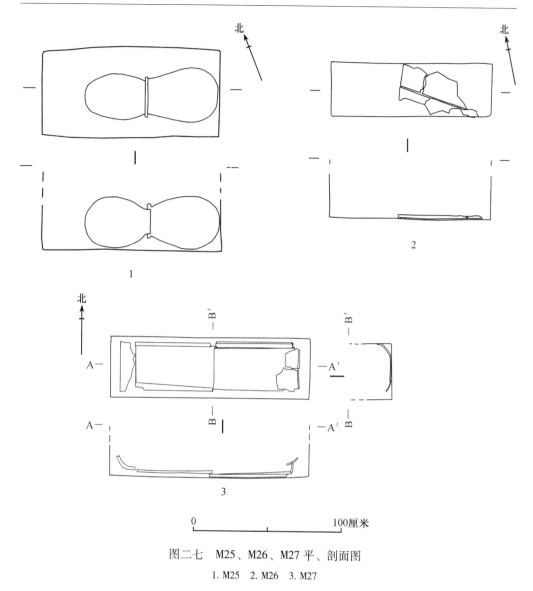

图二七　M25、M26、M27 平、剖面图
1. M25　2. M26　3. M27

M27 墓圹土坑长 1.36、宽 0.4、深 2.4 米，开口距地表 0.3 米。墓向 90°（彩版三六，2）。

2. 随葬器物

陶瓮　2 件。M25:1，夹砂黄褐陶，侈口，方唇，缩颈，斜收肩，收腹，尖底，肩至底饰粗绳纹，陶器内壁饰模印篮纹。口径 29.6、腹径 40.8、通高 51.2、壁厚 1.4～2.2 厘米。M25:2，蛋形陶瓮，敛口，方唇，缩颈，斜肩，斜收腹，圜底，通体素面，陶器分上下两半烧制，上半部轮制，夹少量细砂灰陶，下半部手制（有手纹模印痕迹），夹大量粗砂颗粒红褐陶。口径 25.8、腹径 39.2、通高 44.8、壁厚 1～1.6 厘米。

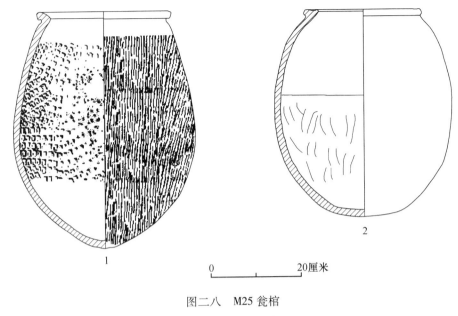

图二八　M25 瓮棺
1. M25:1　2. M25:2

四、墓葬封土结构

盛家庄墓地地层简单，第 1 层为耕土层，厚约 0.3 米；第 2 层为砂石层，厚约为 0.3 米；其下为生土，生土大部为黄褐色黏土，结构致密，夹杂大量鹅卵石，局部为岩石层。发掘区本为农田，由于历年平整土地，地势平坦，以前是否有较多封土已难考证，但经过考古发掘共见封土 3 座，分别为 F1（M1～M3）、F2（M19～M21）、F3（M25～M31）。其中 F1 在 2009 年清理时已完全遭到破坏，其结构不详。

F2 残高 0.9 米，底部直径约 5 米，残存封土可分为四层，第 1 层卵石层，为近现代农民整理土地时扔出的鹅卵石堆积形成，厚 0.1～0.3 米；第 2 层黄褐色土层，为近代耕土层，厚 0.2～0.3 米；第 3 层灰白色土层，为封土堆积层，厚 0.1～0.3 米；第 4 层岩石砂粒层，为墓葬开口层位。F2 下包含墓葬 M19、M20、M21，3 座墓均为土坑竖穴墓，其中 M19 墓向南北向，M21、M22 为并穴墓，均为东西向，墓葬西端均被 M19 打破。F2 并未发掘完，其东半部由于征地未协商好而未能发掘（图二九）。

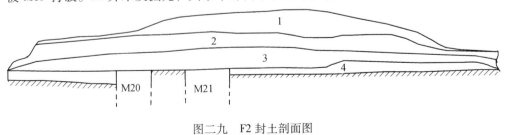

图二九　F2 封土剖面图

F3 残高 0.6 米，可分三层，其基本组成与 F2 相似，缺少 F2①层卵石层。F3 下经清理的墓葬共 7 座，墓葬形制多样，包括土坑竖穴墓，砖椁墓，瓮（瓦）棺葬等。封土北部已被破坏，形成断崖，断崖内残留 1 座砖椁墓，仅南部剩余部分砖椁，墓底距地表约 4.5 米，其墓室形制规模与 M28、M29 相同。封土南半部剩余部分未清理，紧靠 M29 西南已有 1 座小型墓葬，墓口一角暴露。虽未能完整清理该封土，但可明显看出，其中 M28、M29 及断崖中未清理的砖椁墓居于封土中部，其墓室规模最大，出土随葬品最多。其余墓葬则环绕其周围，墓室狭小简单，也未有任何随葬物品。其中南北向的 M30 将东西向的 M31 打破。

五、结　语

本次发掘出土随葬品较少，除几座土坑竖穴砖椁积贝墓出土随葬品较为丰富外，其余墓葬较少甚至大多墓葬未有随葬品发现，表现出较大的差距。结合已出土的随葬品分析，盛家庄汉墓群的埋葬年代自西汉中晚期延续至东汉时期，属于汉代大型家族墓地。本次考古发掘也是青岛市及胶州市的一次重要文物考古工作，对于探讨青岛地区汉代时期葬制葬俗乃至社会政治、经济、文化等都具有十分重要的意义。

（一）关于墓葬下葬年代

胶州及周围地区的丘陵较多，据文物普查，每一处丘陵上都分布着较多的汉代墓葬。如此多的汉墓分布，其原因在于本地区在汉代及以前有较多小型侯国的存在。包括西周时期的莒、介国，莒南迁后，莒都计成为莒国属城，改名介根。秦在原介国的属地上设立了黔陬县，属琅琊郡。西汉之初，境内除黔陬县外，还陆续建立了计斤、邞、柜和被四县。37 年，东汉朝廷撤销了计斤、邞、柜和被四县，计斤并入黔陬侯国，属青州刺史部东莱郡管辖。柜并入琅郡的琅琊县。198 年，即汉献帝建安三年，撤北海国，设置城阳郡（治所设在东武，今诸诚）。黔陬县又隶城阳郡，直至三国魏时。这样多的建置，说明当时本地区人口密集，政治、经济、文化非常繁荣，并有着长期的延续。

根据调查及发掘结果，盛家庄墓地规模庞大，墓葬众多，分布密集，1 座封土下往往埋葬多座墓葬，且个别墓葬还存在打破关系。从墓葬结构及出土随葬品来看，盛家庄汉代墓葬从西汉中期一直延续到东汉早期。

（二）墓葬形制特点

本次考古发掘的墓葬形制类型多样，包括土坑竖穴墓、砖椁墓、积贝墓等，部分积贝墓于墓室外还开挖有壁龛盛放随葬品。此外还发现埋葬婴幼儿的瓮棺葬、瓦棺葬等墓葬。

1. 积贝墓

积贝墓主要因墓室内充填大量贝壳而名，"贝墓"是汉代中原地区土圹墓的一种延续和发展，其形制特点为墓室周围填充大量贝壳，具有典型的滨海地方特色。盛家庄积贝墓所出贝壳以牡蛎、小海螺、蛤蜊、沙海螂、锈凹螺等小型贝类作为填充材料，一些较大的贝壳在填充前估计经过敲打或碾压，大小均匀，抑或是年久腐朽所致。从目前已发表来看，积贝墓多分布于辽东半岛及山东半岛北部沿海地区，少见于黄海沿岸，黄海沿岸以南则几乎不见[1]。此次积贝墓的发掘使我们对于积贝墓的地域分布有了新的认识。

盛家庄墓地发现的积贝墓就其形制可分为贝墓与贝砖墓两种。

（1）贝墓

盛家庄仅发现贝墓 2 座，均为土坑竖穴墓。M1 以大量积贝作为土坑竖穴墓下层填土，M16 则仅在墓室填土部分区域掺杂了少量贝壳。从其墓葬形制及随葬器物看，贝墓应为积贝墓中规模最小者。

（2）贝砖墓

贝砖墓为积贝墓中的主体，按积贝填充方法，可分为两种形式，一是在砖壁外、墓底地砖下和墓室顶部都填充贝壳，从剖面看，整座墓室如同四周包裹贝壳的密封箱，此类墓葬如 M3、M9。其二则只是在墓室顶部及砖椁壁外填充贝壳，而墓底地砖下没有贝壳，多数贝砖墓属此类。已发现的积贝墓中，M2、M3 墓室长宽之比较小，近方形，而墓室规模则最大，随葬品最丰富，设有头箱及边箱，为盛家庄墓地积贝墓中规模最大者，其形制与威海大天东村西汉墓形制相近[2]。其余的贝砖墓，墓室长方形，多设有壁龛，随葬品较为丰富，为盛家庄墓地发现的积贝墓中规模中等者。综合考察则又可知，积贝墓在盛家庄墓地中占有一定的规模，其墓葬规模及出土随葬品的丰富程度均为该墓地之最。

2. 砖椁（棺）墓

砖椁（棺）墓的发掘为盛家庄墓地的一大收获，值得引起重视的一些特点为一方面砖椁墓内填土多为积贝，表现出较为明显的滨海地方特色；其二，山东地区砖椁墓较为盛行于鲁北地区，而且盛家庄墓地砖椁墓带壁龛，二层台的特色也显示出继承鲁北地区文化传统的趋势[3]；其三，砖椁墓内出土原始青瓷器，陶器，漆陶，则又显示出受到楚文化影响。

历史上这一地区为东夷古国——莒的主要活动区域，直到战国早期（前 431 年）为楚所灭，后齐又据莒地，因而又有齐、楚文化因素留存，地理上的连带南北，贯通东西，使这里区域文化特征明显，文化内涵丰富多彩，可说是处于一个文化交流的"十字路口"。

（三）关于大封土家族墓

盛家庄墓地可见的封土仅为3座，由于历年平整土地，原来的地势已较难了解，但根据墓葬分布排列规律，可推测多数墓葬原来应该是有封土的，1座封土下往往有数座墓葬，墓葬多为夫妻并穴排列，居中者为较大的墓葬，周围环绕小型墓葬一主多从式，如F2下以M28、M29为中心，环绕多座土坑竖穴墓以及3座小孩的瓮（瓦）棺葬。

从目前已发表的汉墓资料看，此类封土墓大量存在于鲁东南沿海一带，具有一定的地域特点。同样的墓葬还见于日照海曲[4]、胶南市丁家皂户[5]、胶州赵家庄[6]等汉代墓地。其时代从西汉早中期一直到西汉晚期，尚未有东汉时期的类似封土墓发现。此种埋葬方式类似于江南地区土墩墓封土下埋葬数座墓的形式，而其相互之间也可能有某些承袭、演变关系。随着今后材料的增加将更进一步了解具体情况。

发 掘 领 队：林玉海

参 加 人 员：杜义新　郑禄红

　　　　　　王　磊　马　健　吕荐龙　孙宏林（胶州市博物馆）

文 物 修 复：杜义新

摄　　　影：彭　峪

绘图、整理：郑禄红

执　　　笔：郑禄红　王　磊

注　释

［1］　白云翔：《汉代积贝墓研究》，《刘敦愿先生纪念文集》，山东大学出版社，1998年。

［2］　威海市博物馆：《山东威海市篙泊大天东村西汉墓》，《考古》1992年第2期。

［3］　郑同修、杨爱国：《山东汉代墓葬形制初论》，《华夏考古》1996年第4期。

［4］　何德亮、郑同修、崔圣宽：《日照海曲汉代墓地考古的主要收获》，《文物世界》2003年第5期。

［5］　宋爱华：《胶南市丁家皂户汉代墓葬》，《中国考古学年鉴（2003）》，文物出版社，2004年。

［6］　兰玉富、李文胜、王磊、马健：《山东胶州赵家庄抢救性发掘汉代墓地》，《中国文物报》2006年1月20日。

胶州大闹埠汉墓发掘报告

青岛市文物保护考古研究所

一、墓葬概况

2009 年 8 月，为配合胶州市九龙镇政府"新东机械"工程的工业园区建设，青岛市文物保护考古研究所联合胶州市博物馆，对园区规划道路占压的大闹埠汉墓群进行了抢救性考古发掘。共清理汉代墓葬 12 座，其中砖室墓 2 座，竖穴土坑墓 10 座。这些墓葬位于九龙镇大闹埠村北侧约 1000 米处，东距 397 省道营里路约 260 米（图一），其周围地势低平开阔，适于农业耕作，东边与胶州湾海岸相距不足 10 公里。

12 座墓葬中，M1 ~ M10 为土坑墓，分布较为集中；M11、M12 为砖室墓，南北相距约 20 米，与 10 座土坑墓东西相距约 50 米（图二）。主要出土器物有铜镜、铜镜刷柄、铜印章、铜带钩、铜钱、铜泡钉、角擿、木梳篦、妆粉、石质研磨器、黛板、铁书刀、陶罐、陶壶、弹丸、铜环、铁环等，总计 270 余件（表一）。

表一　胶州大闹埠墓葬统计表

编号	方向	形状结构	保存状况	出土遗物及数量	时代	备注
M1	95°	竖穴土坑墓	较好	铜镜 1、镜刷 1、角擿 4、木篦 1、铁环 1、铜钱 4	新莽—东汉早期	有樟板痕迹
M2	95°	竖穴土坑墓	较好	铜镜 1、书刀 1、木梳篦 3、铜钱 47	新莽—东汉早期	有棺木髹漆痕迹
M3	91°	竖穴土坑墓	较好	铜镜 1、镜刷 2、铜印章 1、木梳篦 2、铜环 1、铜钱 30	西汉晚期—东汉早期	可见人骨痕迹
M4	97°	竖穴土坑墓	较好	铜镜 2、陶罐 3、小陶罐 5	西汉晚期	有棺木朽痕
M5	94°	竖穴土坑墓	较好	铜镜 1、镜刷 1、铜泡钉 1、陶罐 6、弹丸 46	西汉晚期	有棺木朽痕
M6	99°	竖穴土坑墓	较好	铜镜 1、镜刷 1、铜带钩 1、铜钱 1、铁刀 1、陶罐 1、小陶罐 9	西汉中晚期—东汉早期	
M7	95°	竖穴土坑墓	较好	铜镜 1、镜刷 1、妆粉块 1、方奁 1、铜钱 1	西汉中晚期—东汉早期	有棺木朽痕

续表

编号	方向	形状结构	保存状况	出土遗物及数量	时代	备注
M8	110°	竖穴土坑墓	较好	铜镜1、角擿1、铜钱40、筒瓦2、研磨器1	新莽时期	土穴作束腰状
M9	105°	竖穴土坑墓	较好	铜镜1、镜刷1、妆粉块1、铜钱13	新莽—东汉早期	有棺木漆皮块
M10	100°	竖穴土坑墓	较好	铜镜1、镜刷1、黛板1、研磨器1、环首刀1、铜钱1	西汉中晚期—东汉早期	尚存部分人骨
M11	285°	砖室券顶墓	较差	"S"形铁钩2、榫卯砖、楔形砖、筒瓦1、铜钱14、板瓦1	东汉早期—中期	尚有封土堆
M12	265°	砖室券顶墓	较差	榫卯结构花纹砖	东汉早期—中期	尚有封土堆

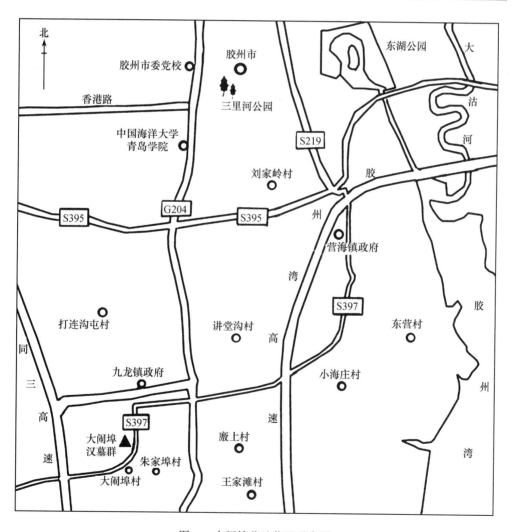

图一　大闸埠墓地位置示意图

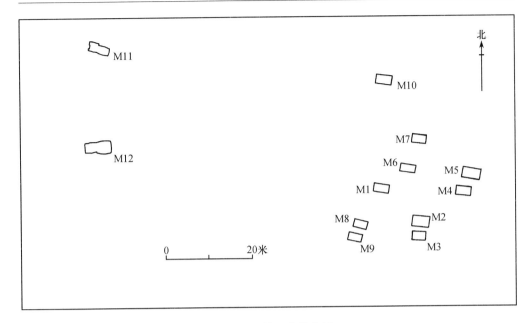

图二　大闹埠墓葬分布图

二、墓葬情况分述

由于 12 座墓葬形制及随葬器物的差异，为更具体、集中地反映各墓葬的特点，现将十二座墓葬分组简报如下：

（一）M1

1. 墓葬结构

M1 为长方形竖穴土坑墓，直壁，平底。墓向 95°。在墓圹南北两侧分别留有生土二层台。墓圹长 3.1、宽 1.62、深 3.2 米。二层台长 2.1、宽 0.23、高 0.7 米。未见封土堆，墓口之上有厚约 0.2 米的耕土层。墓内填土为黄褐色花土，夹杂大量沙粒。无盗掘痕迹（彩版三七，1）。

葬具为一棺一椁，椁仅存西侧立板板灰痕迹。棺木可见四周朽灰痕迹，堆积厚度约 0.35 米。随葬品均出在棺内底部，其中铜镜、镜刷、木篦、角擿位于东南角，铜镜叠压在其他 3 件器物之上。棺底东北角出土 1 件铁环。尸骨已无痕迹，据梳妆用具的位置推测墓主头向应向东，约略在墓主左手部位出土 4 枚铜钱和形似角擿的骨角器（图三）。

2. 随葬器物

M1 随葬器物共 10 件。

（1）铜器

铜镜　1 件。M1:1，十二辰八瑞博局镜，圆形，锈蚀且有裂痕，镜面尚存光泽。圆纽，简化柿蒂纹方格纽座，座外有"子丑寅卯辰巳午未申酉戌亥"十二辰铭文带，铭文以 12 枚小乳钉纹相间隔。其外为博局纹，博局纹的空白处相间排列八瑞纹饰和八枚乳钉纹，八瑞包括青龙、白虎、朱雀、玄武、羽人、獬豸等。博局纹外为一圈菱形纹，再外近镜缘处饰一周栉齿纹。镜缘较宽且略凸，缘上由内而外饰锯齿纹、弦纹和四神（青龙、白虎、朱雀、玄武）纹各一周，四神纹饰以云纹相间，极富动感。直径 18.6、缘厚 0.4 厘米（图四；彩版三七，2）。

镜刷柄　1 件。M1:7，铜制，锈蚀较严重，勺形头部及尾端残缺，柄中部缺失。后部呈龙首状，横穿 1 孔。残长共约 10 厘米（图五，3）。

铜钱　4 枚。M1:5，锈蚀严重，仅 1 枚文字清晰，为"大泉五十"。径 2.7、穿宽 0.9、面郭宽约 1.5、缘厚 0.24 厘米（图五，5）。

（2）铁器

环　1 件。M1:4，锈蚀，环形闭合，推测应为指环。内径 2、外径 2.3 厘米（图五，4）。

（3）木角器

角擿　4 件。M1:2，角制，腐朽为黑色，断为几节，少部分仍可见角质半透明

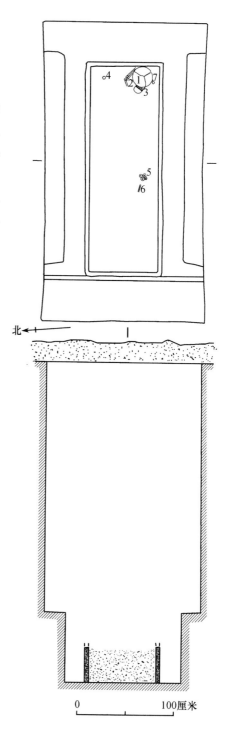

图三　M1 平、剖面图及出土器物

1. 铜镜　2. 角擿　3. 木箅　4. 铁环　5. 铜钱

6. 骨角器　7. 铜镜刷柄

0 　　　　　　　　 5厘米

图四　铜镜拓片（M1:1）

状。出土在墓主头部左侧，应为束发之用。圆角方形柄，双齿或扁或圆，均已弯
曲，尖头。推测其使用前为直形，使用中因发型而弯曲。柄部宽 1.1 ~ 1.5、柄长
2.4 ~ 2.9、厚 0.1 ~ 0.15 厘米，直线长度 17 ~ 24 厘米不等（图五，1；彩版
三七，3）。

　　木篦　1 件。M1:3，木制，齿部略残，出土时被小块淤泥包裹，淤泥外可见布
纹痕迹。篦齿细且密，齿间距极小。篦背为半圆形，中间厚约 0.5 厘米，两侧渐薄，
共约 100 篦齿，两端篦齿较粗。篦宽 6.1、高 7.3、齿长 3.6 厘米（图五，6）。

　　骨（角）器　2 件。M1:6，出土于墓主腿部，腐朽且残甚，残存形状及纹路同于
角擿两齿。用途不明。残长约 8 厘米（图五，2）。

（二）M2、M3

1. 墓葬结构

　　M2 与 M3 二穴并排，间距仅约 0.7 米，均为长方形竖穴土坑墓，直壁，平底

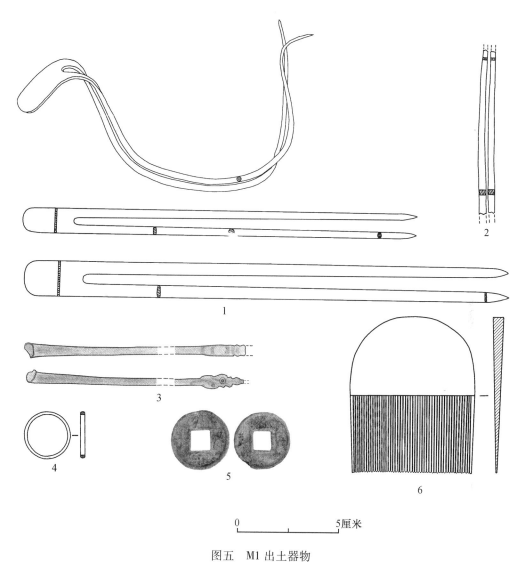

图五　M1 出土器物

1. 角擿（M1:2，上一为出土时形状，下二为复原后形状）　2. 骨（角）器（M1:6）　3. 铜镜刷柄（M1:7）

4. 铁环（M1:4）　5. 铜钱（M1:5）　6. 木篦（M1:3）

（彩版三八，1）。形制基本相同，开口及深度相当，随葬器物亦同，可能是夫妻并穴合葬墓。未见封土堆，墓口之上有厚约0.3米的表土层。墓内填土为黄褐色花土，夹杂大量沙粒。在墓圹四周留有熟土二层台，黄色夹沙土质，较硬。无盗掘痕迹。葬具为一棺一椁（图六）。

　　M2，墓圹长3.9、宽2.4、深4.2米，二层台宽0.18、高0.9米。墓向95°。二层台东西两端明显外凹，可能是椁东西挡板的位置所在。棺木已坍塌并腐朽成灰，

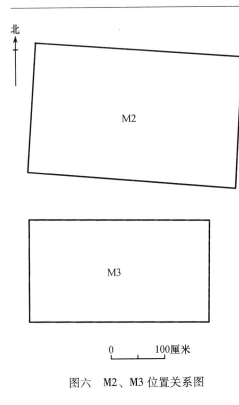

北

0　　　　100厘米

图六　M2、M3位置关系图

堆积厚约0.2米。朽灰堆积中模糊可见布纹、黑底红彩漆绘痕迹，但难以揭取，布纹覆盖在随葬品之上，漆绘在随葬品之下，推测前者为墓主衣襟，后者为棺底髹漆。出土器物有铜镜、木梳篦、铁削及铜钱。铜镜位于棺的西侧略北，木梳篦叠压在铜镜之下。铁削出在铜镜南侧，铜钱发现于棺内中部偏东（图七）。

M3，墓圹长3.4、宽1.9、深4.1、二层台高0.84米，二层台四面宽度不等，宽0.16～0.3米之间。墓向91°。椁板范围不明显，棺木已腐朽成灰，堆积厚度约0.2米，可见墓主尸骨轮廓。出土器物中，铜镜、镜刷、铜环、木篦等位于墓主头部左上方，铜印章、铜钱出在墓主腰部左侧（图八）。

2. 随葬器物

（1）M2，共随葬器物52件。

① 铜器

铜镜　1件。M2:1，长宜子孙七乳七神镜，锈蚀严重且残损，圆形，半球形纽，圆纽座，三周栉齿纹将镜背纹饰分为四个区间，由内向外分别称为Ⅰ、Ⅱ、Ⅲ、Ⅳ区间。Ⅰ区间外有一圈凸弦纹，圈内铭文"长宜子孙"四字间饰9枚乳钉纹；Ⅱ区间内外为两周宽弦纹，中间饰五条蟠螭纹；Ⅲ区间内外各一圈凸弦纹，中间为七乳相间的青龙、朱雀、麒麟、独角兽、鹿、羽人等神瑞纹饰，七乳钉有八连弧座；Ⅳ区间即镜缘部分，由内向外分别为锯齿纹、凸弦纹、勾连草叶纹，每锯齿间有一圆点。

铜钱　约47枚。M2:3，已锈结成块，锈色发蓝，其外覆盖布纹，应是钱袋痕迹。钱体多较薄，其中一两枚隐约可见"五铢"二字，"朱"字头为圆折。

② 铁器

削　1件。M2:2，锈蚀严重，残损。环首，刃断面呈楔形，中空。应为修改简牍文字的书刀。残长11.4、刃宽1.2、环首最大外径2.8、最大内径1.4厘米（图九，3）。

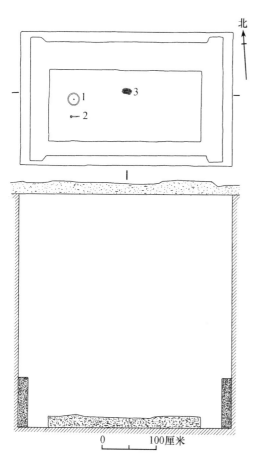

图七　M2 平、剖面图及出土器物
1. 铜镜　2. 铁削　3. 铜钱

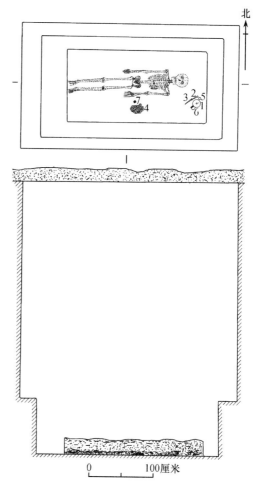

图八　M3 平、剖面图及出土器物
1. 铜镜　2、3. 铜镜刷柄　4. 铜钱　5. 铜环
6. 木篦　7. 铜印章

③ 木器

梳、篦　3 件。M2:4，位于铜镜下，叠压在一起，难以分开。其外有红漆痕迹，疑是漆奁腐朽遗留。其中 2 件可复原形状，另外 1 件残缺。3 件均为半圆形梳背，但大小有别，齿的疏密程度也不同。木梳，M2:4-1，齿粗且疏，梳背残宽 5.5、残高 3.9 厘米（图九，2）；木篦，M2:4-2，齿间距甚小，宽 6.4、残高 7.3 厘米（图九，1），木篦大小、形制及篦齿疏密、粗细程度均与 M1:3 基本相同。

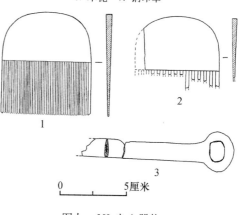

图九　M2 出土器物
1. 木篦（M2:4-2）　2. 木梳（M2:4-1）
3. 铁削（M2:2）

（2）M3，共随葬器物37件。

铜镜 1件。M3:1，昭明连弧铭带镜，锈蚀严重，铭文已模糊，圆形，半球形纽，圆形纽座，座外饰有一周凸弦纹和一周内向八连弧纹，外区有铭文带，铭为"内清以昭明，光象夫日月"，各字间均衬以"而"字。两周栉齿纹相隔区间，分别位于镜缘内、铭文带外和连弧纹带外、铭文带内，素平缘较宽（彩版三八，2）。

镜刷柄 2件。铜制，锈蚀严重，柄后部凸起，纹饰已模糊，推测为龙首状。凸起处横穿1孔，末端扁且略弯。M3:2，总长约11.1、头部高1.2、口径0.9厘米（图一〇，2）；M3:3，残长约12.5、头部高1.1、口径0.9厘米（图一〇，1）。

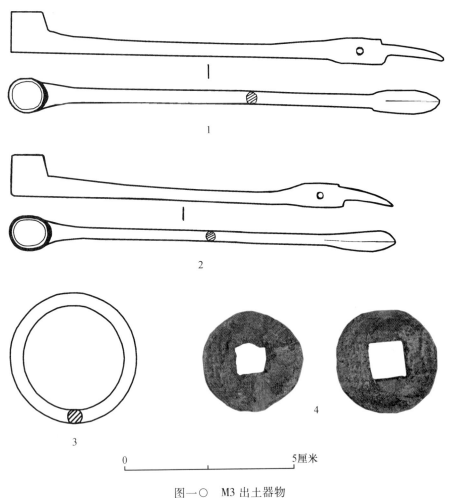

图一〇 M3 出土器物

1、2. 铜镜刷柄（M3:3、M3:2） 3. 铜环（M3:5） 4. 铜钱（M3:4）

铜钱 约30枚。M3:4，已锈结成块，其外有细布纹，应是钱袋痕迹。其中几枚径2.5、穿宽1、边厚0.15厘米，面郭向内微斜，宽约0.15厘米。钱文多已模糊，可见"五铢"二字，"五"字交股弯曲甚大，"铢"字"金"头呈等腰三角形，"朱"头方折（图一〇，4）。

铜环 1件。M3:5，黄铜制，锈蚀。用途不明。外径3.7、内径2.8厘米（图一〇，3）。

图一一 铜印章 （M3:7）印文

木篦 2件。M3:6，腐朽残损严重，梳篦相互叠压，齿均较细，间距极小。仅可测量其中一把木篦通高约7.6厘米。

铜印章 1件。M3:7，龟纽，正方形印面，刻有"室（侄）孙邑"三字，为阴刻篆文，龟作昂首状。边长1.3、通高1.5厘米（图一一；彩版三八，3）。

（三）M4、M5

1. 墓葬结构

M4与M5并排靠近，南北相距约2米，东西略错1米，形制、大小、深度及随葬品基本相同。均为长方形竖穴土坑墓，直壁，平底。据随葬品的位置推测墓主头向应向东，墓向分别为97°和94°，在墓圹四周留有生土二层台。未见封土堆，墓口之上有厚约0.2米的表土层，墓内填土为黄褐色花土，夹杂大量沙粒。无盗掘痕迹。葬具应为一棺一椁，在棺的东侧均有头箱痕迹。

M4，墓圹总长3.75、宽1.8、深4.65米，二层台宽0.19、高1.1米。椁四周痕迹不明显，可能紧贴二层台内壁，棺木朽烂成灰，可见四周痕迹，棺长2.1、宽1.1米，堆积厚度约0.2米，在南壁基岩层尚存挖掘痕迹。出土器物中的2件铜镜分别位于棺内东南角及北端西侧，其余8个陶罐大小各不相同，堆放在头箱南半部。出土时小陶罐位于大陶罐上方（图一二）。

M5，墓圹总长4.28、宽2.18、深4米，二层台宽约0.24、高1.6米。棺木朽烂成灰，约长2.34、宽0.92米，堆积厚度约0.3米。在贴近棺的东侧可见挡板痕迹，厚约0.06米，残高约0.4米。二层台内侧及棺木痕迹均作束腰状。出土器物中，铜镜和镜刷柄位于棺内西北角，8个陶罐和一堆泥质弹丸位于头箱内，另在头箱南侧，发现有漆盒痕迹（图一三）。

2. 出土器物

（1）M4，随葬器物共10件。

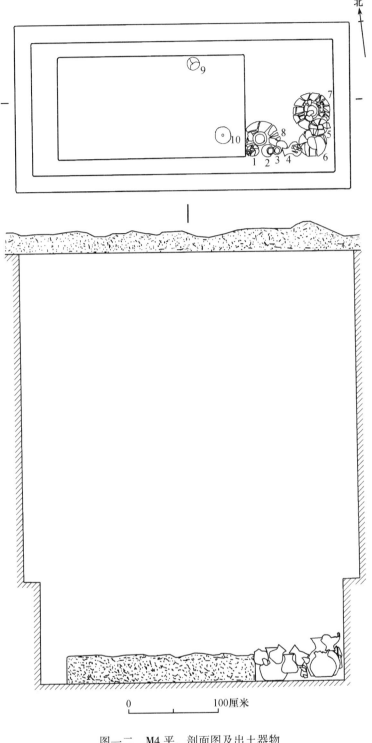

北

图一二 M4 平、剖面图及出土器物

1~8. 陶罐 9、10. 铜镜

图一三　M5 平、剖面图及出土器物
1. 铜镜　2. 铜泡钉　3. 泥丸　4~8、10. 陶罐　9. 铜镜刷柄

铜镜 2件。M4:9，圆形，锈蚀严重且粉碎，尚存圆形纽，素缘较陡。直径约12.4、边厚约0.6厘米。M4:10，重圈昭明铭带镜，锈蚀，纹饰铭文模糊。圆形，直径17.3、边厚0.5厘米，半球形纽，并蒂连珠纹纽座，两圈宽凸弦纹外有两圈铭文带，内圈篆书铭"内清以昭明光日月心忽而愿扬忠然壅塞泄"，外圈篆书铭"内清以昭明光象而不质而忠君信人唯日月心忽而愿忠然壅塞泄"，宽弦纹两侧及镜缘内侧均饰一圈栉齿纹和细弦纹，平素缘（图一四；彩版四〇，1）。

0   5厘米

图一四 铜镜拓片（M4:10）

陶罐 8件。均为泥质灰陶，器形均侈口，束颈，平底。M4:1，残甚，仅剩残破底部。底径约9厘米。M4:2，圆唇，溜肩，垂腹。通高11.7、口径9.8、最大腹径13.6、底径10.4、壁厚0.6厘米（图一五，1）。M4:3，圆唇，侈口外敞，溜肩，垂腹。通高13.7、口径9.6、最大腹径14.7、底径11.6、壁厚约0.6厘米（图一五，2）。M4:4，圆唇，侈口外敞，圆溜肩，垂腹。通高15.2、口径9.3、最大腹径16、底径12.6、壁厚约0.6厘米（图一五，3）。M4:5，尖唇，溜肩，鼓腹略折，腹最大径靠下。腹部鼓折处饰一圈戳印纹。通高18.6、口径12.4、最大腹径18.6、底径12.6、壁厚约0.6厘米（图一五，4）。M4:6，方唇，溜肩，鼓腹略折，腹最大径靠下，下腹斜收。通高31.6、口径16.9、最大腹径29.6、底径21.1、壁厚约0.9厘米（图一五，5）。M4:7，尖唇，束颈较长，溜肩，鼓腹略折，腹最大径靠下，

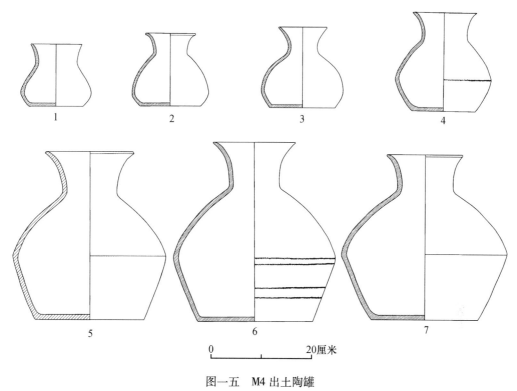

图一五 M4 出土陶罐

1. M4:2 2. M4:3 3. M4:4 4. M4:5 5. M4:6 6. M4:7 7. M4:8

下腹斜收并饰 4 周戳印纹。通高 33.6、口径 15.9、最大腹径 31.2、底径 22.2、壁厚约 0.8 厘米（图一五，6）。M4:8，圆唇，斜肩，折腹，腹最大径略靠下，下腹斜收。通高 31.1、口径 14.7、最大腹径 32.4、底径 20.8、壁厚约 0.9 厘米（图一五，7）。

（2）M5，随葬器物共 10 件。

① 铜器

铜镜 1 件。M5:1，日光镜，锈蚀严重且缺损，圆形，半球状纽，隐约可见连珠纹纽座和座外一圈弦纹、一圈内向八连弧纹，再外似有铭文。缘陡且窄，宽仅 0.2 厘米。直径 7.6、边厚 0.6 厘米。

镜刷柄 1 件。M5:9，锈蚀较严重，勺形头部内尚存纤维状痕迹。刷柄后部略扁，并横穿 1 孔，纹饰已模糊。尖尾。总长约 12、头部高 1.1、勺外径约 0.8 厘米（图一六，7）。

泡钉 2 件。青铜，鎏金，锈蚀严重，可能原用作漆器支脚。1 件仅存少部分钉帽。另 1 件呈壶形，M5:2，顶盖为半圆形，下部为半球形，内部可见钉痕，残断。钉帽高 1.3、长 3.8、顶盖径 1.7、半球形径 2.9 厘米（图一六，9）。

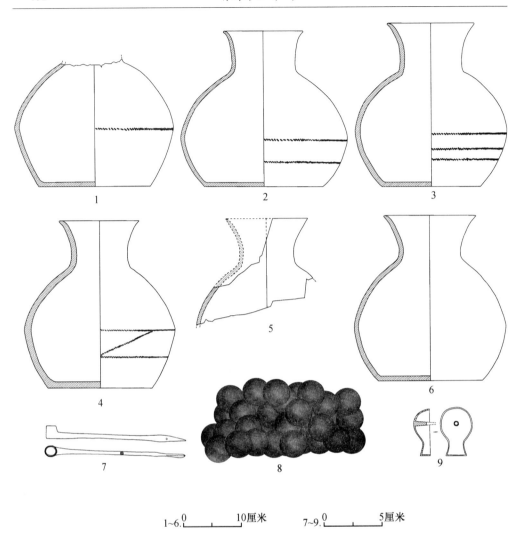

1~6.　0 ————— 10厘米　　7~9.　0 ——— 5厘米

图一六　M5 出土器物

1～6. 陶罐（M5：4、M5：5、M5：6、M5：7、M5：8、M5：10）　7. 铜镜刷柄（M5：9）

8. 泥丸（M5：3）　9. 铜泡钉（M5：2）

② 陶器

罐　6件。均为泥质灰陶，器形均侈口，束颈，平底。与M4出土陶罐相比，颈部稍短（或仅存斜领），腹部稍圆（折腹不明显）。M5：4，残，缺失口部和颈部，圆肩，鼓腹略折，下腹斜收。在腹部鼓折处饰一周戳印纹。残高20.6、颈部残径约9.6、最大腹径26.8、底径18.8、壁厚约0.8厘米（图一六，1）。M5：5，圆唇，高斜领，溜肩，鼓腹略下垂。下腹部饰2周戳印纹。通高25.2、口径13.2、最大腹径27.6、底径19.6、壁厚约0.7厘米（图一六，2）。M5：6，尖唇，束颈较长，圆肩，腹部圆鼓，下腹内收。下腹部饰3周戳印纹。通高26.6、口径14.4、最大腹径

25.2、底径 16.4、壁厚约 0.8 厘米（图一六，3）。M5:7，圆唇，束颈较长，斜肩，鼓腹略折，下腹斜收。下腹部饰 3 周戳印纹。通高 27.2、口径 13.6、最大腹径 25.4、底径 17.6、壁厚约 1 厘米（图一六，4）。M5:8，残，仅存肩部以上部分，尖唇，斜领外敞，溜肩。残高 17.2、口径 13.6、壁厚约 0.7 厘米（图一六，5）。M5:10，尖唇，斜领外敞，溜肩，鼓腹微折，下腹内收。通高 26.8、口径 15.2、最大腹径 25.2、底径 17.4、壁厚约 0.8 厘米（图一六，6）。

泥丸　46 粒。夹砂泥质很细腻，现呈灰黑色。应为娱乐或射猎工具弹丸。M5:3，呈规整球形，大小基本相当。直径约 2.1 厘米（图一六，8）。

（四）M6

1. 墓葬结构

M6，为长方形竖穴土坑墓，墓向 99°。直壁，平底，留熟土二层台。墓圹总长 3.65、宽 1.5、深 3.2 米，二层台西侧宽约 0.22、其余三侧宽 0.1、高 0.35 米。墓内填土为黄褐色花土，夹杂大量沙粒。无盗掘痕迹。葬具应为一棺一椁，椁四周痕迹不明显，推测二层台是椁外夯土。棺木朽痕明显，堆积厚度约 0.2、棺长 2.1、宽 0.62 米。在棺的东侧应有头箱（彩版三九，1）。

出土器物中，铜镜和镜刷柄位于棺内西部靠南，铜带钩和铜钱位于棺内中部略靠东北，应在墓主腰部。10 个陶罐均发现于头箱内（图一七）。

2. 出土器物

M6，共出土器物 15 件。

① 陶器

罐　10 件。其中，有 2 件较大的盘口罐。M6:1、2，器形相同，泥质灰陶，盘口较深且外侈，束颈，圆肩，鼓腹略折，腹最大径靠下，下腹斜收，平底。M6:1，在下腹部饰 2 周戳印纹。通高 24.8、口径 17.1、最大腹径 25.8、底径 20.6、壁厚约 0.9 厘米（图一九，1）。M6:2，盘口下部饰 1 周血红色条带纹，下腹部饰 4 周戳印纹及 1 周血红色条带纹。通高 24.4、口径 16.1、最大腹径 24.8、底径 20.2、壁厚约 0.7 厘米（图一九，2）。M6:3，泥质红褐色，侈口圆唇，高斜领，圆肩，圆鼓腹，下腹内收，平底。通高 13.8、口径 8.4、最大腹径 13.6、底径 7.8、壁厚约 0.6 厘米。领部施 1 周红色条带纹，腹部饰 2 周戳印纹（图一九，5）。M6:4，泥质灰黑色，侈口圆唇，束颈，圆肩，圆鼓腹，下腹内收较急，小平底。通高 13、口径 9.2、最大腹径 13.2、底径 8.4、壁厚约 0.5 厘米（图一九，6）。M6:5，泥质灰陶，侈口尖唇，束颈较长，溜肩，鼓腹下垂近底部，平底。通高 16.2、口径 9.4、最大

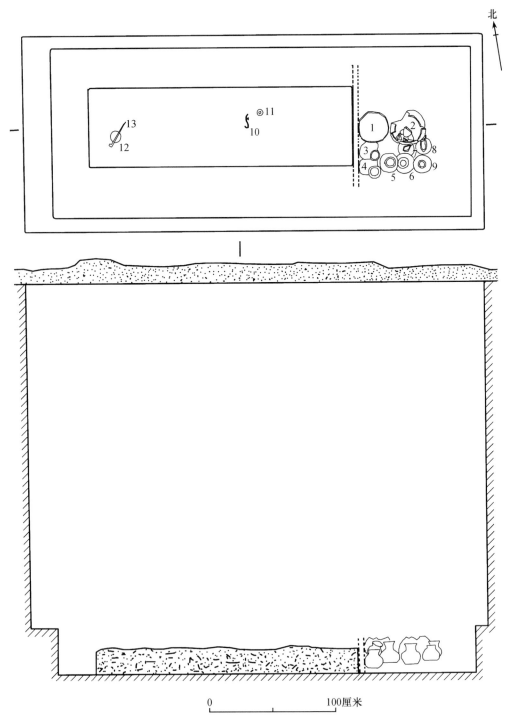

图一七　M6 平、剖面图及出土器物

1～9. 陶罐　10. 铜带钩　11. 铜钱　12. 铜镜　13. 铜镜刷柄

腹径 16.8、底径 12.8、壁厚约 0.6 厘米（图一九，3）。M6：6，泥质灰黑色，侈口圆唇，高斜领，圆肩，圆鼓腹，下腹内收，平底。领部、肩部及腹部各施 1 周红色条带纹。通高 12.8、口径 7.9、最大腹径 12.4、底径 8.1、壁厚约 0.6 厘米（图一九，7）。M6：7，泥质红褐色，侈口外敞，束颈，溜肩，鼓腹，下腹斜收，平底。通高 14.6、口径 9.4、最大腹径 15.1、底径 9.2、壁厚约 0.6 厘米（图一九，4）。M6：8，泥质深灰色，侈口圆唇，斜领，圆肩，圆鼓腹，下腹内收，平底。领部、肩部及下腹部各施 1 周红色条带纹。通高 10.6、口径 7.8、最大腹径 12.4、底径 8.1、壁厚约 0.5 厘米（图一九，8）。M6：9，泥质灰色，直口微敛，斜肩，圆鼓腹，下腹内收，平底。下腹部施有 1 周红色条带纹。通高 8.6、口径 6.2、最大腹径 11.8、底径 8.1、壁厚约 0.5 厘米（图一九，9）。M6：14，残，仅存肩部以上部分，泥质灰褐色，侈口尖唇，束颈，圆肩。颈部施 1 周红色条带纹。残高 11.4、口径 9.8、壁厚约 0.5 厘米（图一九，10）。

② 铜器

铜镜　1 件。M6：12，日光连弧纹镜，锈蚀且有裂痕，圆形，半球形纽，圆纽座，座外为内向八连弧纹，再外有一圈铭文带，铭曰"见日月之长夫毋忘（?）"，铭文带两侧各一圈细弦纹，字体非隶非篆，各字间衬以涡纹，八连弧纹外侧和镜缘内侧饰两周栉齿纹，素镜缘陡峻且窄（图一八；彩版三九，2）。

镜刷柄　1 件。M6：13，锈蚀且残损，勺形头部内尚存纤维状痕迹。残长 9.4 厘米，勺形头部口径 0.7、高 0.8 厘米（图一九，11）。

0 ____ 2厘米

图一八　铜镜拓片（M6：12）

带钩　1 件。M6：10，锈蚀，外有纺织品印痕。龙首，圆尖吻，腮深陷，双目下凹，额后倾，耳微凸，顶有脊，颈有长鬃。腹上部鼓起呈弧形，背部有 1 圆形纽扣。长 6.4、腹最大径 1.2、纽径 1.1 厘米（图一九，12；彩版三九，3）。

铜钱　1 枚。M6：11，锈蚀残损严重。圆形方孔钱，面文"赗四化"，钱体较薄，面有内外郭，背平夷。径 2.8 厘米（图一九，13）。

③ 铁器

小刀　1 件。M6：15，锈蚀，断裂严重，中空。宽约 1.1、残长共约 15、厚约 0.2 厘米。

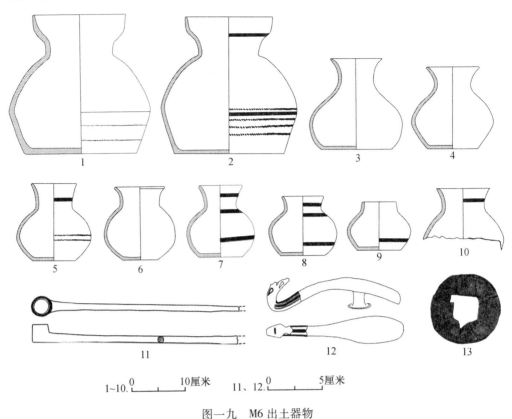

图一九　M6 出土器物

1 ~ 10. 陶罐（M6：1、M6：2、M6：5、M6：7、M6：3、M6：4、M6：6、M6：8、M6：9、M6：14）

11. 铜镜刷柄（M6：13）　12. 铜带钩（M6：10）　13. 铜钱（M6：11）

（五）M7

1. 墓葬结构

　　M7 为长方形竖穴土坑墓，直壁，平底。墓向 95°。未发现二层台。墓圹总长 3.5、宽 2、深 3.6 米。墓内填土为黄褐色花土，夹杂大量沙粒。无盗掘痕迹。

　　葬具应为一棺一椁，椁痕迹不明显，但可见棺外四周有木炭灰。棺木朽烂成灰，堆积厚度约 0.14 米，棺长 2.25、宽 0.96 米。出土器物中，方形漆木镜奁位于棺内西南部，镜奁内有铜镜、镜刷柄和白色粉块。另在棺内中部偏西发现铜钱 1 枚（图二〇）。

2. 出土器物

　　M7，共出土器物 5 件。

　　铜镜　1 件。M7：1，四乳四虺纹铜镜，锈蚀较严重且有裂纹，圆形，半球形纽，

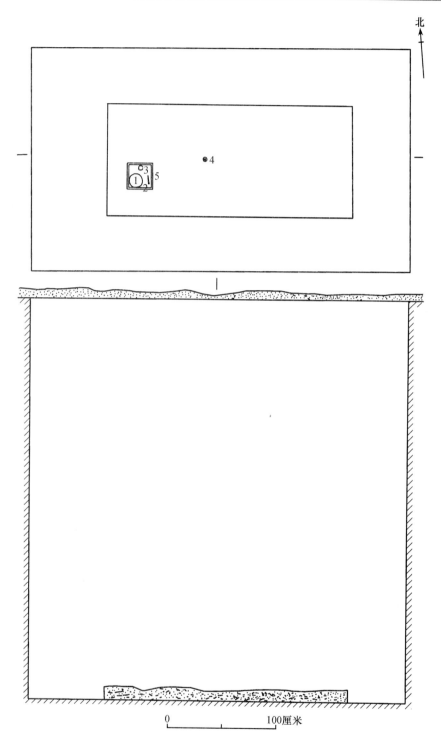

图二○　M7 平、剖面图及出土器物

1. 铜镜　2. 铜镜刷柄　3. 粉块　4. 铜钱　5. 方奁

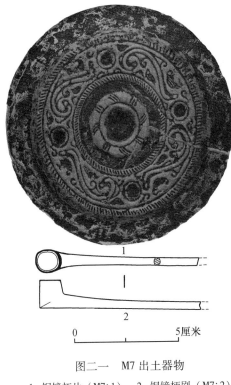

图二一　M7 出土器物

1. 铜镜拓片（M7∶1）　2. 铜镜柄刷（M7∶2）

圆钮座内饰三竖短线及三斜短线共八组，竖线斜线相间隔。座外四虺纹，相间有四乳钉。两周栉齿纹相隔区间，分别位于镜缘内和纽座外，平素镜缘较宽。直径10.9、边厚0.5厘米（图二一，1；彩版四〇，2）。

镜刷柄　1件。M7∶2，锈蚀残损严重，仅存前半部分。残长7.5、勺形头部高1.3、口外径约1厘米（图二一，2）。

粉块　1件。M7∶3，近圆饼状，出土时为白色，细腻。直径约5、厚0.4厘米。

铜钱　1枚。M7∶4，几近碎末，仅模糊可见一"五"字。

方奁　1件。M7∶5，方形，腐朽甚严重，痕迹仍明显，红色漆皮凌乱，用于盛放梳妆用品。边长约20厘米。

（六）M8

1. 墓葬结构

M8为长方形竖穴土坑墓，直壁，平底。墓向110°。在墓圹西、南、北壁有生土二层台。墓圹及二层台呈束腰状，墓圹总长3.1、两端宽1.3、深3.2米。未见封土堆，墓口之上有厚约0.2米的表土层，二层台宽约0.06、高0.8米。墓内填土为黄褐色花土，夹杂大量沙粒。无盗掘痕迹（图二二）。

葬具应为一棺一椁，椁应紧贴二层台内壁，作束腰状。棺木呈长方形，炭化痕迹明显，堆积厚度约0.2米，棺长2.3、宽0.79米。出土器物中，铜镜位于棺内东部偏南，应在墓主人头部左侧。铜镜下方有一壶塞形小件陶器，用途不明。棺内东北角有角擿出土，在角擿和铜镜西侧，上下叠压两个筒瓦，均已破裂，可能原置棺下。在筒瓦西侧有一小堆铜钱，共约40枚，外有布纹包裹痕迹。

2. 出土器物

M8，共出土器物5件。

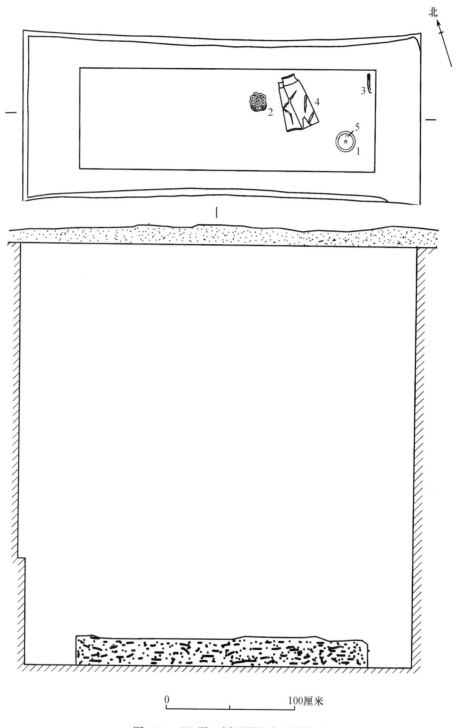

图二二 M8 平、剖面图及出土器物

1. 铜镜 2. 铜钱 3. 角擿 4. 筒瓦 5. 研磨器（?）

图二三　M8 出土器物

1. 铜镜拓片（M8:1）　　2. 角擿（M8:3）　　3. 研磨器（？）（M8:5）　　4. 铜钱（M8:2）

① 铜器

铜镜　1件。M8:1，十二辰四神博局镜，圆形，锈蚀轻但残损。半球形纽，圆纽座，座外双弦纹方框，框内有十二地支铭"子丑寅卯辰巳午未申酉戌亥"，各字间以十二枚乳钉纹相隔，框外饰以规矩纹，"T"、"L"、"V"形纹间对称排列四神纹饰和八枚乳钉纹，青龙、白虎、朱雀、玄武成对并立各主一方，乳钉有七连弧纹座，规矩纹外是一周篆书铭文"昭儿明镜知人请左龙右虎得天菁朱爵玄武法列皇八子十二孙居安宁常宜酒食乐长生"，近镜缘处有栉齿纹一周。镜缘上饰锯齿纹、弦纹和流云纹各一周（图二三，1；彩版四〇，3）。

铜钱　共约 40 枚。M8:2，已锈结成块，钱文"大泉五十"，大小厚薄稍有差别。小者径 2.6、大者径 2.8、小者穿宽 0.8、大者穿宽 0.9、边厚均 0.3 厘米左右（图二三，4）。

② 角器

角摘　1 件。M8:3，角制，腐朽并残损，柄部及少数齿部仍可见淡黄色半透明状。柄端近半圆形。柄部宽 1.2、柄长 2.1、直线长度总长 14.6 厘米（图二三，2）。

③ 陶器

筒瓦　2 件。M8:4，泥质灰陶，断面弧度约等于半圆，内部有细弦纹，表面饰直线粗绳纹。榫口较瓦身细，以便瓦垅衔接。瓦长 40、瓦身外径 15.7、壁厚 0.5、榫口长 4.7、外径 11.4、绳纹粗 0.5 厘米。

研磨器（？）　1 件。M8:5，形如瓶塞，横截面呈等腰梯形。下底面外围和中心均为陶制，其间为黑色填充物，用途不明。高 0.85、上底面直径 0.9、下底面直径 1.5 厘米（图二三，3）。

（七）M9、M10

M9、M10 虽距离较远，但墓葬形制和随葬器物基本相同，出土铜钱同为"大泉五十"，因此并为一组予以描述。

1. 墓葬结构

M9、M10 为长方形竖穴土坑墓，直壁，平底。都有双层生土二层台，并且下层二层台均四角外凹，可能是留出空间用来系绳下椁。

M9，墓圹及二层台略作束腰状。墓向 105°。墓圹总长 3.1、两端宽 1.6、深 3.1 米。未见封土堆，墓口之上有厚约 0.2 米的表土层。上层二层台略窄，宽约 0.08、距底部深 0.9 米，下层二层台略宽，宽约 0.12 米。墓内填黄褐色花土，夹杂大量沙粒。无盗掘痕迹。葬具应为一棺一椁，椁应紧贴下层二层台内壁。棺木呈长方形，炭化痕迹明显。堆积厚度约 0.18 米，棺长 2.1、宽 0.89 米。出土器物中，铜镜位于棺内东北角，铜镜上有 1 件镜刷柄。紧靠铜镜西侧有一白色粉块。在棺内北侧略靠东出土铜钱十余枚。在铜镜南侧发现 2 枚牙齿，证明墓主头向向东。在南侧尚存一块棺板，尽管腐朽严重，但可见朽木纹理及黑底红彩漆皮，彩绘有细弦纹和小同心圆纹饰（图二四）。

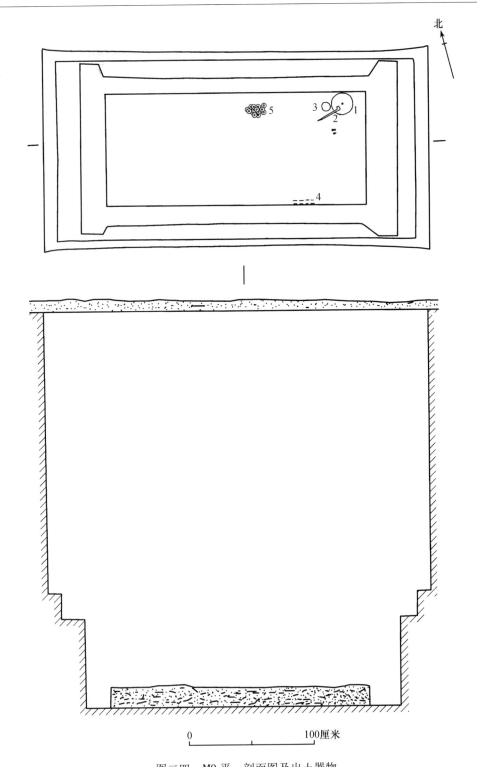

图二四　M9 平、剖面图及出土器物

1. 铜镜　2. 铜镜柄刷　3. 粉块　4. 漆棺板痕迹　5. 铜钱

M10，墓圹总长3.35、宽1.9、深3.7米。墓向100°。未见封土堆，墓口上方堆积厚约0.3米的表土层。墓内填土为黄褐色花土，夹杂大量沙粒。无盗掘痕迹。上层二层台距底部1.3米，生土，仅留在南北两壁。下层二层台距底部0.86米，生土，东西宽0.4、南北宽0.18米。葬具应为一棺一椁，椁痕迹不明显，但可见棺外四周填土中夹有炭灰。棺木朽烂痕迹较明显，堆积厚度约0.3米。棺长1.9、宽0.98米。尚存墓主人头骨、腰骨、髋骨及股骨痕迹，可断定头向向东。出土器物中，铜镜、镜刷柄及束发器位于东南部，约墓主头部左侧，研磨器、黛板及环首刀出在东北部，约墓主头部右侧。在中部略北发现铜钱1枚（图二五）。

2. 出土器物

（1）M9，出土器物共5件。

① 铜器

铜镜　1件。M9:1，长宜子孙四乳禽兽镜，锈蚀严重有裂痕，纹饰模糊不清，圆形。半球状纽，柿蒂纹纽座，柿蒂纹间有四字铭文"长宜子孙"，其外一圈宽凸弦纹，再外为四乳间八兽纹饰，四乳配有柿蒂纹，八兽两两一组，有虎逐鹿，羽人驯凤，二龙戏耍等，在纽座、凸弦纹、四乳八兽、镜缘之间饰有三圈栉齿纹，平素镜缘较宽（彩版四〇，4）。

镜刷柄　1件。M9:2，锈蚀，柄端残损。勺形头部内尚存纤维状痕迹。残长10.3、勺形头部高1.1、径0.7厘米（图二六，3）。

铜钱　13枚。M9:5，已锈结成块，均为"大泉五十"，大小厚薄有差别，其中1枚较完整，面郭向内斜。径2.7、穿宽0.9、宽约2、缘厚近0.3厘米（图二六，2）。

② 其他

妆粉　1块。M9:3，近圆饼状，灰色，细腻。直径约7、厚约1厘米（图二六，1）。

漆棺板　1块。M9:4，腐朽严重，但可见朽木纹理及黑底红彩漆皮，彩绘有细弦纹和小同心圆纹饰。

（2）M10，共出土器物7件。

① 铜器

铜镜　1件。M10:1，四乳四虺纹镜，锈蚀严重，纹饰模糊，圆形，半球形纽，柿蒂纹纽座，座外一圈宽弦纹，再外为四乳钉相间的四虺纹，四乳钉带圆座，宽弦纹外侧及镜缘内侧分别饰一圈栉齿纹，宽平素缘外凸。直径13、缘厚0.5厘米（彩版四〇，5）。

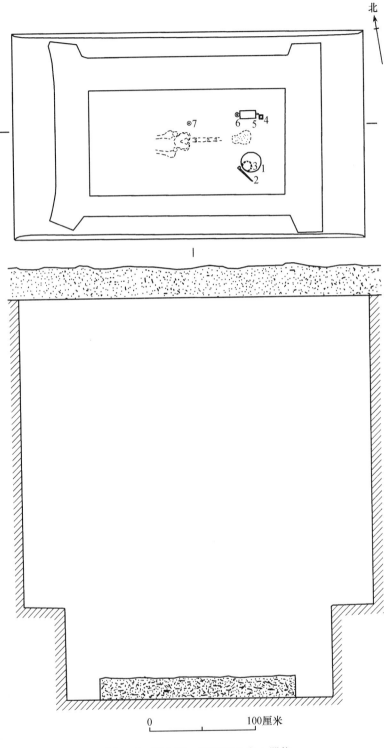

图二五　M10 平、剖面图及出土器物
1. 铜镜　2. 铜镜刷柄　3. 束发器　4. 研磨器　5. 黛板　6. 环首刀　7. 铜钱

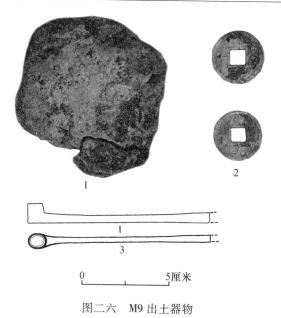

图二六　M9出土器物

1. 妆粉（M9:3）　2. 铜钱（M9:5）　3. 铜镜刷柄（M9:2）

镜刷柄　1件。M10:2，锈蚀残损严重，仅存后半段，柄后部凸起，推测为龙首形。残长约6.7厘米。

铜钱　1枚。M10:7，锈蚀残损严重，隐约可见"大"、"五"二字，可断定为"大泉五十"（图二七，5）。

② 铁器

环首刀　1件。M10:6，铁制，锈蚀严重，残损。一侧中有凸棱，中空。残长19.4厘米，环首外径2.7、内径约0.9厘米（图二七，3）。

③ 木器

篦　1件。M10:3，腐朽残损严重，半圆形梳背，篦齿细且密。梳背高3.4、总残高4.4、残宽5.3厘米（图二七，4）。

④ 石器

研磨器　1件。M10:4，石制，保存完整，柄圆，研面遗留有白粉和墨迹。径3.1、下方边长3.1、通高1.4厘米。（图二七，2；彩版四〇，6）。

黛板　1件。M10:5，与研磨器同出，石制，长方形，板面平整光滑，有红色研磨痕迹，板面中部有白色妆粉遗留，背面相对粗糙。断裂但完整。长12.4、宽5.9、厚约0.5厘米（图二七，1；见彩版四〇，6）。

（八）M11、M12

M11、M12均为前后室砖室券顶墓，二墓室南北相距约20米，墓道方向向西。

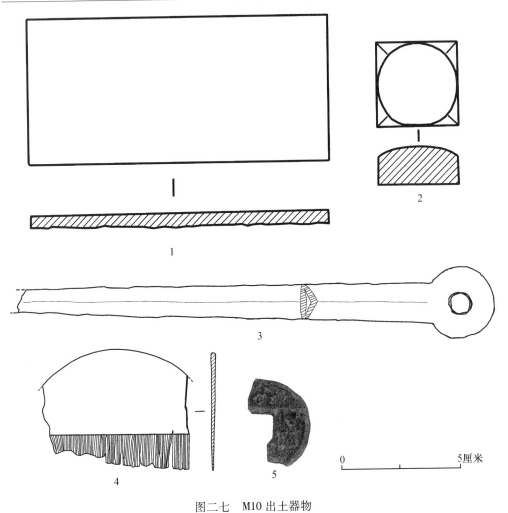

图二七　M10 出土器物

1. 黛板（M10:5）　2. 研磨器（M10:4）　3. 铁环首刀（M10:6）　4. 木篦（M10:3）　5. 铜钱（M10:5）

　　墓室上方尚存封土堆，封土堆南北相连接，总长约 50 米，残存 3 个明显高点，最高点高出地表 4.5 米。M11 位于北端封土堆的西南部，而非正中下方。M12 位于南侧 2 个较小封土堆的中间靠西。封土堆周围有沟状黑色淤土堆积，应是用于界分墓葬范围的壕沟遗迹。南侧 2 个小封土堆共用一圈壕沟，且土层堆积相同，推测原为 1 个封土堆。在大封土堆中部周围有红色致密夹砂土覆盖，可能用于防止封土滑落。封土明显已遭取土破坏，与墓葬的对应关系较模糊（图二八）。

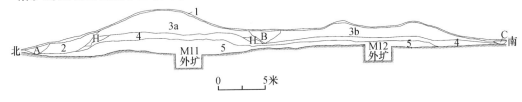

图二八　M11、M12 封土堆剖面图

M11，由墓道、甬道、墓门、前室、过道、后室几部分组成。墓向285°。因遭多次盗扰，墓道、过道及后室破坏严重。墓室周围先挖方形土穴，再铺砖砌墙形成墓室，土穴打破生土，深1.25米。铺砖及砌砖侧面均有纹饰，砌砖有花纹一侧均朝向墓室内部，规整而美观。两层砖铺地面，用榫卯砖套接，地面平整牢固。斜坡墓道残长约1.2米，平面大致呈梯形，在墓道西侧有厚约0.5米的土层，夹有破碎绳纹瓦片，可能是祠堂所在。甬道连接墓道和墓门，现仅存南北砖墙，高约1、残长0.68米。墓室总长约5.5米。墓门顶部用楔形砖拱券，拱高1.2、内宽1米。楔形砖纵侧面饰鱼鸟纹。在甬道底部残留一长条石块，长0.6、宽0.4、厚0.3米，可能是封门石。前室为四面结顶的穹窿形，顶部残损，残高2.3米，底部呈长方形，南北长2.1、东西宽1.5米，可能用于放置随葬品。前后室间有宽1、长0.66米较短过道。后室平面略呈长方形，中部略外鼓，长2.9、最宽处宽1.84米。北壁保存稍好，残高0.4～1.5米。后室可能用于放置棺椁（图二九）。

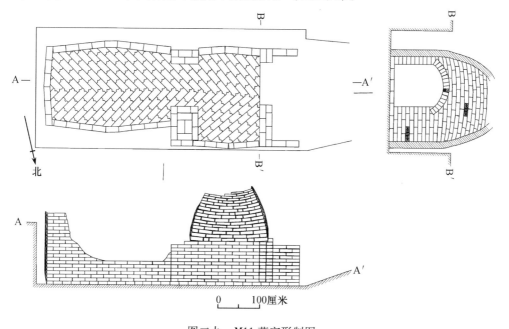

图二九　M11墓室形制图
上左：平面图　上右：墓门内侧正视图　下：北壁正视图

M11墓室用砖包括：①用于铺地的榫卯砖；②用于砌墓壁的条砖；③用于拱券墓门的楔形砖（这种楔形砖有烧制成形的，有临时打制的）。榫卯砖及条砖长、宽、厚度稍有不等。榫卯砖长31、宽13、厚6厘米，榫卯部分长2、宽1.5厘米；条砖长31～32、宽13.6～14.4、厚5.4～6厘米；楔形砖长34.4、宽14.4厘米，剖面呈梯形，上下分别厚4厘米和5.4厘米。墓砖花纹主要是几何纹，饰于砖的横侧面，有菱纹、变形动物纹、网格纹、平行线纹及连环内小乳钉纹等。在砖的一侧平面饰有绳纹。在楔形砖的纵侧面有鱼鸟纹，海鸟振翅以爪抓住鱼尾，笔画简洁而形象生动，勾勒出近海独特的生活情趣（图三〇，2~5）。

M11 随葬品仅见零散的铜钱 10 余枚和铁钩 2 个，位置已被扰动，夹杂在回填砖土之中。

"S"形铁钩　2 件。M11:1，锈蚀严重，一侧粘带红漆，两面均夹朽木，推测是连接固定两个木制器具的零件。其中 1 件高 9.3、宽 2.3、厚 0.3 厘米（图三一）。

图三〇　M11、M12 墓砖纹饰拓片

1. M12　2~5. M11

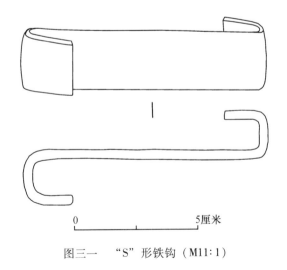

图三一　"S"形铁钩（M11:1）

筒瓦　1件。M11:6，灰色，残损剩少半部。断面弧度约1/3圆周。内部为布纹，外表饰直线绳纹。残长16.5、瓦身宽14.8、厚约1、榫口长4.6厘米，榫口较瓦身略细，绳纹粗0.3厘米。

板瓦　1件。M11:7，残片，饰凹凸宽弦纹。发现于墓西填土中。残长10、宽8、厚0.9厘米。

铜钱　约12枚。M11:5，多已锈结成块。2枚可见"五铢"二字。其中1枚笔画较清晰，这枚铜钱外径2.5、厚约0.1厘米。外郭较窄。"五铢"二字宽肥圆柔，笔画较粗且浅。"五"字交股弯曲且上下两横不出头，像两个对置的马蹄形。"金"字头呈等边三角形，四点较长。"朱"旁上下横圆滑；另1枚径2.5~2.6厘米，"五"字模糊，"铢"字特点同于前者，只是"朱"旁上横为圆折。

M12，墓道、墓门、前室、后室及过道均遭严重破坏，墓室内填满碎砖，回填原因不明。墓向265°。墓道残长约1米，墓门顶部坍塌，残高1.5、内宽1.2米。前室呈方形，中部略鼓。东西宽2、南北宽2.2米。前室南壁保存较好，尚存穹隆顶弧形，残高1.5米。后室平面为长方形，中部略鼓。东西长3.2、南北宽2.6米，后室砖墙毁坏严重，仅东壁及南壁东侧较好，残高1.45米。前室铺砖较好，后室铺砖破坏较甚，下垫红色沙粒层，平整。厚约0.2米（图三二）。

M12因破坏严重，未发现随葬品，墓砖模印纹饰相对单一（图三〇，1），同于M11。

三、结　语

1. 时代

M1出土"大泉五十"铜钱为新莽时期铸币；出土"十二辰八瑞博局镜"为新莽时期典型铜镜，因此可以断定，墓葬年代属于新莽时期或东汉初期。

M2出土"长宜子孙七乳七神"镜，是新莽至东汉早期铜镜，而M2出土"五铢"钱具有东汉五铢的特点[1]。因此年代约在东汉早期。

M3出土"昭明连弧铭带"镜属西汉晚期至王莽时期[2]，出土铜钱具有宣帝五铢的特点。而出土龟钮印章，龟作昂首状，是西汉晚期至东汉特点。因此，M3的年代属西汉晚期至东汉早期。

M4出土"重圈昭明铭带"镜属西汉中晚期，出土陶罐器形同于枣庄临山M2、M8[3]及济宁师专M10[4]陶罐，约为西汉晚期元平帝时。因此墓葬时代应在西汉末。

M5出土日光镜为西汉中晚期铜镜，出土陶罐器形与M4出土陶罐相比，颈部稍短（或仅存斜领），腹部稍圆（折腹不甚明显），年代可能略早。

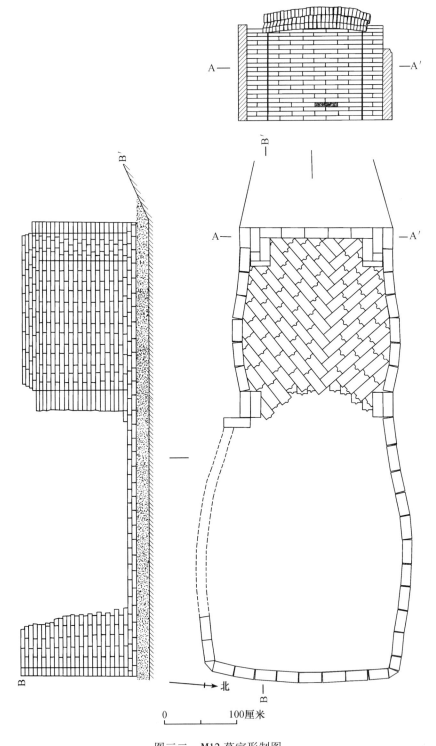

0   100厘米

图三二　M12 墓室形制图

左：南壁正视图　右上：墓门内侧正视图　右下：平面图

M6 出土日光连弧纹镜为西汉中晚期铜镜。铜带钩同于洛阳烧沟汉墓 M2 出土带钩[5]，属西汉中期稍后。出土"赙四化"铜钱，是战国后期齐铸，时约在襄王复国后（前 279 年）。"赙"或以为即地名"益"，益为齐地，在今青州市附近[6]。出土陶罐具有两个明显特点，一是器身绘红色条带纹的小陶罐居多，无疑为明器，二是盘口罐的出土，器身有红色彩绘，同于枣庄临山 M8[7] 及微山汉墓 M2[8]，在新莽至东汉初期。

M7 出土"四乳四虺纹"镜是宣帝至东汉初铜镜。

M8 出土"十二辰四神博局镜"是王莽时期铜镜，出土"大泉五十"铜钱为王莽时铸币，因此年代约在新莽时。

M9 出土"长宜子孙四乳禽兽镜"属东汉早期至中期铜镜。出土"大泉五十"铜钱为王莽时期铸币。因此时代约在东汉早期。

M10 出土"四乳四虺纹"镜与 M7 出土铜镜相同，是西汉昭、宣以后铜镜，延续到东汉初。

M11 出土 2 枚铜钱均是典型的东汉"五铢"，1 枚特点同于"建武五铢"，另 1 枚时代可能稍晚。所以墓葬年代在东汉早期至中期。

M12 形制结构及墓砖模印纹饰同于 M11。因此时代相同。

综上，10 座竖穴土坑墓的时代多为新莽前后，早者在西汉宣、元帝之后，晚者约在东汉初期。2 座砖室券顶墓时代为东汉早至中期。

2. 地望

遗址所在位置，西汉时属琅琊郡计亓县（治所在计斤城）；东汉时，37 年（建武十三年）撤销计亓县，其地并入黔陬县，属青州刺史部东莱郡（治所在今龙口市西部）[9]。

3. 墓葬性质及葬俗

发掘的 12 座墓葬均属汉代中小型墓葬，随葬品以铜镜、镜刷、木梳、陶罐、铜钱等为主，从墓葬规模和随葬品可见，12 座墓墓主人的社会地位和财富基本相当。

M3 出土"室孙邑"印文的铜印章，具有汉代官印特点，汉代"邑"是"郡"下一级行政单位，"室孙"为当时复姓[10]，"邑"字可能代表墓主的官职，而非名字。M2 出土小型环首铁刀，从形制上看应是削简牍的书刀[11]。M4 在南壁基岩层尚存挖掘工具的痕迹，墓葬工程量可想较大。M5 出土泥丸，根据汉代刘向《说苑·杂言》中"随侯之珠，国之宝也，然用之弹，曾不如泥丸"及有的汉代墓葬随葬陶制弹丸，可以断定泥丸是用于射猎或娱乐的弹丸。

上述现象表明，该墓群是历经几代聚族而葬的家族墓地[12]，墓主人地位可能是中小地主或下级官吏。

墓葬均为东西向，根据形制和随葬品判断，M2 与 M3、M4 与 M5 属于夫妻并穴合葬墓。M2、M6、M10 墓主人大概为女性，均有小铁刀随葬。M2、M5、M6 随葬铜镜位于墓主脚部位置，这可能属于葬俗的地方特点。两座砖室墓墓砖纹饰与中原地区基本相同，墓葬形制的演变和中原地区相同，在东汉早期，开始了土坑墓向砖室墓的转化，反映了汉代大一统的文化特点，而鱼鸟纹的运用则勾勒出近海独特的生活情趣。

12 座墓葬的发掘，为胶东乃至山东地区汉代墓葬的考古研究以及西汉末至东汉初中小地主阶层的历史文化研究增添了较为丰富的实物资料。

发 掘 领 队：林玉海

参 加 人 员：杜义新　陈宇鹏　郑禄红

　　　　　　　王 磊　马 健　吕健龙（胶州市博物馆）

文 物 修 复：杜义新

绘图、拓片、整理：陈宇鹏

摄　　　　影：彭 峪

执　　　　笔：陈宇鹏 马 健

注　　释

[1]　唐石父：《中国古钱币》，上海古籍出版社，2001 年。

[2]　孔祥星、刘一曼：《中国铜镜图典》，文物出版社，1992 年。

[3]　郑同修、杨爱国：《山东汉代墓葬出土陶器的初步研究》，《考古学报》2003 年第 3 期。

[4]　济宁市博物馆：《山东济宁师专西汉墓群清理简报》，《文物》1992 年第 9 期。

[5]　中国科学院考古研究所、洛阳区考古发掘队：《洛阳烧沟汉墓》，科学出版社，1959 年。

[6]　唐石父：《中国古钱币》，上海古籍出版社，2001 年。

[7]　枣庄市文物管理委员会、枣庄市博物馆：《山东枣庄市临山汉墓发掘简报》，《考古》2003 年第 11 期。

[8]　微山县文化馆：《山东省微山县发现四座东汉墓》，《考古》1990 年第 10 期。

[9]　谭其骧：《中国历史地图集》，中国地图出版社，2009 年。

　　　　周振鹤：《汉书地理志汇释》，安徽教育出版社，2006 年。

[10]　唐·林宝：《元和姓编纂索引》，中华书局，1994 年。

[11]　孙机：《汉代物质文化资料图说》（增订本），上海古籍出版社，2008 年。

[12]　查瑞珍：《战国秦汉考古》，南京大学出版社，1990 年。

二、考古研究文集

北阡考古发掘记

郑禄红（青岛市文物保护考古研究所）

2007 年，我还是山东大学考古系一名大三在读的学生，根据学习安排，我们这一学期将有一次田野考古发掘的机会。当听说实习地点定在青岛的时候大家都很开心，对于这座美丽的海滨城市，大家心里都充满向往，对于即将开始的田野考古发掘更是满怀憧憬。

三月底，老师带着我们一行二十多人，经过五个多小时的车程，终于从济南来到了北阡村。我们的营地就在村里废弃的村部大院里，条件比较简单，男女生各一间大屋子。大家卸下行李，一起动手打扫卫生，组装铁床，铺床叠被，等收拾得差不多的时候已经到下午了。

顾不上吃午饭，大家就要求老师带着一起到遗址去看看。北阡遗址就位于村北，距我们住的地方不过二三百米。沿着田间小路，我们走入遗址，周围星星点点散落着各种贝壳和陶片，仿佛在等着大家去收集。

第二天大家都起得很早，这就算是开始正式的田野考古生活了。济南的三月，河边的垂柳已经开始发芽，人们也已经脱下厚厚的冬装，但在北阡却又不得不再次套上冬装。由于靠海近，海风大，加上居住的屋子也没有暖气，感觉更冷，而且这样的气候一直要到四月中下旬后才能转暖。为了保暖，男生女生都或围或包上从当地集市上买来的红黄色头巾，再换上干活穿的衣服，顿时一股淳朴的乡土气息扑面而来，算是与环境达到了协调一致。

北阡遗址东西宽约 200 米，南北长约 270 米，面积为 5.4 万平方米，保存状况较好，地表形态呈北高南低、中部高四周低的趋势。经过勘探，老师将发掘区定在了遗址中部偏东的位置，分东西两排布 5 米×5 米探方 14 个，男生人均负责一个探方，女生则两人共同发掘一个探方。

第一次手握手铲，大家都充满欣喜与期待，但因为从未参加过田野发掘工作，之前所有的知识都来源于书本，大家又都小心翼翼的，生怕出错。结果过去了二十余天，除了用手铲生生刮掉的几厘米文化层，大家的探方都不见下。栾丰实老师来到工地看到这种情况后，教导说做探方既不能太粗心也不可太过犹豫，不要怕把遗迹做过了，因为毕竟大家面对的是一堆无言的材料，谁都很难保证自己在处理问题时候不出错，关键是错了能知道原因，并且最终能了解发掘的具体情况，这样以后在遗迹的处理上也就能更加得心应手。众将官得令，各回各方，放下包袱，大胆开干，此后的发掘进度果然就提高了很多。

北阡遗址是 1979 年调查时候发现的，被认为是一处新石器时代贝丘遗址。本次发掘揭露出大汶口和周代两种文化时期遗存，其中周代灰坑中出土了大量贝壳、墨鱼盖、鱼鳞等，可知当时人们已经大量采集此类海洋产品。而大汶口文化时期的遗迹中则较少发现此类贝壳的存在，当然也有可能这些贝壳未能像周代人所产生的一样。不过引人注意的是，在大汶口文化二次葬中，较多使用贝壳（主要是脉红螺）随葬，想来这应该是当时的一种埋葬习俗。

二次葬即人死后先放置在一个地方，或是先用土掩埋，待尸体腐烂以后，再迁到另一个地方举行第二次埋葬，因此又称之为迁葬，迁出遗骨剩下的墓穴就称为迁出墓。除较多迁出墓外，北阡遗址集中发现了一批具有特色的多人二次合葬墓，这也是此次考古发掘的一大收获。其中 M2 发现可辨人骨个体有 12 个，整座墓葬以一两个个体为中心，其他个体于其外围环绕一周，呈现出向心的排列方式，别具特色。而 M24、M32 等合葬墓内出土的可识别人骨个体数则多达 20 余个，本次发掘出土人骨总个体数当在 150 具以上。

刚开始清理二次葬，大家都很乐意做做这"剔"人骨的精细活儿，但这也可说是最累的，大家在清理的时候或蹲或跪，坚持久了都很辛苦，听说考古的职业病像风湿、关节炎、肩周炎、腰椎间盘突出等就是这样来的。随着后来二次葬越出越多，人骨越来越多，大家也终于不再争抢着清理人骨了。我负责的探方在工地快结束的时候出土 1 座规模较大的二次葬，随葬人骨相互叠置，大概有两三层，20 几个个体。在四处寻找帮手未果的情况下，独自清理了一个多星期才清理完毕。

出土人骨越来越多，放置地点就成了问题，由于条件有限，十多个男生就住在村部的一间大屋子里，出土的各种遗物以及采集的浮选土样堆满了房间的各个角落，后来有人想到办法，把人骨置于床下，却也并不担心各种怪力作祟，劳累一天后，大家基本上沾床就睡，每天都睡得格外香甜。

2008 年至 2010 年，山东大学东方考古研究中心和日本九洲大学、长崎大学体质人类学专家一起，联合开展了对这批出土人骨的鉴定和一些体质人类学的研究工作。研究人员不仅对出土人骨的个体、年龄、性别进行了鉴定，而且发现了口含石球、拔牙、枕骨变形等考古信息。此外，在 1 座墓的人骨鉴定中还发现有火烧过的痕迹，而且应该是当时在人死后就实行了火化。这可说是一个重大的发现，因为目前发掘的大汶口文化时期墓葬中尚未见到有火葬的形式。这些人骨出土于 M5，也正是我负责探方内的。发掘时并未注意到有何特别之处，只是感觉墓葬内骨骼散布凌乱，基本没有较大较完整的骨骼，且骨骼发白，像是烧过，当时也未及多想。2009年的发掘中再次发现更大规模的火烧葬，证实在青岛地区大汶口时期应该存在这样一种葬俗，王芬老师将之称为"烧骨葬"。

北阡遗址周代文化遗存是考古发掘的又一大收获。除了在发掘区南部发现的几条可能为聚落围壕的灰沟外，比较重要的就是1座周代贵族墓的发掘。2007年发掘刚开始，就发现了1座周代时期墓葬，这也是工地上发现的第1座墓葬，编号为M1。四五天后，墓室内的填土逐渐清理完毕。有一天发掘还不到中午，就已经有器物开始暴露。在竹签的清理下，墓主头箱内随葬的器物一件件开始增多，而且还有1件青铜鼎。大家都非常兴奋，踊跃要求下方清理，作为"方主"的我反而只落得在上面除土的工作。为保证文物安全，当天下午收工前就将该墓内的18件随葬品清理完毕。接下来的两三天，又做了墓室解剖、绘图、记录等工作。这个墓发掘结束后，探方已有大半到生土了，而且有墓室四壁的剖面做参照，发掘起来非常轻松。直至最后定下结束室外发掘的时间时，大家都在忙着赶工期，我则已经开始悠闲地四处"打工"帮忙了。

M1为1座西周晚期中小型贵族墓，其随葬品中的一些器物带有浓厚的地方色彩，但是从棺椁形制、礼器随葬制度等情况来看，在当时此地已是周风鼎盛了。通过勘探发现，在遗址南部还分布有数量较多的周代墓葬。而这座西周贵族墓葬的发掘，对于研究夷人文化与中原周文化的不断融合过程以及西周时期当地方国历史等问题均提供了较为重要的考古信息。

除去某些有重要发现的时刻，工地上大多时候都是平静无波的，日复一日的发掘有时甚至有些枯燥。平时也没有周末，下雨天就是休息日，但有时候连着二三十天不下一滴雨，大家彼时也体会到"大旱望云霓"的心情。由于发掘经费不足，生活上也仅能解决温饱，基本上每顿饭就一个菜两个馒头，给我们做饭的师傅也千方百计给我们搭配好生活，偶尔改善一下生活就包顿饺子，蒸一锅米饭或者下个面条，不过这还不管够，去晚了还是只有吃馒头的份儿。于是村里的小卖部成为大家最喜欢光顾的地方，汽水饮料以及各种零食成为大家生活中不可缺少的调剂。

两个多月的时间说长不长，说短也不短，发掘工作终于结束。王芬老师买来很多零食拿到工地，对着辛苦付出了两个多月的工地，大家边吃边聊，聚在一起拍照，与自己的探方合影，充满了快乐与难舍之情。经过两个多月的洗礼，男同学一个个晒得都跟黑炭似的，爱美的女同学虽然用各种头巾等将自己尽量包严实以免晒黑，但是在气质上已经与男同学无异，经过风沙的打磨变得多少有些"剽悍"。

田野发掘结束之后，接下来的行程便是撤到即墨博物馆，开始室内资料整理工作。到了市里，大家似乎有些不大适应城市的生活，依然不改衣衫褴褛本色。上街去理发，理发师傅问我们是不是干装修的，还有个猜我们应该是修房顶吧，我们也是打趣应下，一笑置之。

都说发掘的时候很劳累，但其实整过资料后才知道那简直是煎熬。统计陶片、拼对、修复、绘图、遗迹补图、写遗迹发掘报告……除了拼对、修复器物比较有趣，其余的事情做起来怎一个枯燥乏味了得。再加上王芬老师要求非常严格，检查得也非常仔细，修改资料就是经常的事。我们也时常整理资料到夜里一两点，尤其是到了快撤回济南的时候，班上大多同学都还没把资料修改好，大家基本上都熬了个通宵，弄得身心俱疲，不过倒是印象很深刻。

借山东大学考古系在青岛进行考古发掘之机，青岛建立了山东大学考古实习基地。5月23日，"山东大学青岛考古基地"举行了隆重的揭牌仪式。以基地为依托，山大考古科研人员将青岛作为研究重点，开展了一系列调查、发掘与研究工作。而青岛市也借助山大考古的学科优势，借智借力，全面推进青岛考古工作的发展。2008年，我本科毕业，有幸进入青岛市考古所参加工作，继续从事青岛地区的考古勘探与发掘工作。

第一次北阡考古发掘取得了非常重大的收获，在学术界也受到了一定的关注。2009年，北阡遗址的第二次发掘也如期展开。此次发掘位置在2007年发掘基础上围北、东、西三面，布5米×5米探方共24个。此时的我已经完成从学生角色转变到工作人员的转变，但还是抱着继续学习的态度去参与发掘。虽然还是遇到了不少的困难与困惑，但是有了2007年发掘的经验教训，应对起来已经从容了许多。由于这次发掘规模较大，与第一次发掘结合来看，能更宏观观察到遗址中各遗迹分布是比较有规律的，如目前为止发现的墓葬呈现出由南至北略向西偏的一条线上，而此一线外很少发现有墓葬，墓葬区东西两旁则发掘出大量柱洞柱坑，应该与房址有关，而且是长期居住重复立木柱的结果。此外一个重大的发现就是在墓葬区东侧，发现了广场遗迹。其实该遗迹在2007年的时候就有少部分暴露出来了，但由于当时发掘面积小，加之认识不足，并未能识别出来。2009年发掘将其全面清理出来，发现该遗迹面积广大，活动面加工硬实平整，其内很少发现有遗迹打破它，应该是一处具有较特殊意义的遗址。将墓葬、房址及广场这些发现联系起来似乎可以推测大汶口文化时期的聚落生活应该是存在着相应的功能分区。

经过2007年的发掘，工地上干活的大叔大姨们也大多掌握了考古发掘的一些基本技术，有些还成为了熟练工，工地的顺利完成也有他们的一份功劳。北阡民风淳朴，工地上干活都很实在。

对于初次参加的同学来说，北阡大汶口文化遗迹的确很难断定，如在墓葬发掘中，往往是在发现人骨之后才确认为是1座墓葬，发掘过程中找墓圹就是一件费劲的事了。尤其是大汶口时期的房子，几乎未能见到有活动面、灶址等情况，大多只是剩下一个个的柱洞，而且各遗迹间也存在着非常复杂的打破关系。第一次发掘的时候，房址发掘成为一个最困惑大家的问题，王芬老师的心愿也是在第二次发掘的时候能够将房址问题弄清楚，但实际证明真正做起来还是很困难的。以T1515为例，在5米×5米的探方里共发现柱洞柱坑三百余个，整个探方坑坑洼洼，几无立锥之地。且不说怎样搞清每个柱洞间的关系，光画图就成为一件相当困难的事情了，稍一不慎，基本上就不知道自己在干什么了。而在发掘区东北的三个探方，由于土层太硬，柱洞柱坑众多，遗迹判断困难，更是被称为东北"铁三角"。我也"有幸"成为其中一员，而且还"中奖"获得了工地上最大、最深的灰坑，坑底到耕土层接近四米深，加上2007年我曾挖了个近三米深的灰坑，因此也就荣膺了"坑王"称号，我则只得痛苦地表示"被坑了"。

2009年的第二次发掘又发现了4座周代墓葬，出土器物与第一次发掘的M1相似，既带有土著文化因素，又明显表现出受到周文化影响的结果。发掘过程中有两座墓葬同时挖至墓室，器物也很快就暴露了，但由于绘图、拍照等工作非常费时，仓促之间难以清理完毕，王芬老师决定留人在晚上看守工地。此时，虽冬去已久，工地上却还是春寒料峭，尤其是晚上，寒冷非常。后来我们从村里租来一辆小面包车，晚上就停在工地旁边，一般两三个男生一组，轮流看守工地。结果，到了晚上大家拿着零食都到工地上去了，边吃边聊，对月夜谈，感觉还很惬意，一直待到十一二点才回去休息。需要值班的同学这时就抱上被子包裹严实躲到车里面，过一两个小时出来转转，却是一夜无事。值了四个晚上的夜班后，终于将两座墓葬都完美地清理完毕。

北阡遗址的发掘也吸引了记者的到来，老师们一般是不大愿意在工地未结束就将发掘报道出去，对记者也只能敷衍几句，叮嘱其尽量先不去报道。学生更是埋头干活，不去搭理记者。记者没套到太多有用的信息，只好是添油加醋去报道。工地上刚出土1具人骨，他报道"发现两米高男巨人尸"；发掘了1座半地穴房址，他就报道"六千年豪宅现身"……这样的报道当然吸引眼球，于是便经常有人到工地上来参观，尤其是到了周末，这里更成了休闲旅游的好去处，还有不少更是全家总动员，组团从城里驱车赶来参观。工地处于被围观的状态，给发掘工作造成了一定的不便，大家也只能慨叹"防火防盗防记者"。

时光匆匆，第二次北阡发掘也很快就结束了，大家恋恋不舍地离开了工地，相关的研究工作也更加深入地开展起来。围绕北阡遗址考古发掘所获资料，山东大学东方考古研究中心展开了植物考古、动物考古、环境考古、体质人类学研究、石器研究、陶器研究以及整合的聚落考古研究等相关课题。第一次北阡考古中发现了北辛文化晚期的陶片及柱洞柱坑等遗迹，这也是目前为止青岛地区发现并发掘的最早时期遗存，可以说填补了本地区考古研究中的多项空白，青岛市文物保护考古研究所结合本地特色，围绕北阡遗址展开了"探源青岛工程"，希望能据此一窥青岛六千多年以前的人类生活与文化。

今年将进行北阡遗址的第三次考古发掘，这基本上也是最后一次在此进行发掘工作了。此时、此地、此身均将不再有，但对我们来说，这既是一个终点，也是一个新的起点，而在北阡的那些日子则成为每一个考古发掘者脑海中一段特别美好的回忆。

青岛市北阡贝丘遗址考古发掘的意义

林玉海（青岛市文物保护考古研究所）

2007 年 3~7 月，经国家文物局批准，山东大学考古实习队与青岛市文物保护考古研究所合作，对青岛市北阡贝丘遗址进行了全面的考古钻探和发掘。经过三个多月的工作，取得了极其重要的成果。

北阡遗址位于胶东半岛的南岸西部，地处即墨市东北一角的金口镇北阡村北的高台地上，北与莱阳紧紧毗邻，现距海岸线约 5 公里。在某些历史时期海岸线更加深入内陆，古人取其海利之便，大量食用海贝，故文化堆积中包含丰富的贝壳遗存，形成贝丘遗址。通过对其发掘和研究，不仅能弄清该遗址的考古学文化序列，还能从其自身文化因素和贝壳种类的变化了解青岛沿海自然环境的变迁以及人与环境的关系等诸多问题。

从此次发掘的地层堆积情况看，北阡遗址主要经历了两个时代，即新石器时代的大汶口文化和进入历史时期的西周和春秋阶段，个别遗存年代可到北辛文化晚期阶段。

北阡遗址的大汶口文化遗存主要属于早期阶段，年代距今约 6300~5500 年。到目前为止，已经发现这一时期的房址 20 多座，但是房址多保存不好，比较多的是仅存有柱洞。共发现墓葬 51 座，全部是二次葬和迁出葬。二次葬既有单人二次葬，而较多的是多人二次合葬，多人二次合葬墓是本次发掘的最重要发现。在目前发现的二次葬中，M2 共有 12 个个体，整个墓葬以一两个个体为中心，其他个体在外围环绕一周，呈现出向心形的排列方式。其中，M24 可识别个体共有 26 个。另外还有若干墓葬呈现出上下叠压的分层埋葬方式。

周代的文化堆积主要分布于发掘区的南部，除了发现大量的陶器、骨器、石器、蚌器等人工制品外，各种贝壳遗存也蔚然可观。颇为引人注目的是，在发掘区东北部，还发现了 1 座西周晚期到春秋早期墓葬。墓葬东西长 4.1、南北宽 2.5、深 2.8 米，葬具为一棺一椁，头箱中随葬有 1 件铜鼎、4 件陶簋、2 件陶鬲、4 件陶豆、4 件陶罐和 3 件贝饰等。墓室底部有 1 腰坑，出土殉狗 1 只及陶豆 1 件（残）和 4 件贝饰。综合墓葬形制规模和随葬品情况看，墓主当为贵族身份。

北阡遗址的发掘获得了意想不到的成果，具有极高的学术价值和重要的学术意义：

第一，就目前资料而言，大汶口文化的多人二次葬发现不多。1975～1978年，中国科学院考古研究所连续 7 次发掘了兖州的王因遗址，共清理大汶口文化墓葬899 座。该墓地遗存主要属大汶口文化早期，其底层有少量北辛文化，这与北阡遗址基本相当。盛行单人一次葬，合葬墓亦较多见，多为同性合葬。合葬墓有一次葬和二次葬之分，二次葬均属迁葬，最多的 24 人，遗骨分排或分层安葬，同一个体的遗骨往往按一定方式放置一堆，这类墓中死者亦多为同性，一般无随葬品。学界一般认为，这种葬俗反映着氏族成员间血缘纽带还相当牢固。王因墓地还发现为数不少的迁出墓，墓穴中仅有指骨、趾骨、脊椎骨、肋骨等凌乱残骨，应是为实行二次葬而将死者的头骨、骨盆、长骨等迁出后的残留。研究者称王因墓地的多人二次葬有可能与战争、习俗、亲族团聚几者有关。1997 年，山东省文物考古研究所在发掘潍坊寒亭区朱里镇前埠下遗址时，亦发现少量多人合葬墓，有十多具男性人骨合葬在一起，除墓主为仰身直肢一次葬外，其余均为迁葬，仅把头骨和主要肢骨分排并列陈放，随葬品多集中于墓主人一侧，该遗址年代距今5500～5000 年。

北阡遗址大汶口文化堆积中，出土贝壳数量相对较少，而发现的大汶口文化早期全部墓葬均为二次葬和迁出葬，且基本无随葬品，仅在少数墓葬中发现 1～2 件残陶器和牙饰，有的墓葬出土了牡蛎壳或脉红螺壳，而 M24 共有 26 个个体，合葬人数之多在整个大汶口文化分布区为仅见。一个遗址中非常集中地出现这种极具时代特色的特殊埋葬方式，这在胶东半岛乃至黄河和淮河下游地区尚属首次。该遗址的发掘，为研究大汶口文化早期葬制、葬俗及社会形态等诸多问题无疑又提供了重要的资料，具有重要的学术意义。

第二，就 M1 而言，随葬品中一些器物仍保留有典型的地域原住民文化特色，但是从棺椁形制、铜鼎和仿铜陶礼器等器物的使用情况来看，此地在当时已是周风拂面。这些周代遗存的发现，对研究当时此地的社会生活与经济状况、社会结构、人与自然、资源之间的动态联系、原住民东夷文化的变迁等诸多课题都具有重要意义。

西周时期，胶东半岛地区的文化面貌比较复杂，总体来看，主要以东夷文化因素为主，并受西部周、齐文化的影响，因受影响的程度不同，西、中、北部地区周文化因素较多，且随着时间的推移，周文化因素逐渐向东推进；东、东南部和部分沿海岛屿由于地处偏远地区，受周文化影响较小，较多地保留了自身的原住文化因素，但也随着周文化的东进而逐渐后退、减少，到西周晚期春秋早期，最后仅存于半岛东南隅，到东周（春秋、战国）后便最后与华夏文化融合一体。东夷文化到此已发展到了它的尽头。但东夷毕竟曾在中国历史上煊赫一时，其影响不能一下子消失得无影无踪。此后虽不再有东夷族系，而东夷的子孙仍在不断繁衍；虽不再有东夷文化，而东夷文化的主要因素还是被后来的汉族文化所吸收、改进和发展。在中华民族这个文化的大熔炉中，东夷文化被熔化改造而得到了永生。

到目前为止，胶东地区发掘的西周时期贵族墓葬考古资料不多，这次墓葬的发掘，是首次在青岛地区滨海发现西周贵族墓葬，这对研究夷人文化与中原周文化的不断融合过程和西周时期齐、莱等方国历史等都提供了珍贵的考古资料，其提供的重要考古信息，对进一步开展有关东夷文化的学术研究，探究东夷文化面貌，破解诸多史学之谜，都将具有十分重要的作用和意义。

第三，贝丘遗址是人类居住遗址的一种表现方式，我国的贝丘遗址集中分布在北起辽东半岛、胶东半岛，南至两广的东部南部诸沿海省区。在这种遗址的文化层中，除有石器、陶器、骨器等遗物和房址、灰坑、墓葬等遗迹外，还出土大量的食用废弃贝壳等，时间跨越新石器时代和青铜时代。

从 20 世纪 70 年代末开始，地处胶东的烟台地区，北京大学考古系、社科院考古研究所、山东省博物馆等与当地考古工作者一起，经过十几年的大规模发掘和深入研究，确立了胶东半岛新石器时代考古文化发展序列："白石村一期文化—邱家庄一期文化—北庄一期文化—北庄二期文化—杨家圈一期文化—龙山文化"。这是考古学术研究的一项重大成果，填补了我国史前考古的一处空白。胶东地区新石器时代早期的遗址多数是分布于沿海一带的贝丘遗址，目前，胶东半岛的贝丘文化遗址已经发现近百处，是国内发现数量最多、最集中的地区。20 世纪 90 年代中期，社科院考古研究所的袁靖先生领导的课题组，通过系统的环境考古调查，对胶东半岛地区的贝丘遗址进行了环境考古学研究。确认了该地区贝丘遗址延续时间大约在距今 7000～5500 年。并认为当时在贝丘遗址生活的人获取肉食资源的生存活动应该包括捞贝、捕鱼、狩猎和家畜等几种。同时认为胶东半岛贝丘遗址消亡的原因除了自然环境开始变化以外，随着农耕方式的推广，当地的人逐渐放弃了采集、捕捞的习惯，而开始从事一种新的生存活动方式，也是其消亡的重要原因。

北阡贝丘遗址的发掘，出土了几十万件各种贝壳标本，在出土的石器中，磨石、磨盘、磨棒占相当大的比例，尤其是各种磨石标本占了最大比例，是北阡贝丘遗址的另一重要特点。大量的磨石当与遗址中出土的数量众多的骨角器与蚌器的加工有关，深刻地反映着当时的采集与捕捞生产生活方式和社会经济形态。此次发掘提取了许多极为重要的考古信息，随着对其深入的整理与研究，将无疑会对进一步揭示胶东半岛的贝丘遗址的文化面貌，对研究这一地区当时的聚落结构、人群组合方式、社会发展阶段以及社会性质、环境和海岸线的变迁等重要课题，都具有重要的意义。

第四，在这次发掘中，发掘者还充分贯彻多学科交叉研究的工作思路，在严谨求实的基础上力求创新，对发掘、研究方法的不断思考和实践也是整个发掘设计的重要内容。例如遗址的测量和定点，均采用了 GPS 和全站仪等先进设备以求精确；遗址所有发掘出来的土均要经过筛选以免漏缺；尽最大可能收取浮选标本、植硅体和孢粉检测标本以及各种动物标本等。以上这些工作无疑为我们最大限度提取了遗址信息，并在实验室工作中更深入地研究遗址内涵等奠定了良好的基础。同时，对中国考古学理论与实践的不断创新与发展，无疑也会起到促进和推动作用。

（原载于《中国文物报》，2007 年 9 月 21 日）

齐长城的边陲军事重镇

——安陵城探考

李居发（青岛市黄岛区文物管理所）

清咸丰七年，在今胶南市灵山卫镇的明代城墙边，出土了3件战国时代齐国田氏铸造的衡量器——"子禾子釜"、"陈纯釜"和"左关之□"，统称为"齐三量"。铭文的大意是"左关用的釜以仓廪用的釜为标准"，"如果关人不执行命令，要根据情况处以徒刑……"。

"齐三量"的出土，受到史学界、古文字学界的极大关注，作为衡量器的代表，它对战国政治、经济等的研究提供了重要资料，但其所记"安陵"和"左关"两处地名的位置，却一直多有争议。目前，史学界大都认为它应与齐长城有直接联系，"左关"是齐长城东部的一处关隘，齐国在此屯兵驻防，稽查并征收关税，其作用相当于现在的海关兼边关哨所，"安陵"则是管理"左关"的一个边关城镇。《中国历史地名辞典》云："安陵邑，战国齐地，在今山东胶南县东北"。这一结论过于笼统，"左关"的位置也少有人探讨过。本文试就上述两处地名作一探考。

一、安陵古城应在齐长城以北的安陵山附近

有人根据"齐三量"出土地点而认为灵山卫就是安陵古城所在地，如《中国历史地图集》就将"安陵"标注在灵山卫镇驻地。学术界惯以齐长城来确定齐国的国界，如《管子》记载："长城之阳，鲁也。长城之阴，齐也。"这里当指春秋时期齐长城西段，而非东段。《史记·楚世家·正义》引《齐记》："齐宣王乘山岭之上，筑长城，东至海，西至济州，千余里，以备楚。"这里的齐长城则包括了东段。据此，齐长城东段之北属齐国，南侧当属楚国。灵山卫在齐长城之阳6公里处，自然属楚国的领地。也有学者认为，长城只不过是齐国的一条防御工事而非国界，但我们认为，至少在修筑长城之时，长城应是国界。"安陵"是齐国的一个重镇，岂能建在长城之外？

另据清代《灵山卫志》自述，"灵山弹丸一区，僻处海隅，建自有明洪武五

年"，"卫城创建未久，庙社之存亡即为灵山之沿革，别无可纪"。可见灵山卫是从明代开始修建的，之前并无古城相关的历史记载。根据灵山卫一带的考古资料来看，并未发现早于明代的古城遗址。因此，灵山卫不可能是安陵城所在地，它只能是在齐长城之北区域。

以"安陵"二字的字义分析，"安"是安定之意，是古人用于地名常用的字，以祈求安定、平安的生活，"陵"是帝王的坟墓或大的土山。齐长城东部地域从未发现帝王陵墓及相关记载，那么只有大土山一种解释。此地域大都是石山，只有齐长城途经的徐山和其入海处附近的烟崮墩山是土山。徐山传为秦代徐福率童男女求仙出海而得名，烟崮墩山则是明代修建烽火台而名，那么安陵山应为这二者中的一座。

据当地史料记载，现在的烟崮墩山，过去就叫安陵山，因明代修建了一座烽火台后，人们改称烟崮墩山。在《胶澳志》、《灵山卫志》明代烽火台位置图上，烟崮墩山的烽火台就被标注为"安陵墩"。土山呈南北走向，长约 2 公里，东西宽约 1 公里，海拔 106 米，与齐长城入海处的烽火台东西相距仅 2 公里。由此可见，"安陵"应是依据这座土山而命名，安陵城就应在这座山的附近。

二、养马城古迹与村镇地名反映

现安陵山之西、徐山之北的辛安镇台头村南区域，当地百姓俗称"养马城"，总面积约 4 平方公里。关于养马城目前有两种传说：一是战国时代齐为守城养马而修建，因这里临近齐长城，曾多次出土战国时代的文物。二是秦代，因方士徐福为秦始皇寻求长生不老药而于此炼丹、养马并从此出海。这里三面环山，东临胶州湾，地势平坦，河道纵横，土地肥沃，又有鱼盐之利，曾发现过大量新石器时期至汉代人类居住的建筑遗址、水井和墓葬群等，战国秦时有城当完全有可能。就是说，"养马城"的始建年代应是战国，但用途却非养马，人马同居一城，显然有悖常理。

明初，政府为了防止倭寇的入侵，在沿海多屯田驻军。"各于附近州县荒徼之地，令其圈占屯田养马。"在《胶县地名志》中就有汉代被国古城遗址改为牧马城的记载，"明（代）择地养马，因旧而更新之"。台头"养马城"之名也应是明初在废弃的古城内养马而来。

近年来，当地文物考古部门在这一区域有计划地进行了多次调查和发掘工作，先后发现了三处龙山文化遗址，发现了鼎、鬲、罐和蛋壳陶片及烧制陶器的作坊遗址等，这些工作为早期城邑的发现奠定了基础。2004 年，又发现了一处约 200 平方米的夯土平台，出土了大量战国时代的板瓦等建筑构件。2005 年，在这一区域的北部又发现一段用三合土夯筑的基础，宽约 1 米，残留长度约 30 米，初步断定这是一处大型古代建筑的地基或城墙。2006 年，在城墙附近一眼古井中，出土了战国时期的石磨、铁器和"千秋万岁"秦汉瓦当。其后，又抢救发掘了一处战国至西汉时期的大型窑址群，共清理灰坑 17 个、灰沟 3 条、水井 4 眼、灶址 1 处、完整窑址 3 座、石砌池子 1 处、瓮棺葬 4 处。遗址出土遗物主要是大量陶片，以陶板瓦、筒瓦为主，约占总量的百分之九十。出土的大量板瓦、筒瓦应是就地烧制，说明附近应有大型历史建筑。

另外，在 20 世纪 60 年代前后，这一区域曾出土过众多的齐国刀币和战国时代的铜剑。所有考古资料证明，从新石器时代到秦汉时期，台头"养马城"周围已形成了一个相当规模的人类聚落区，在战国至秦汉时代最为兴盛。明代初期，当地驻军将这座废弃古城作为养马之地，这座废弃的古城就应是战国时代的"安陵"城。

一个城邑的消亡，不仅从遗址上可以发现，从地名的传承也能看出，据当地居民称，其先祖并非原住民，而是在明初因军垦所需，从云南（应为山西）、陕西等地移民来的军户后裔，村庄也大都是明代之后所立，村名明显带有军垦的影子，如某某墩、某某台、某某屯等。

据记载，辛安在明代立村时称"新安"，清晚期才改为辛安。按照村庄以姓氏或地名命名的习惯，辛安村并无"新"或"辛"姓，显然不是以姓氏命名的，而应与地名有关。因"安陵"城已被毁坏，当地驻军就在古城废墟之上或其周围，新建了村镇，称之为"新安陵"，简称之"新安"。久之，按"新"、"辛"谐音而改。

三、"左关"之地与安陵城的作用

齐长城主要作用是防御，但齐国以工商为立国的基本国策，与邻国经贸交流仍较频繁。在修筑长城时预留了许多关隘，既为防守，又为方便贸易交流。在齐长城黄岛区段就发现了两处关隘遗址，一处在小珠山的西山脚下，距齐长城入海处约 15 公里，称之为"西峰关"，另一处就在徐山。

徐山海拔 78 米，面积约 1 平方公里，东距齐长城入海处烽火台不足 1 公里。徐山西侧是陡峭的高山，唯有徐山上有一处约 100 多米的平缓地段，相对高度仅 20 多米。徐山关隘原有两个宽各为 1 米左右的城门洞，当地称之为东门、西门。后因取土遭破坏，但通过城门的道路依然可辨，这两处门洞无疑就是齐长城最东端的关隘。从关隘之名来看，西峰关的方位恰在安陵城的西侧，所以称之为西峰关，而徐山关隘在安陵城的南侧，称为"左关"也就顺理成章了。

春秋时代，齐国已是东方大国。前 567 年，齐灵公灭莱国，疆土东扩到大海，成为名副其实的海洋大国。《史记》记载：齐悼公四年（前 485 年），"鲍子弑悼公，赴于吴，吴王夫差哭于军门外三日"，并借此为由，派大夫徐承统率舟师"从海入讨齐"。结果，为"齐人败之，吴师乃去"。此次海战的具体位置，《史记》没有提到，但《左传》称"吴伐齐南鄙"，即齐国的南部。从这里我们可以看出，齐国在春秋时代已拥有强大的水军。

战国时代，楚国南征北讨，逐鹿海岱，先后灭掉了邾、杞、莒等多个小国，取得了琅琊一带的领土，直接威胁到齐国的安全。为了防御楚国北侵，齐国迫不得已加修了长城的东段。在靠近大海的地方，必然要设一处既可防守海上，又可抵御陆地入侵的军事重镇——安陵城。

齐长城入海处的烽火台深入胶州湾海域，其北侧有一条连接胶州湾的河道，宽100～300米，到现在的辛安镇约2公里，是胶州湾内部的一个天然海湾。海湾南、北岸各有四个以"港头"和"泊"命名的村庄，经考古调查，海湾的北侧曾发现一处古代船坞遗址。初步推测，这处港口当是齐国的水军基地，管理这里和长城关隘的指挥机关所在地应是"安陵"。

秦国统一后，"堕坏城郭，决通川防，夷去险阻。"长城失去了作用，安陵城逐渐走向衰落。但安陵城至少在秦时，为徐福求长生不老药、在此组织东渡又发挥过重要作用。汉代之后，安陵城开始衰败，明初已野草丛生而养马。

综上所论，"安陵"古城的位置应在齐长城途经的徐山北侧，现黄岛区辛安镇一带。"左关"就是徐山关隘，始建于战国初期，终结于战国末期，其作用是海关兼边关哨所。

从胶南海青墓看鲁东南沿海地区出土的
汉代原始瓷器

林玉海（青岛市文物保护考古研究所）

原始瓷器产生于商代，发展于西周，最鼎盛期是在春秋至战国早期，一直到东汉晚期出现了成熟的瓷器。有学者又把它分为两个阶段，即商代到战国时期的"先秦原始瓷"和西汉前期至东汉中期前的"汉代原始瓷"[1]。考古工作者在浙江的多处地方已经发现了商代龙窑遗址，一直到汉代，浙江地区都是原始瓷器的主要产地。

自 20 世纪 80 年代以来，随着经济建设的快速发展，特别是配合国家重点建设工程的考古工作不断增多，在鲁东南沿海地区陆续发现、发掘了一些汉代墓葬，出土了数量较多的原始瓷器，引起了学者们的关注，本文将以胶南海青墓为例谈一下鲁东南沿海地区出土的汉代原始瓷器的特点和产地等问题，并从中窥见越文化的北上传播和多地域不同文化的相互融合。

一、胶南海青墓的考古发现概况

2005 年 11 月，胶南市海青镇廒上村村民在取土时挖出 1 座古墓，青岛市文物保护考古研究所随后对其进行了抢救性清理发掘。根据墓葬形制和出土文物等分析，墓葬年代应为西汉中晚期。

墓葬上部原残存高约 6 米、底部周长约 30 米的上尖下圆的封土堆。2002 年修建同三高速公路时，周围的土已被挖走卖掉，唯独此处留存。考古人员赶到现场时，墓葬南壁已被村民取土时破坏，暴露出部分椁板。

墓葬为东西向，长方形竖穴砖圹木椁墓，一棺重椁。砖圹内四壁及底部紧贴有木构外椁。椁室盖板为南北向，盖板上面有厚约 0.06 米的膏泥和木炭。椁室上封土经夯打，东北角有一长宽各为 60 厘米的圆角方形土坑，出土一件釉陶壶和许多漆器残片等，应为墓主人埋葬后其后人的祭祀遗迹。

墓室总长 5、宽 3.44 米，有东西南北四椁箱。内椁紧贴木棺，外侧涂有红漆，四周堆积一层厚为 0.06～0.1 米的膏泥。单棺位于墓室中央，棺室上原来覆盖有织物，但已经难以分辨。木棺外面髹黑漆绘白色花纹，但纹饰已不可分辨，内髹红漆。木棺以榫卯方式构成，棺内人骨已腐朽不见，仅在棺内东部发现了保存完好的头发，推测墓主人头向东。根据头发的发型、装饰等，推测墓主人应为成年女性。

墓葬出土遗物十分丰富，主要出土于椁室内的四箱及棺内，大多保存较好。主要有陶器、原始瓷器、漆器、铜器、玉器、角器、竹木器等，共计100余件。出土的漆器38件，陶器有釉陶壶、漆衣陶壶、印纹硬陶壶各1件。原始青瓷器共11件，均出土于南北椁箱。

另外，2009年4月，青岛市文物保护考古研究所又在相距此墓约1.5公里的大场镇殷家庄抢救清理了一处被盗的汉代封土墓，封土下有大小3座墓葬。现存封土残高约3米，1号墓为长方形土坑竖穴木椁墓，有不同时期的盗洞2个，墓室的棺椁被破坏殆尽，仅剩棺底板，墓室内清理出玉蝉、漆盘、铜镜各1件。墓室南边有一长约4.6、宽约2.7米的器物坑，器物坑未被盗掘，共清理出陶鼎、原始瓷壶、漆尊等十几件文物，其中有6件可修复原始瓷器。另两座为小型长方形土坑竖穴墓，墓内除出土了铜镜、铜钱等文物外，还出土了3件可复原的原始青瓷壶。

值得注意的是，殷家庄汉墓距离海青镇甲旺墩汉墓群、海青镇厥上汉墓非常近（均约1.5公里左右），据地方志载，明洪武二年（1369）宋姓从江苏迁至甲旺墩地立村。因此处有古墓葬8座，相传为王侯葬地，又因有烟墩，故名八王墩，民国时演变为甲旺墩。此地又紧邻日照，距2002年发掘的日照海曲墓地也较近，因此其间或许有一定的关联。

二、海青墓周边的鲁东南沿海地区出土的汉代原始瓷器情况

1. 胶南河头汉墓群

2002年3、4月，为配合同三高速公路建设工程，山东省文物考古研究所在胶南市张家楼镇河头村发掘了1座封土墓，出土了部分原始瓷器。

封土堆在发掘前尚存高3、南北长31、东西宽26米。大封土下发掘出3座墓葬和1个车马明器陪葬坑，形制均为长方形岩坑竖穴墓，墓室内分别置有砖椁及木质棺、椁，木椁的形制结构为两短横夹扣两长，其中4号墓及车马明器陪葬坑（编号M3）保存较为完好。在4号墓中，仅各类器物就出土近50件。在明器陪葬坑内，不但出土了一些金属车马器构件，而且还出土2辆木质马车模型。

3座墓葬虽然其中1座早年被盗掘，但另外2座仍出土一批较为重要的文物，包括铜镜、铜镜刷、铜镜架、铜铺首、铜箍束、铜钱、铜带钩、铜车马饰、玉剑格、

鎏金铜纽构件七弦琴、铁削、漆盒、漆奁、陶盖壶、陶罐和原始瓷器等60余件。

2. 日照海曲西汉墓地

2002年3~6月，山东省文物考古研究所对日照海曲西汉墓地进行了抢救性发掘，共清理墓葬90余座，出土的500余件陶器中，有240余件原始瓷器。

墓葬各有高大的封土，封土为堆筑而成，未经夯打。每座封土之中都包含数量不等的中小型墓葬，并有早晚打破关系。墓葬盛行设置器物箱，一般有头箱、脚箱或边箱，也有的头箱、脚箱、边箱具备。木质棺椁全部采用榫卯结构，扣合非常严密。

这次发掘出土文物十分丰富，实属罕见，主要有陶器、铜器、玉器、漆器、木器、铁器、角器等，数量达1200余件，其中500余件漆木器，是目前山东省乃至北方地区发现数量最多、保存最好的。

随葬的500余件陶器，主要器型有壶、罐、尊、鼎、茧形壶、瓶、盒、耳杯、灯、盘、勺、匜、案以及陶马、牛、鸟和俑等，尤其是50余件漆衣陶和240余件施釉硬陶最为重要。硬釉陶吸取了原始瓷器器表着釉的烧制工艺，一般在壶、瓮的肩腹部贴有模印的铺首衔环，有的在器表刻画精美的云鸟花纹图案，有的因釉流动，常呈蜡泪状。胎体烧制火候相当高，质地坚硬，器型比较完整，主要有壶、罐、瓶、鼎等。这批硬釉陶应称为原始瓷器。

3. 胶州赵家庄墓地

2005年5、6月份，在青岛至莱芜高速公路建设中发掘的胶州赵家庄墓地，在7座封土下共发掘73座小型土坑竖穴或岩坑墓。墓葬排列有序，多成组或成排分布。发掘的7座封土墓，每座封土是一个相对独立的墓区，部分封土台基周围存在界沟。

出土遗物较多，有原始瓷、陶、铜、铁、玉石、漆木器等文物约350件，其中陶瓷器164件。原始瓷器有壶、罐等，其中壶有喇叭口和盘口之分，有的肩部饰以对称双耳及精美的弦纹、刻划纹、水波纹和凤鸟纹等。

随着考古工作的不断深入，我们发现这类汉代封土墓大量存在于鲁东南地区，具有一定的地域特点，已经发掘的同类封土墓还有胶南丁家皂户、纪家店子、沂南县宋家哨、董家岭、五莲西楼等墓地[2]。这种同一封土下发现数座乃至数十座墓葬的埋葬方式，可能代表了鲁东南沿海一带汉代墓葬的葬制葬俗。特别是墓葬的棺椁结构、清晰的封填、下葬方式、随葬品组合以及反映出的时代和地域特点等，对于探讨鲁东南沿海地区汉代墓葬的埋葬制度和埋葬习俗无疑是十分重要的。

三、鲁东南地区出土汉代原始瓷器的特点和产地等分析

鲁东南地区的汉代墓葬无论封土特点、墓葬形制、随葬品等都与鲁中南、鲁中、鲁北等区域差异较大，具有显著的区域性特征。一组墓葬共同埋葬于同一大封土之下或封土之中的现象，在这一地区的西汉墓葬中反映尤其明显，且之间无相互打破关系，说明各墓地均经过了一定的规划和管理，同一座大封土下可能为同一家族的墓地。

这一地区应包括今天的胶州市南部和西南部、胶南、日照和临沂的东部沿海或近海地区，即鲁东南沿海地区，这一地区在秦汉时期同属琅琊郡。墓葬流行土坑竖穴木椁墓，多有头箱和边箱，随葬品多有大量漆木器和成组的原始瓷器出土。从封填青膏泥习俗、木质棺椁结构形式、出土的众多漆木器以及器表纹饰特点等均具有楚文化的遗风，在一定程度上反映出楚文化发达的漆木器手工业技术对鲁东南地区所产生的巨大影响。

出土的原始瓷器的种类、形态、釉色、胎质等与江浙一带发现的同类器基本相同，种类以鼎、壶、罐、瓿等居多，壶的颈部多饰一组或两组水波纹，腹部有多组弦纹，肩部多有凤鸟纹。釉色、刷釉方法和胎釉特点等均与浙江产品相同，因此这一地区出土的汉代原始瓷器应该来自江浙一带，主要是浙江地区。

鲁东南沿海地区由于南接吴越的地缘关系，与江浙地区原始瓷器产品的交流有着便利条件，也使其文化与吴越文化关系密切。这一地区为东夷古国莒的主要活动区域，直到战国早期（前431年）为楚所灭，后齐又据莒地，因而又有齐、楚文化因素留存，地理上的连带南北，贯通东西，使这里区域文化特征明显，文化内涵更为丰富多彩，处于一个文化交流的"十字路口"。

就目前资料看，从西汉中期开始，这一地区墓葬形制、葬俗、随葬品等出现了明显的越文化特征，造成这一变化尤其是出土数量较多的越人产品——原始瓷器现象的直接原因，应该是前138年汉武帝内徙东瓯越人和前111年灭闽越并内迁至江淮一带，两次北迁越人后裔的结果。

越人建立的越国地处偏僻的东南沿海，国境起初在今浙江境内，国都在会稽（今绍兴）。春秋时代，列国争雄，一向被视为蛮荒之地的长江流域先后有楚国、吴国和越国，一个接一个北上称霸中原。前473年，因为越王勾践复仇灭了吴国，会诸侯于徐州，越国才一跃而起成为南方大国，大规模地拓边扩地，西到江西，北至山东。

越国在灭吴后，北面直接与齐国接壤。史载越王由南而北横扫千里，将都城从僻处南部山区的会稽，迁到了北方的琅琊。到前334年，楚灭越后，进入浙江，又挥师北上，把齐国军队杀得落花流水。齐、楚直接对峙。

到汉武帝建元三年（前138年），闽越海陆两路发兵围攻东瓯。东瓯向西汉政府求援，汉兵尚未至，闽越引兵而去。为了避免闽越的威胁，东瓯王便向汉武帝请求举国内迁，于是东瓯王率领4万多族人，在江淮之间定居下来，后来同当地人完全融合了。前111年，东越王余善自立为帝，汉武帝派出四路大军征讨。元封元年（前110年）冬天，各路汉军都进入了闽越国，闽越举国归降。汉武帝又一次把闽越人集体迁徙到江淮之间，与当地汉族人民杂居。除了迁徙到江淮之间的闽越人外，其他闽越人四散。一部分汉化，一部分遁入南岭深山，一部分转向日本及越南等地。从此后，东南沿海越人地聚居区与内地联系更加密切，汉族地区人民的不断南迁和越族人民迁居内地，更促进了这一地区经济文化的发展和汉族、越族人民的进一步融合。越人的葬俗、越人创烧的原始青瓷等物质文化，也随着这几次大规模的越人北迁而传播至琅琊郡。

这一地区随葬品另一个重要的特点是漆木器数量较多，器类色彩丰富，且多保存较好，做工精细。有学者据此将山东汉代漆器分为临沂—胶东、淄博、鲁西南三个区，而临沂—胶东地区发现的漆器无论在器类、形态、纹饰方面，还是在保存条件等方面，具有更多的共同性，从而将其划归为一个区[3]，并认为临沂—胶东中南部地区出土的漆器以及部分葬俗，与长沙等南方地区有共同特点，可能说明战国时期楚文化对山东的影响通过这一地区沿东南沿海深入到胶东半岛，并延续到了汉代。

而在与鲁东南沿海地区相邻的鲁北地区，同时期墓葬中却少见原始瓷器出土。其东部的胶东地区目前发现的汉代原始瓷器，一是数量明显少，即使有出土也只有一两件，数量远远不及这一地区；二是时代普遍偏晚，大多为东汉时期。如1993年发掘清理的栖霞市观里东汉墓发现的1件原始瓷器、2002年在海阳开发区东汉墓中也出土了几件原始瓷器。从其形制、纹饰、胎骨和釉色看，亦应是江浙一带产品[4]。这应该是原始瓷器由鲁东南沿海地区逐渐东传的结果。

直到进入东汉以后，鲁东南沿海地区较明显的区域性特征才逐渐消失，进而与山东其他地区汉墓渐趋一致，从而汇入了统一的汉文化中。

注　释

［1］ 胡继根：《汉代原始瓷的考古学观察》，"瓷之源——原始瓷与德清窑学术研讨会"论文，2008年4月。

［2］ 党浩：《胶东地区汉墓的特征及与周边地区的关系》，《汉代考古与汉文化国际学术研讨会论文集》，齐鲁书社，2006年。

［3］ 李振光、刘晓燕：《山东出土漆器及相关问题探讨》，《楚文化研究论文集·5》，黄山书社，2003年。

［4］ 闫勇：《白陶青瓷出胶东》，《考古烟台》，齐鲁书社，2006年。

对胶州古板桥镇考古发现建筑基址的几点认识

林玉海（青岛市文物保护考古研究所）

王　磊（胶州市博物馆）

2009 年 9 月至 11 月，为配合胶州市东苑府邸住宅小区工程建设，青岛市文物保护考古研究所和胶州市博物馆联合对工程占地进行了抢救性考古发掘工作，在宋代文化层清理出多组建筑群基址，出土各类遗物 600 余件，瓷片数以万计。古板桥镇考古获得了极其重要的成果，本文拟对此次考古发现的建筑基址谈几点认识。

一、遗址概况与考古工作情况

板桥镇遗址位于山东省胶州市旧城区，其东南濒临胶州湾。自唐高祖武德六年（623 年）设立板桥镇开始，由其优越的地理位置和八达的水陆交通条件，经济活动便开始活跃起来，逐渐成为中国北方重要的港口和商贸重镇。

宋元祐三年（1088 年），板桥镇成为胶西县治所，兼领临海军使，并设立板桥市舶司，管理内外航务和中外商人的海上贸易，抽取进出港口的贸易关税等，为宋代北方唯一一处市舶司，海运贸易出现了空前的繁荣景象。其盛状在《宋史》可见："胶西当宁海之冲，百货辐辏……时互市始通，北人尤重南货，价增十倍。全诱商人至山阳，以舟浮其货而中分之，自淮转海，达于胶西。"板桥镇以优越的自然地理条件和港湾资源，在唐宋一度贸易繁荣，灿烂夺目，这一现象一直持续到山东半岛被金兵占领。

金熙宗皇统二年（1142 年），在胶西板桥镇又设立了板桥榷场，后改名为胶西榷场，与南宋互市贸易，金朝政府在胶西榷场设置令丞，主管金宋之间的贸易。但是由于南宋与金不断处在战争状态，势必影响双方的贸易往来，正隆四年（1159 年），宋将李宝率军在胶西沿海一带抗击金兵，致使胶西榷场被撤。世宗大定四年（1164 年），宋金重新修好，胶西榷场复建。一直到南宋末年，时兴时废经营了半个世纪，这里仍为南北贸易的重要地区。

元明以后，随着云溪河、胶莱河、大沽河等河流的淤积，海岸外移，板桥镇港口让位于它的外港——塔埠头码头。古板桥镇也随着历史的变迁湮埋地下，从人们的目光中神秘地消失了。

1996年，在进行胶州市政府宿舍建设时，发现了数量巨大的宋代铁钱。经抢救性考古发掘，共清理出锈结成块的铁钱30余吨，其中能辨清字迹的有圣宋元宝、大观通宝、崇宁通宝、崇宁重宝、政和通宝等，均为北宋徽宗时期的铸币。2003年，胶州市在云溪河改造和湖州路市场建设施工中，也出土了数量较多的宋、金、元、明、清时期的瓷片。

胶州板桥镇遗址，在山东乃至北方地区都具有较重要的历史影响，对于研究北方对外贸易与港口历史具有重要意义。2009年9月，在当年出土铁钱的胶州市政府宿舍东约30米处，青岛东苑置业有限公司在原胶州市政府所在地，开发建设东苑府邸住宅小区。在建设施工时，又发现大量北宋铁钱及不同时期的瓷片等文物，当地文物部门接到报告后，立即予以停工并保护现场。同时，青岛市文物考古研究所和胶州市博物馆联合组队对其进行了抢救性考古发掘工作，取得了重要的考古成果。

二、考古发现的重要遗存

通过此次考古发现，胶州旧城区内的文化堆积深达7~8米。金、元、明、清、民国各时期文化堆积厚度不一地分布，距地表3~3.5米深处为宋代文化层。在宋代文化层，共揭露单体遗迹132个（处），其中建筑遗迹35个（含墙基26条、房基9处），灰坑72个，水井6眼，灶址12个，道路1条，沟3条，水渠3条。发现的灶址有单灶和二连、三连、四连灶多种形式。位于发掘区南部的东西大道，残存宽度2~3米，暴露长度40余米，路面经人工夯砸，平整坚硬（彩版四一）。

已经发掘出的整个遗迹群布局有一定的相互关联，尤其是揭露出的多组包括墙基、庭院、廊道、散水、隔墙等建筑基址，错落有致，均用青砖整齐砌筑，并有砖砌排水沟、水井、灶址、道路等配套设施。

一号建筑位于发掘区的西部，南北总长（残）55.75米，发掘暴露宽16.8米。该建筑包括南房（由中心通道分为东西两处对称独立的房屋）、中心通道、前院（分左右两部分）、甬道、"亚"字形建筑、后院、附房等7部分，以中心通道为中轴大致东西对称布局（图一）。

中心通道东侧南房保存相对较好，建于东西长约9.5米、南北总宽约11.7米的土台基之上。东、西、南三面仅残存墙基部分，南墙外即为东西大道（L1）。北面未见墙基，东西一字排列3块间距相等的柱础石。房内地面铺砖，大部已被晚期灰坑破坏。土台基西北角有一宽约1.2米的砖砌台阶，单砖横铺而成，顶部两边各有一块柱础石。据此推断，此建筑应有北廊，且由中心通道左右经台阶而入东西南房。中心通道西侧南房，因小区建设基坑壁占压而暴露不全，从已揭露部分看，与东侧的房屋结构基本相同。

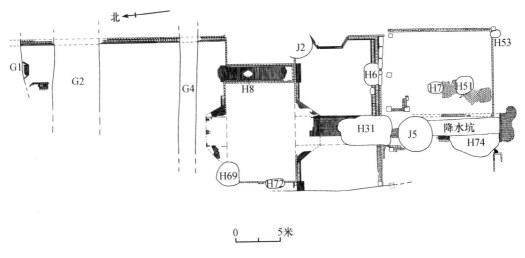

图一　1号建筑平面图

中心通道：位于东西南房中间，南连接于东西大道上（L1），应为一号建筑的主出入口，向北一直连接前后二院，残长 32.5、宽 3.2 米。路面大部分已被破坏，由青砖呈"人"字形侧立铺设，两边侧立青砖以固定中间砖面（彩版四二，1）。

前院：位于南房北，以中心通道为轴分为东西两部分，长 8.5 米，发掘暴露部分东西总宽 16.5 米。前院东墙中间设一门（踏步），斜侧立砖外高内低铺设，长 2.75、宽 1.4 米。在西北角亦有一门（踏步），铺设方式同东门，长 3.6、残宽 0.6 米。

甬道：位于前院和后院之间（东西各一条），长 7.75、宽 2 米。甬道中间用侧立砖仿礓磋道铺设而成，该甬道高于前后院地面（活动面），中间有较深的独轮车压痕（车辙）（彩版四三）。

"亚"字形建筑：居于一号建筑中部，由后院、前院、及两侧甬道围合形成一座"亚"字形亭式建筑，水平高度高于前后院，南北有踏步而上。地面已被破坏，是否铺砖不详。南北长 10.5、东西宽 7.75 米。

后院：位于该建筑的北部，从残存部分看为一长方形，南北残长 31.5 米，东西宽（暴露）18 米。后院建有东向和南向附房，与后院活动面为同时使用，因破坏严重，房屋开间情况不明。

二号建筑位于发掘区东部，与一号建筑基本平行排列，分北院墙、北房、正房和东、西两厢房、院内地面等六大部分（图二）。

北房：位于二号建筑北侧，被晚期灰坑严重破坏，仅剩北墙西端和西墙北端墙基部分。根据北墙及南墙柱础判断，该房基南北宽约 7.2 米，东西长因东墙遭破坏而不得知。

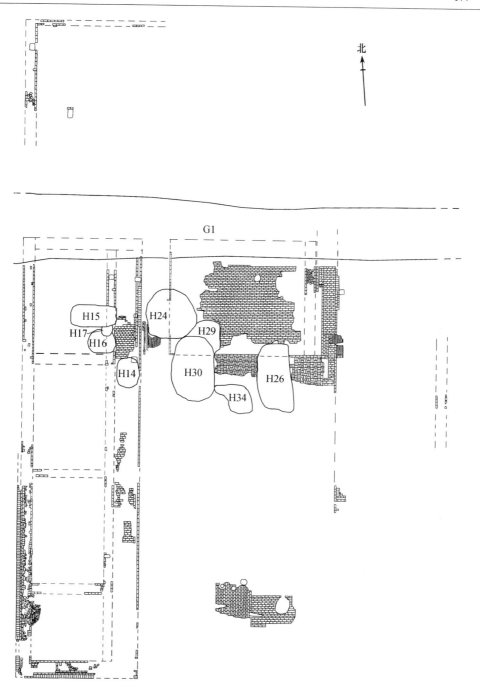

图二　2号建筑平面图

正房：位于该建筑的中部偏北，东西厢房之间。东西残长12.5、南北残宽8.7米。墙基均为单砖平砌，房内地面砖铺，多被晚期灰坑破坏。房间地面之上有大量的灰烬和红烧土，部分地面已被烧成红色，推测该建筑当毁于大火。东墙外有一明渠，靠南墙的东、西两端各有一礓礤道式铺设的踏步，宽分别为1.85米和2.7米。

西厢房：位于该建筑西部，南北残长32.75、东西宽10米（散水宽0.4、前廊宽2.1、厢房宽7.5米），西墙基宽0.9米，两边用砖多顺一丁垒砌，中间填土。北端发现一块花岗岩柱础，墙外（西）用一纵一横排列平铺成散水。南墙结构同西墙，东墙宽0.75米，结构亦同西墙，在其东侧平行于墙基上铺砖成前廊。西厢房共4开间，最南一间内宽5.3、南北长5米。其余3间均为内宽5.3、南北长8.7米。房内隔墙厚0.5米，土质夯打地面。

东厢房：位于正房东侧，大致以正房与西厢房对称分布，根据试掘情况看，南北长与西厢房相同，东西宽约8.5米。其墙基垒砌方式亦同于西厢房。

院内地面：二号建筑发掘区院内地面南北长21.1、东西24.2米，从被打破情况以及发现砖面范围来看，该地面铺设范围应该是和正房东西宽度相对应的，南北长度应到正门（未发掘）部位。地面均用青砖错缝平铺而成，铺地砖并未按相同的规律，而是一部分一种铺法。除了砖铺地面外其余部分为土质夯打地面，从路面踩踏情况看，活动较为频繁，局部有较深的车辙痕。

虽然由于发掘条件的限制，一些建筑组合未能完整地发掘出来，但一、二号建筑布局已经基本暴露出来，通过地层及出土遗物等综合分析，一、二号建筑的建设和使用年代应为北宋时期，金元时遭到毁坏。

三、对建筑基址的几点认识

此次考古发掘发现的建筑基址主要位于宋代文化层，而且，整个遗迹群布局相对规整，相互间有一定的关联性。其建筑地面多被金元时期灰坑、水沟等遗迹打破。结合《宋史》等史料对北宋时期板桥镇海运情况等的记载，我们认为：

（1）遗址中的建筑遗迹布局结构复杂，规模宏大，而且建筑材料精致，水井、灶址等遗迹较多且成排分（彩版四二，2），遗物丰富且门类较多，联系砖砌甬道上较深的车辙痕迹和古板桥镇码头位置等分析，发现的二号建筑可能是通商口岸设置的客栈和转运仓储设施，而一号建筑群则应是当时的某个管理商贸活动的官署机构。

（2）除发掘出的建筑群遗迹外，还出土了10余吨宋代铁钱和大量门类较多的遗物以及数以万计的瓷片标本，出土各类文物600余件，可复原陶瓷器500余件，其中，带有文字铭记的有40余件，残石刻2件、刻字青砖2件等。另外，还出土了许多建筑构件、文房及日常生活用品等文物（彩版四四）。建筑构件主要有板瓦、滴水、兽面瓦当和鸱吻等。

大部分出土文物的时代集中于宋金元时期，这与板桥镇的盛兴年代基本是一致的。出土的瓷器基本上包括了当时全国重要的窑系，尤以景德镇湖田窑、浙江越窑瓷器数量为大，体现出板桥镇在当时是作为瓷器外贸中转的重要口岸。

据史载，在板桥市舶司设置以前，密州板桥镇就久为海舶孔道、昂联系高丽、新罗以及倭国的重要海港，同阿拉伯和南洋亦有交往。宋朝由于登、莱闭港，板桥镇兴旺起来，设市舶司后，港口非常活跃，更成为国内货物贸易的中转站。如纺织品、盐产、矿产、粮食、瓷器等大宗货物南北东西水运与陆运，使板桥镇成为重要的货物集散地和中转港，一时车船辐辏，贸易繁盛。同时，板桥镇又是外贸活动的北方基地。这些都使板桥镇的港航贸易活动达到了空前繁荣的景象，已是"人烟市井，交易繁伙"，盛极一时了。

到金太宗天会五年（1127年）五月，金朝"挞懒徇地山东，下密州"。金皇统二年（1142年）设立的胶西榷场，虽然由于战争而时断时续，但仍是金宋通过海道实现交流的唯一互市市场。

令人高兴的是，《宋史》、《金史》等史籍记载，正在逐渐被考古发掘所印证，此次板桥镇遗址考古发掘中公共建筑群和一些珍贵文物的出土，为研究古板桥镇的历史提供了极为丰富的第一手实物资料。

（3）在宋代文化层揭露出的多组建筑基址，规模宏大，并有砖砌排水沟、庭院、水井、灶址、东西大道等与之相联系，是布局相对较为规整的北宋时期城市建筑遗迹。对研究古代中国城市的发展等，同样具有十分重要的价值。

（4）通过考古勘探和发掘发现，古板桥镇遗址分布范围较大，这一时期的板桥镇码头距此次发掘区域约200米，占地面积约27600平方米。而此次考古发掘区域在宋代文化层向下至少还有2~3米深的文化层堆积，地层堆积剖面和重要遗迹十分难得，这些都清楚地反映出了胶州城市历史的沿革，为研究胶州城市的发展变迁又提供了重要的考古资料。同时，对于研究胶州湾尤其是青岛港的历史沿革、古代中国板桥镇的海运贸易等，都具有十分重要的价值。

（原载于《中国文物报》，2010年8月27日）

王献唐与青岛崂山考古

魏书训（原青岛市文物局）

青岛文明演进的源头在哪里？在历史上，青岛究竟经历了怎样的历史进程？崂山与青岛文明的演进具有怎样的关联？这些千古之谜，时时刻刻地萦绕在考古工作者的心头。于是，探讨青岛文明谱系的源头，揭开青岛最早人类前行的足迹，成为青岛文物考古工作者神圣的历史使命。

其实最早揭示青岛文明演进之谜的是著名学者王献唐。

1952 年 4 月，青岛崂山夏庄李家宅头村的苗圃工人，在打井时于地下 4 米深处，发现了 2 件泥质黑陶罐、1 件夹砂灰褐陶鬲及一些零碎的陶片。多年来，崂山的民众经常在田间地头发现出土陶器，这次发现的这些深埋在地下的奇形怪状陶器，究竟埋藏着怎样的秘密？

事不宜迟，崂山文物部门立即将情况上报了青岛市政府，时在青岛市文教局主管文物保护工作的刘善章接到崂山的报告后，立即组织力量，不顾路途遥远，与同事们一路颠簸赶到现场展开调查，一面形成材料上报省市文管会，并以市文管会的名义对遗址进行保护。

崂山出土文物的信息最先引起了王献唐先生的注意。时任山东省政府文物古迹保护委员会副主任的王献唐，一向对崂山历史有着精深的研究，经过先生的辨认，初步认为这是一批具有龙山文化特征的器物。王献唐先生立即带领专家亲临青岛现场考古调查。经过层层缜密的考证，确定该遗址为距今 4000 多年前的龙山文化遗址。

王献唐（1896～1960 年），中国现代杰出的历史学家、金石学家、考古学家、文献学家，与青岛有着密切的不解之缘。其中《炎黄氏族文化考》、《公孙龙子悬解》、《中国古代货币通考》、《双行精舍书跋辑存》、《王镫精舍印话》、《那罗延室稽古文字》、《双行精舍金石文》、《二百镜斋铭文》、《十钟山房金文》等大量的著作，奠定了王献唐先生在中国史学界的历史地位。他于 1913 年毕业于青岛礼贤书院，后在就读青岛德华大学期间，与一帮热血青年发起成立了青岛早期的文学社团——"中德文社"。1917 年毕业后，寓居天津，在《正义报》任记者，并翻译德文小说。1918 年至济南任《山东时报》和《商务日报》编辑，后派驻青岛记者。

1922 年中国收回青岛时，曾任胶澳商埠督办公署秘书，参与了日本归还青岛时的接收工作，期间在青岛观海二路居住过的居室，已经成为青岛文化名人故居挂牌保护。王献唐曾多次至崂山游览考察，对崂山的分风土人情分布及佛教道教流传深有研究，曾以崂山著名佛教景观那罗延窟之名为自己的书斋命名，称之为"那罗延室"。他曾经考证青岛一带古时有不族、其族，因而秦汉兴建郡县时，称此地为"不其县"。

王献唐对青岛特别是崂山的考古研究做出了重要的贡献。从最早发现的崂山夏庄李家宅头遗址开始，王献唐先生就率领山东省文物考古队及青岛崂山的有关人员，对崂山发现的古遗址进行考古调查发掘，出土了一批原始石器工具、灰褐、黑陶器皿千余件，包括夏、商、周时期的双孔石刀、铜器、玉器等文物，开创了崂山考古工作之先河。此后王献唐先生多次主持崂山的野外考古发掘，先后参加了崂山西窑顶东周遗址、配合蓝烟铁路工程，清理即墨姜家沟和古城村新石器时代文化遗址等考古发掘，确定了崂山文明的出现最晚不迟于龙山文化早期，崂山最早的居民，应是东夷族的先民。

东夷族是中国最古老的民族之一，是远古东方部落集团的总称。相传太昊（伏羲氏）、少昊、后羿（即后羿射日）等人是他们杰出的代表，有"君子、不死之国"之称。东夷族主要生活于今山东沿海、泰山周围以及淮河流域地区，同西部戎羌系文明、南方苗蛮系文明，共同构成了华夏文明初始的系统体系，是黄河文明乃至整个华夏文明的主体和渊源之一。东夷文明作为华夏文明的有机组成部分，先后历经了中国东部海岱文化体系、胶东半岛地区的后李文化（距今约 8300 年），北辛文化（距今约 7300 年）、大汶口文化（距今约 6500 年）、龙山文化（距今约 4500 年）以及岳石文化（距今约 3900 年）的历史进程，逐步演化为齐文化，后与鲁文化融合为齐鲁文化。齐鲁文化同中华民族主体文化体系共同创造了灿烂辉煌的古老文明。大约在龙山文化时期，属于东夷族体系的先民，已经到达了崂山区域（也可能在大汶口晚期，但尚需考古出土证明），他们从遥远的异乡在此聚集，在这富饶的崂山土地上垦桑植麻、繁衍生息。

王献堂先生根据崂山的出土文物以及考古学推断，大约在新石器时代的龙山文化时期，崂山地区就出现了人类文明的曙光。他们选择依山面海和地势较高的台地做为栖身之处，或沿白沙河流域，寻找倚山面海的平坦高地，在挡风遮雨、物产丰富的港湾延伸发展。这里一般都是鱼虾聚集，土地肥沃，风向适宜，水陆交通都较为方便的地方。先民们已掌握利用原始的石刀、石斧、石镰刀以及鹿角、獐牙等动物的骨骼来狩猎农桑，满足生活需求；已经掌握了就地采石用石的技术用来搭建房屋，或采用挖槽起基的技术兴建住宅，这种就地取材、采石建房的传统技术习俗一直持续到现在。他们用夹砂陶鼎、甗、鬲等最初的陶器煮饭烧水；用陶瓮、罐、盆、盘储存或盛装食物；饮食用陶钵、碗、杯、豆等盛装粥饭；并开始用粮食、山果等酿酒；用陶鼎、黑陶高柄杯或单耳杯饮酒或祭祀，崂山的先民们在原始古老的土地上艰难度日。

当时人们过着以土地公有制为基础的原始公社生活。农业渔业生产是人们获取生活资料的主要来源。人们砍伐树木、开辟耕地是用大型石斧和石锛；狩猎是用石刀、石斧、弓箭和竹矛；挖土掘地是用扁平石铲和鹿角锄；收割庄稼是用双孔石刀（典型的岳石文化石器，最初出土于平度）、石镰和蚌刀；人们把收藏的粮食放在石磨盘上，用石磨杵捣去皮壳，进而研磨成粉末，然后再加工做成各类食物。劳作的先民们将种植的粮食、狩猎的猎物以及捕捞的鱼虾用火烤或用陶鼎、陶甗蒸煮成熟食使用，剩余的粮食储藏进地窖，鱼虾则晒成海米、鱼干馈赠亲友或在淡季食用。日出而作，日落而息，丰富的饮食结构，强壮了祖先的肌体，促进了社会生产力的发展。

经过王献唐先生鉴定的崂山出土的黑陶罐、夹砂灰褐陶甗等器物，说明生活在崂山的先民，非常注重器物的造型。处于原始社会的崂山先民，与内陆地区文化交流频繁，已经熟练掌握了原始夹砂灰褐陶器的制作工艺。他们就地取土，用转轮工艺拉胎制陶，生产的陶器尽管夹砂含量较高，但对于原始社会的居民来说，能够用上陶器，已经是贵族的享受了。原始社会制陶工艺不但满足了生活的需要，而且还渗透着原始先民朴素诚实的审美意识。例如崂山出土的夹砂灰褐三足陶甗，造型抽象古拙大气，其工艺审美水平到今天也令我们惊叹。这些陶甗大都是前两足肥大较直或略高，流部尖长前伸或上仰，整个形状略似一只站立的大鸟，这又从另外一个侧面暗合了东夷族鸟（即凤）图腾的物证。

随着农业生产和渔业捕捞的发展，农渔产品的增多，家畜饲养业也随着发展起来。当时人们生产喂养的是狗和驯化的猪。狗作为人类的朋友，可以帮助人们守护和行猎；猪不仅充作食物，还可作为衡量财富的尺标。沿海地带的居民，鱼类采集是人们谋生的重要手段。他们用片石和大的贝壳作为赶海的工具，在近海滩涂挖蛤蜊、捉虾蟹、采集海螺、牡蛎等。人们已经学会编织渔网制作线坠，彪悍的男子驾驶木筏帆船，用丝麻编制的渔网出海捕鱼，用大型的船只运输物资。崂山的先民不但掌握了较为先进的渔业捕捞技术和驾驭海洋运输的能力，而且还能够制造用于捕鱼的渔船和远海航行的船只。崂山先民依据背山面海的优势，从大海中获取丰富的生活资源，蓝色的海洋不但影响着先民们的衣食住行，也深深地影响着习俗观念，最初的海洋文化的萌芽，在经历了千百年历史风雨的洗礼后，最终成为根深叶茂的参天大树，海洋文化已经传承演变为拥湾战略、继而上升为蓝色经济规划走上历史舞台。

进入商周青铜时代以及春秋战国时期的崂山，随着金属冶炼技术的提高，用于农业生产的农具、用于防御或战争短兵相接的冷兵器以及用于祭祀的礼器、古钱币、生活用品等逐渐丰富起来。这时的崂山，已经由土地公有制为基础的原始公社先后进入了奴隶社会和漫长的封建社会。社会生产力的发展，使得社会财富积累出现剩余，分配出现了差异，氏族部落中两极分化、贫富分配不均等现象的出现，逐步成为两极分化的萌芽。从考古出土的古墓葬状况考证，进入商周后，社会贫困的低下层民众，死后的陪葬品极为简陋，仅仅为几件简单的陶器、猪、狗而已。但有身份、有地位的社会成员奴隶主，其墓葬不但陪葬品丰富豪华，而且还用奴隶殉葬，如青岛地区的三里河、赵戈庄、皇姑庵、财贝沟等古遗址古墓葬，不但出土了大量的制作精美的陶鬶、陶甗、蛋壳陶等精美的礼器，还出土了大量的有腹饰纹的青铜鼎、腹内饰鱼纹的青铜盘、提梁壶及舟、豆等青铜器以及玉璇玑等玉制品，显示了墓主人非同凡响的身份地位。

正是由于王献唐先生的参与，揭开了崂山考古之谜，也拉开了青岛探索文明演进的序幕。他主持的对崂山的考古发掘，为我们探索历史信息、揭示先人迷踪提供了丰富的物证，从而奠定了崂山在考古学中的历史地位。经过半个多世纪的努力，至今青岛已经形成北辛文化—大汶口文化—龙山文化—岳石文化直至夏商周先秦之后历朝历代明晰的文明演进谱系进程，青岛海洋文明的特征也得到了丰富的印证，这一切均离不开王献唐先生最初对崂山文化遗址的揭示与探索。

山东胶州赵家庄遗址龙山文化炭化植物遗存研究[*]

靳桂云　王海玉　燕生东　刘长江　兰玉富　佟佩华

引　言

关于史前农业的研究，一直是史前考古学者非常关注的课题，不仅发表了根据农业工具等获得的农业方面的研究成果，而且在"中国通史"和"中华文明史"等大型综合性学术著作中都介绍和讨论了史前农业发展的问题，但是，在系统的植物考古研究开展之前，关于史前农业的研究，主要是根据文献记载、石器等农业工具的发现以及极少的农作物遗存，缺乏系统的研究。这种情况严重地阻碍了学术界对史前农业的认识。随着中国考古学研究的深入，特别是重建中国古代历史科学任务的提出[1]，系统收集考古遗址中的各类遗存资料、全面复原人类历史的发展过程，已经成为考古学界的共识。在这样的学术背景下，采集考古遗址中的植物遗存、分析与植物相关的古代人类活动（包括古代经济生活方式和人类与植被的关系）并进而探讨古代文化与文明发展过程，逐渐成为备受学者关注的科学命题[2]。

海岱地区史前文化是中国远古文化研究中的重要内容，其中大汶口文化和龙山文化时期，该地区的文化发展水平在中国史前文化中居于领先水平[3]，在中国文明化进程中有重要地位[4]。史前时代，特别是文明形成过程中，农业的发展，是社会经济发展和社会组织结构变迁的基础，这一点在两河流域古代文明产生与发展过程中有充分体现[5]。海岱地区文明化进程中的农业状况，特别是关于龙山时代农业的发展，已经有一些初步探讨[6]。但是，由于进行系统的植物考古分析的遗址比较少，对于总结区域性的古代农业发展，最大的问题是

＊ 国家自然科学基金面上项目（41072135）资助

作者：靳桂云、王海玉，山东大学东方考古研究中心，济南，250100；燕生东，山东师范大学齐鲁文化研究中心，济南，250014；刘长江，中国科学院植物研究所，北京，100093；兰玉富、佟佩华，山东省文物考古研究所，济南，250012。

所拥有资料的空间广泛性不足，所以，结合考古发掘或者调查来积累植物考古资料，可以说是海岱地区植物考古和古代农业研究中的关键步骤。有鉴于此，我们确定了在山东省范围内系统收集考古遗址中生物遗存资料的科学目标，其中对于植物遗存的收集与整理就是这个目标的一个重要组成部分。

对考古遗址中植物遗存的收集与分析研究，是植物考古研究的基本内容。考古遗址中的植物遗存，包括植物大遗存和微体遗存两类，对各类植物遗存的系统收集与研究，将在古代农业起源与发展、古代人类与植物关系研究等方面提供非常重要的科学证据。目前，关于海岱地区植物考古研究，已经在龙山时代稻作农业的分布与规模方面取得了初步研究成果[7]，但是，要全面复原古代人类与植物关系的历史，我们还需要对该地区古代农业的产生、发展的历史过程、人类对植物利用、古代环境变迁等问题进行回答。本文报告的胶州赵家庄遗址炭化植物遗存的研究结果，可以被看作是回答上述科学问题的一个阶段性成果。

一、遗 址 概 况

胶州市位于山东东部沿海，行政区划隶属于青岛市。这里属于鲁东丘陵区的胶莱平原。该区在构造上属于胶莱凹陷，第三纪时期型成宽广的剥蚀准平原，第四纪以来，开始接受河湖相沉积，平原海拔绝大部分在 50 米以下[8]。农业气候区划属于鲁东南沿海湿润农业气候区的半岛中部、鲁中半湿润农业气候区。区内年平均降水日数为 70 天至 94 天，平均降水量为 600 毫米至 900 毫米[9]。

本区现代地带性植被为暖温带落叶阔叶林[10]，顶极植被是落叶阔叶林。但是，由于长期人类活动的结果[11]，目前该区只在海拔 500m 以上的山区尚有少量以栎林为主的森林，平原和丘陵地区的森林被砍伐殆尽。栎林主要分布在泰山、鲁山、沂山、蒙山和徂徕山以及胶东丘陵[12]，五莲山也有小面积的栎林。在自然植被受到严重影响的同时，人工植被发达，沟谷和河岸都是人工林；在丘陵地带种植果树较多，如苹果、梨、桃、李、樱桃和柿等，干果有板栗、核桃、枣、银杏等；低矮的丘陵和较少的平原，多开垦为农田，粮食作物以小麦、玉米、甘薯为主，经济作物主要有花生和蔬菜，胶州大白菜已经成为当地蔬菜的品牌。

胶州赵家庄遗址位于山东省胶州市里岔乡韩家庄（36°03′01.47″N，119°47′16.31″E，海拔 88 米）村南的一级阶地上，介于低山丘陵区和鲁北冲积平原交界地带，南面是低山，北面就是广阔的平原，由发源于南部山区的黄水河冲积而成的山间平原，是古代居民从事农业耕作活动的理想场所（图一）。

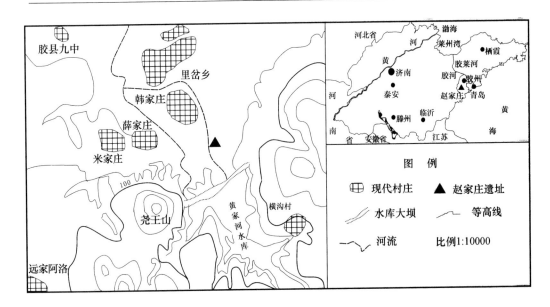

图一　赵家庄遗址地理位置示意图

　　初步勘探发现，遗址面积约 10 万平方米，保存有大汶口文化、龙山文化和东周时期的文化遗存，其中龙山文化时期遗存最丰富、保存最好。2005 年 5 月至 8 月，为配合高速公路工程建设，山东省文物考古研究所与青岛市文物局、胶州市文化局联合，对赵家庄遗址发掘了 3000 多平方米，揭露了大汶口文化、龙山文化和东周时期的聚落布局，其中，龙山文化时期的聚落资料最丰富[13]。龙山文化时期的遗迹分两部分，西部为居住区，有房址、木构架水井、窖穴、灰坑、墓葬等遗迹；东部为水稻田[14]。居住区内灰坑和窖穴等遗迹中出土大量陶器、石器等遗物；根据陶器特征判断这些遗迹属于龙山文化第一至第三期（4600～4300cal. yr BP）[15]。其中 H339 等属于赵家庄遗址第一期遗存，部分打破水田的遗迹属于赵家庄遗址第三期遗存，而水田可能属于第二期遗存。

二、材料与方法

　　为了分析该遗址农业情况，我们依据常规的方法[16]，对该遗址进行了系统的植物考古采样和分析。

（一）采样与浮选

　　在居住区采用针对性采样法进行采样，即以各种性质比较明确的遗迹为主要采样单位，在发掘过程中每发现一处遗迹随即采取一份浮选土样，采样背景包括灰坑、井和灰沟等，其中以灰坑为主；由于各个时期文化堆积厚薄不同，在我们采集的 75 个土样中，1 个为大汶口文化时期（H238）、3 个为春秋时期（H501、H502、H518），其余（71 个）为龙山文化时期。这些土样在当地进行了浮选，使用的浮选设备是水波浮选仪，收取浮出炭化物的分样筛的规格是 80 目（筛网孔径 0.2 毫米），浮选结果在当地阴干后被送交山东大学东方考古研究中心植物考古实验室进行分类、植物种属鉴定和分析。

发掘过程中没有采集水稻田区的浮选土样[17]；实验室的植硅体分析确定了这类遗迹为水稻田后，为全面了解稻田区的植物遗存情况，我们认为有必要通过浮选的方法了解稻田土样中炭化植物遗存组合。所以，我们在实验室选择那些植硅体分析后还有剩余的 92 个样品进行浮选；浮选方法是小水桶浮选法，收取炭化物的分样筛的规格是 80 目（筛网孔径 0.2 毫米）[18]。轻浮部分阴干后进行了分类、植物种属鉴定和分析。当然，我们遇到一个比较明显的问题，就是浮选的土样量全部小于 2 升，多数都是 1 升左右，一般来讲，如果浮选土样小于 5 升，会明显影响炭化植物遗存的组合和数量，所以，对于这部分浮选结果，我们只进行初步的定性分析。

（二）鉴定、统计

植物种属鉴定，参考了山东大学东方考古研究中心植物考古实验室的现代植物种子和果实标本和考古遗址出土的植物遗存标本，另外，还参考了植物考古教材中的植物种子和果实分析[19]。

居住区 50 个土样中多数（36 个）都出土了 5 粒以上种子，其中最多的是 184 粒（H231⑤），其次出土 145 粒（H332），再次是 104 粒（H231⑥），此外还有 6 个土样中出土炭化种子超过 40 粒（H231、H271、H298、H329、H347K1：4、H375⑤）。在对所有样品中的炭化种子进行统计的基础上，对上述出土种子数量超过 100 粒的土样出土种子情况进行了详细统计，区分了主要和次要成分。

所有炭化种子遗存，凡是大于或等于整个种子的三分之一、能确定其科属种的，就作为一个个体统计。对于谷物，凡是具备胚的末端部位的，就作为一个个体统计，而对于豆类，则将完整的种子和具有子叶部位的都进行统计。

根据实际情况，将赵家庄遗址出土炭化植物遗存分为确定种属、残破未知和碎块三类。确定种属的包括农作物、豆科、果实类和杂草四类。残破未知的种子包括由于残破而典型特征没有保留下来而无法鉴定，未知的种子则保存完整，但限于参考资料和鉴定能力而无法确定。赵家庄遗址中还保存了相当多的破碎种子，这类种子破碎严重，一般只保留完整种子的 1/3 以下，多数完全无法鉴定，但也有小部分看出种属特征的，如水稻和豆科植物的种子。这部分种子不统计在出土种子总数中。

植物考古数据显示，新石器时代早期居民已经采集豆科植物和野葡萄食用，如舞阳贾湖遗址出土数量众多的豆科植物遗存[20]、山东济南张驰后李文化遗址中出土最多的植物遗存就是炭化的野葡萄种子；到了龙山文化时期，考古遗址中出土豆科植物（以野大豆为主）和野葡萄的现象更为普遍，数量也增多，如山东滕州庄里西[21]、日照两城镇[22]和临淄桐林[23]等遗址中都出土了相当数量的豆科植物和野葡萄种子，可能表明龙山文化时期，大豆和野葡萄已经是居民植物性食物的一个组成部分。对大豆的鉴定标准，目前缺乏系统的研究，一般均以尺寸变化作为判断标准，赵家庄遗址出土大豆遗存在尺寸上介于现代野生大豆和驯化大豆之间，如果据此区分野生和驯化种，这些大豆显然不能被作为驯化大豆看待，这种情况在黄河流域其他龙山时代遗址中也有发现[24]。有学者提出中国青铜时代遗址中出土的大豆遗存可能代表的是驯化大豆[25]。但是，西亚和欧洲等地的植物考古研究发现，早期阶段的豆类经常和谷物、杂草同时存在，说明它们也是作物，但没有发现明显的种子大小变化[26]，甚至在谷物栽培经历了几个千年，驯化种已经建立，农业都已经传入欧洲，遗址中发现的豌豆和小扁豆的平均值和最小值跟它们在近东未栽培的野生近缘种几乎没有差别，仅在最大值方面有轻微变大的趋势[27]。这种情况表明，在豆类的早期栽培、驯化阶段，种子大小没有发生明显的增长，豆类种子大小的增长是栽培变种型式上的进步，出现的时间要比农业最初的发展晚得多[28]，东亚的大豆和赤豆等都可以使用相似的驯化模式[29]。由此看来，赵家庄等龙山文化时期遗址中出土的豆类遗存，虽然从尺寸上接近野生种，但事实上可能已经是人类长期栽培的或者是已经是驯化种了，至少是人类普遍利用的一种食物资源了。

尽管我们目前不能确定赵家庄等龙山文化遗址中与农作物共出于灰坑等遗迹中的豆科植物和野葡萄种子是驯化植物遗存，当这些植物是人类的食物遗留应该没有问题，所以在分析植物遗存的时候，应该将其与一般的杂草分别进行统计分析。所以，本文将赵家庄遗址出土的植物遗存分为农作物、豆科植物、野葡萄属和杂草四个类型进行统计分析，并对上述植物统计其绝对数量、百分比和出土概率。当然，蓼科、葫芦科等杂草中一些可食的植物可能也是聚落居民食物的一部分。

根据植物遗存分析古代居民植物性食物组成以及农业发展水平，一个基本的前提就是，认可考古遗址中出土的可食性植物遗存一定程度上代表居民消费的植物性食物比例。所以，首先需要对各种植物遗存进行数量和百分含量的统计。

但是，在估计某种农作物在聚落中的重要性时，我们要充分考虑到炭化植物遗存在堆积过程中、埋藏过程中以及被提取过程中存在的各种自然或人为因素造成的误差[30]。为了减弱各种误差对分析结果的影响，目前比较常用的是计算农作物的出土概率，出土概率是指在遗址中发现某种植物种类的可能性，是根据出土有该种植物种类的样品在采集的样品总数中所占的比例计算得出的，这种统计方法的特点是不考虑每份浮选样品中所出土的各种植物遗存的绝对数量，而是仅以

"有"和"无"作为计量标准。

　　然而，出土概率统计结果对于同样是大粒作物的水稻、小麦和大麦或者同是小粒作物的粟和黍，可能是有效的，但对于既有大粒作物又有小粒作物的赵家庄遗址的植物遗存分析结果来讲，可能在此基础上还要考虑千粒重的问题。所谓的千粒重，就是不同农作物甚至同一种农作物的不同种，千粒的重量是不同的，这种差异直接影响到对每种农作物在居民粮食消费中作用的认识，在农学研究中千粒重是评估不同农作物经济价值的重要指标之一。有鉴于此，我们对赵家庄遗址出土的农作物遗存进行了千粒重的分析。分析方法就是：取现代稻米、小米各1000粒，然后分别称其重量和体积，获得稻米和小米千粒重和千粒体积的数据及比例，再用这个比例反演赵家庄遗址出土稻米和小米数量所代表的米粒的重量和体积[31]。

（三）测年

　　传统观点认为，西周时期黄淮下游地区才开始出现小麦[32]，虽然近年在山东地区少数龙山文化遗址中发现了少量的炭化小麦遗存[33]，这些发现并没有得到足够的重视。其中一个重要的原因就是出土小麦遗存的遗址数量少、出土炭化小麦的数量少，而且这些小麦遗存都没有独立的年代数据。鉴于此，考虑到赵家庄遗址小麦和大麦遗存同时出土而且炭化小麦数量明显多于两城镇和教场铺两个遗址，为了充分认识这些小麦遗存的意义，我们从 H339 中选取一粒炭化小麦（实验室编号 BA061052），送北京大学加速器质谱实验室第四纪年代测定实验室进行测年。根据田野考古发掘记录，H339 属于赵家庄遗址年代最早的遗迹之一，大致相当于龙山文化最早阶段。

三、结　　果

　　赵家庄遗址浮选出的炭化植物遗存，包括植物种子和果实、炭屑两大类。

　　炭屑是指经过燃烧的植物的残存，其重要来源应该是未完全燃烧的木材，其中可能包括燃料和遭到焚烧的建筑木材和其他用途的木料等。由于工作中的原因，赵家庄遗址居住区土样中浮选到的炭屑没有很好地保留下来，实验室分析中只发现了非常少而且细小的炭屑，我们既没有对其进行树种鉴定，也没有进行量化分析。水田区土样中浮选到的炭化木屑的数量更少，这可能与水田遗迹的性质有关。

　　大汶口文化时期的1个土样中没有发现炭化植物遗存；春秋时期3个灰坑中，有2个灰坑土样中浮选到炭化植物遗存，其中 H501 中浮选到 2 粒炭化植物种子

（粟）、H502 中也浮选到 2 粒炭化植物种子（1 粒小麦［?］和 1 粒豆科［?］）。

龙山文化时期居住区和水田土样中都浮选到了炭化植物遗存。

（一）居住区出土炭化植物遗存与年代

居住区采集浮选土样 71 个，50 个土样（合计 447 升）中发现了炭化植物种子和果实 1197 粒；其中包括确定种属的 972 粒 24 种（种、属或科）植物（彩版 1 ~ 2）和 225 残破未知的种子（包括两类，一类是因为残破而无法鉴定种属，一类是属于现有水平无法鉴定的种属）；此外，还有大量的种子和果实碎块由于无法确定其种属不统计在内（这些碎块基本无法进行种属鉴定，但半数以上属于禾本科植物的种子，其中有些可以看出是稻米，但因为只保留整个种子的三分之一或更少，所以，将其归入碎块类）。平均每升土样中包含植物种子和果实约 2.7 粒。

H231⑤土样为 19 升，出土炭化种子 184 粒，平均每升土样中出土种子 9.68 粒。这些种子中，稻 80 粒，粟 31 粒，黍 5 粒，小麦 1 粒，豆科 1 粒，野葡萄 1 粒，萹蓄 3 粒，未知的 14 粒，其中稻最多，占 43%，粟占 17%，黍占 2%，小麦占 0.5%，所有农作物合计占 62.5%，稻占的百分比多于粟和黍的百分比之和。

H231⑥土样 21 升，出土炭化种子 104 粒，平均每升土样中出土种子 4.95 粒。这些种子中，稻 75 粒，粟 5 粒，野大豆 3 粒，萹蓄 2 粒，紫苏 5 粒，狗尾草 3 粒，葫芦科 2 粒，商陆 4 粒，未知 5 粒。农作物占绝对多数，其中稻最多，占 72%。

H332 土样 31 升，出土炭化种子 145 粒，平均每升土样中出土种子 4.67 粒。这些种子中，稻 52 粒，粟 7 粒，黍 1 粒，豆科 43 粒，野大豆 4 粒，萹蓄 3 粒，紫苏 4 粒，野西瓜苗 4 粒，未知 27 粒。

表一和图二显示，确定种属的物种包括农作物种子 700 粒、占 72%，豆科植物 173 粒、占 18%，果实 22 粒占 2%（全部是野葡萄属种子），豆科以外的其他杂草种子 77 粒、占 8%。出土农作物的样品数量是 44 个，出土概率是 88%，出土豆科植物的样品数量是 19 个，出土概率是 38%，出土野葡萄属的样品数量是 8 个，出土概率是 16%，出土杂草的样品数量是 18 个，出土概率是 36%。

表一　赵家庄遗址居住区出土炭化种子分类统计表

项目	农作物	豆科	果实（野葡萄）	杂草
种子数量	700	173	22	77
百分比%（N = 972）	72	18	2	8
样品数量	44	19	8	18
出土概率%（N = 50）	88	38	16	36

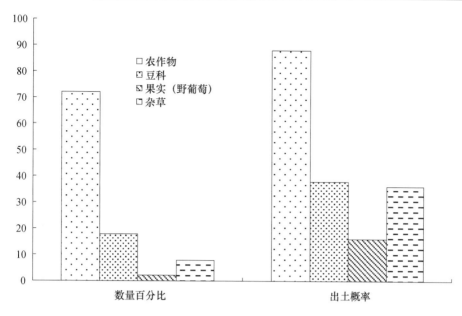

图二　赵家庄遗址居住区炭化植物遗存比例示意图

表二显示，农作物包括水稻（*Oryza sativa*）、粟（*Setaria italica*）、黍（*Panicum miliaceum*）、小麦（*Triticum aestivum*）和大麦（*Hordeum vulgare*）。从数量看，水稻425粒，占总数的61%，谷子232粒，占33%，黍子77粒，占11%，小麦10粒，占1%（图三）；从出土概率看，谷子的出土概率最高，为70%，水稻居第二位，为61%，黍子的出土概率为36%，小麦出土概率为16%。只有1个样品中出土大麦1粒，不进行百分比和出土概率计算。

表二　农作物百分含量和出土概率统计表

项目	稻	粟	黍	小麦
出土数量（粒）	425	232	75	10
数量百分比（n=700）	61%	33%	11%	1%
出土单位（个）	27	31	16	7
出土概率（n=44）	61%	70%	36%	16%

数量百分比计算中分母是出土栽培植物种子总数量；出土概率计算中分母是出土栽培植物种子单位总数量。

谷物的千粒重分析结果显示，大米的千粒重是19.704克，千粒体积是23毫升；粟的千粒重是2.440克，千粒体积是3.1毫升；两者的千粒重比大约是8:1，千粒体积比是大约7:1，就是从重量上讲，8粒小米相当于1粒大米，从体积上讲，7粒小米相当于1粒大米。如果根据这个结果来估算赵家庄遗址出土炭化稻和粟遗存所代表的聚落谷物消费量或生产量，不论是以出土数量还是以出土概率来计算，稻米的重量和体积都远远高于小米。如果我们再把大粒作物和小粒作物在谷物收割、加工和食物加工过程中被丢失的可能性的差异性考虑进去，可能更会凸显出稻米在聚落粮食作物中的重要性，因为按照一般的生活常识，不论是谷物加工还是食物加工过程中，同样因为人类活动丢落的同样数量的稻米和小米，前者被人类发现并捡拾回来的概率要远远高于后者，这个事实直接造成在考古遗址中前者的出土概率要低于后者。

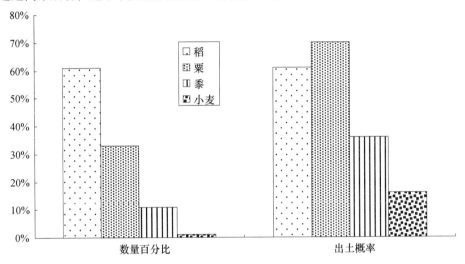

图三　农作物百分含量和出土概率示意图

所以，根据上述分析，稻在赵家庄聚落居民的粮食性食物中是最重要的，占的比重最大。其次才是谷子和黍子等。

豆科植物包括豆科（*Fabaceae*）、野大豆属（*Glycine soja*）、豆茶决明（*Cassia nomame*）和野豌豆属（*Vicia* Linn.）四类合计 173 粒（表三，图四），出土单位 19 个。其中豆科 129 粒 12 个单位，数量百分比和出土概率分别是 75%、63%；野大豆 11 粒 5 个单位，数量百分比和出土概率分别是 6%、26%；豆茶决明 32 粒 5 个单位，数量百分比和出土概率分别是 18%、26%；野豌豆属 1 粒 1 个单位。

果实类只有葡萄属（*Vitis* Linn.）种子 22 粒，出自 8 个土样。

杂草包括萹蓄（*Polygonum aviculare*）、蓼科其他（Polygonaceae），赤瓟属（*Thladiantha* Bunge）、葫芦科其他（Cucurbitaceae），唇型科的紫苏（*Perilla frutescens*）和小鱼仙草（*Mosla dianthera*）；黍亚科（Panicoideae）、黍属（*Panicum* Linn.）、狗尾草属（*Setaria* Beauv.）、狗尾草（*Setaria virids*）和禾本科其他（Gramineae），锦葵科的野西瓜苗（*Hibiscus trionum*），莎草科（Cyperaceae），菊科的刺儿菜（*Cephalanopos segetum*），商陆科的商陆（*Phytolacca acinosa*），大戟科的铁苋菜（*Acalypha australis*）（表四，图五）。

表三　豆科植物数量百分比和出土概率统计表

项目	豆科	野大豆	豆茶决明	野豌豆属
出土数量（粒）	129	11	32	1
数量百分比（n＝173）	75%	6%	18%	
出土单位（个）	12	5	5	1
出土概率（n＝19）	63%	26%	26%	

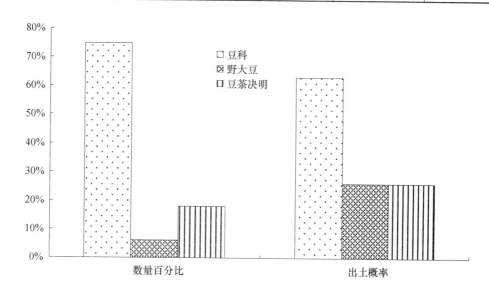

图四　豆科植物百分比和出土概率示意图

表四　杂草种子数量百分比和出土概率统计表

项目	蓼科		葫芦科		唇型科		禾本科					野西瓜苗	莎草科	刺儿菜	商陆	铁苋菜
	萹蓄	蓼科	赤瓟属	葫芦科	紫苏	小鱼仙草	狗尾草	狗尾草属	黍属	黍亚科	禾本科					
出土数量（粒）	17	1	1	3	22	1	12	7	1	1	2	4	3	1	6	1
数量百分比（n＝77）	22%				29%		16%	9%							7%	
出土单位（个）	8	1	1	2	3	1	7	2	1	1	1	1	3	1	3	1
出土概率（n＝18）	44%				17%		39%									

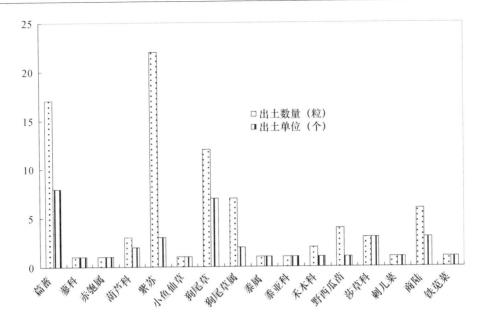

图五　杂草种子数量示意图

表四和图四显示，在各类杂草中，紫苏的数量最多，占杂草总数的 29% ，其次是萹蓄，占 22% ，狗尾草和狗尾草属分别占 16% 和 9% ，商陆占 7% ，其余物种出土数量都低于 5 粒；从出土概率看，萹蓄最高，为 44% ，狗尾草位居第二，39% ，紫苏为17% ，其余物种样品数量都低于或等于 3，莎草科和商陆的样品数量都与紫苏相同，是 3 个，但因其数量少，可能表明其重要性显著低于紫苏。

H339 小麦的 14^C 年代为距今 3905 ± 50BP，树轮校正后年代为 2σ（95.4%）：2570BC（2.7%）2530BC；2500BC（87.2%）2270BC；2260BC（5.5%）2200BC。所有 14^C 半衰期为 5568 年，BP 为距 1950 年的年代。树轮校正所用曲线为 IntCal04[34]，所用程序为 OxCal v3.10[35]。我们取概率最高的 2500BC（87.2%）2270BC，即赵家庄遗址 H339 中炭化小麦年代为 2500BC ~ 2270BC。这个年代与我们根据陶器型制确定的该聚落的年代大体一致，即相当于龙山文化早中期。

（二）稻田土样浮选结果

稻田区域 92 份土样中，有 20 份 24.5 升土样中出土炭化种子 28 粒，平均每升土中出土炭化种子数量为 1.14 粒。炭化种子包括稻、粟、黍和小麦四种农作物和豆科、唇型科、禾本科、石竹科萹蓄、罂粟科、莎草科等杂草和未知类型。此外，还有残破不能确定种属的种子若干。

四、讨　论

赵家庄遗址是山东东部沿海地区继日照两城镇之后又一处经过系统植物考古研究的龙山文化遗址。浮选结果揭供了该聚落植物大遗存的丰富信息，不仅可以据此讨论聚落生计方式等问题，而且可以结合两城镇等遗址的相关资料探讨沿海地区农业经济结构以及与内陆地区进行对比分析。

（一）聚落生计与农业

由于目前缺乏动物遗存的资料和同位素古人食谱的研究结果，很难全面认识赵家庄聚落的生业经济方式，但植物考古的研究显示，农业可能是生业经济的主要部分，植物性食物中还有一部分采集的野生植物，家畜饲养和捕捞淡水生物可能也是居民食物的部分补充。

首先，居住区土样中，平均每升就有2.7粒炭化植物种子或果实，密度最高的达到每升土中有9.68粒，表明植物遗存的密度比较高，进而说明人类对植物的利用程度比较高。而在所有的炭化植物遗存中，农作物数量占72%，出土概率是88%。

其次，如果赵家庄聚落中那些炭化的可食植物种子或果实代表的确实是人类采集野生植物作为食物的遗留，那这些野生植物遗存所占的微小比例可能表明采集野生植物性食物在居民的植物性食物中占的份额非常小，这可能也是农业发展的一个证明，通过农业获得的植物性食物可能是赵家庄聚落居民食物的重要组成部分，农业在聚落生业经济中占有相当重要的地位。如果我们将赵家庄聚落出土植物遗存情况与大汶口文化、良渚文化、广富林文化聚落植物遗存出土情况进行比较的话，就更能发现农业在赵家庄龙山文化聚落中的重要地位了。在经过系统发掘和植物考古分析的北阡遗址，大汶口文化时期遗存中保留的植物遗存数量非常少，其中的农作物遗存就更少，而野生植物遗存相对较多[36]。良渚文化时期聚落的植物遗存中，野生可食植物遗存的比重也显然大于赵家庄遗址[37]。

第三，赵家庄聚落出土典型的农田杂草的数量相对较少，在只占全部炭化植物遗存8%的杂草中，可能被人类作为食物的蓏蕢和紫苏占51%，典型的农田杂草如禾本科、莎草科、大戟科等不足一半，这可能也表明农业发展达到了比较高的水平，就是农田中的杂草得到了一定程度的清除，或者是庄稼收割和谷物加工过程中对杂草处理的比较干净。

杂草（weed），是指随着人类活动而出现的植物群体，在植物考古研究中，一般将杂草的出现作为人类活动影响该地区植被的一个标志（anthropogenic indicator）。杂草是依附于人类的生产和生活而出现的一类特殊植物，它既不是栽培植物，也不完全属于自然野生植物[38]。因此，考古遗址中出土的杂草种子，不能反映自然植物群落的特点，但却能反映人类活动的特点。其中，有些典型的农田杂草，进入考古遗址的途径最大可能性就是伴随着被收获的农作物一起被带入居住地，这些杂草可以为我们探讨古代农耕活动提供佐证。赵家庄遗址出土的杂草种子可以分为两大类。铁苋菜、刺儿菜[39]是典型的麦田杂草，小鱼仙草、野西瓜苗、禾本科的各类杂草等都等旱田杂草，它们的出现，可以作为聚落周围有旱田的证据，多数都可能是谷物收割过程中被带到聚落内的。

此外，聚落居住区东面比较规整的水田的存在[40]，也是农业发展的证明。

上述分析显示，农业是赵家庄聚落生业经济的重要组成部分。不过，除了农作物以外的豆科植物、野葡萄属和一些杂草型可食植物遗存的发现也表明，居民仍然采集野生植物作为食物的补充，甚至有可能认识到了某些野生植物的药用价值。根据现代植物学研究和民俗调查结果，紫苏、豆茶决明、扁蓄、葡萄属、豆科等，均属于可食植物类型，这些植物的果实、种子或者全株经常是药材或者是动物饲料，他们在聚落中出现，可能主要是人类有意采集的结果，反映当时的经济生活中，采集经济仍然存在。野大豆的茎、叶可作牲畜饲料，种子药用或者榨油用[41]；豆茶决明的叶可以作为茶的代饮品[42]；紫苏全草药用，同时还可以作香料，种子榨油可以食用[43]；小鱼仙草全草药用，有治疗感冒发热等功效[44]。在 H329 中发现了 20 粒炭化的豆茶决明种子，可能说明这是人类有意采摘的结果。

另外，根据与赵家庄相距不远的胶州（原胶县）三里河遗址的动植物遗存情况，我们推测，家畜饲养和狩猎捕捞野生动物获得肉食可能也是赵家庄聚落生业经济的一部分。三里河遗址大汶口文化晚期和龙山文化时期的遗存中不仅出土了炭化粟，而且出土了数量比较多的动物遗骸，包括家猪、狗和野生的鹿类、野猪、海鱼、各类贝壳等，这些发现似乎说明，在三里河聚落，家畜饲养和狩猎、捕捞活动在生业经济中有比较重要地位[45]。当然，并不能因此得出赵家庄聚落也有大量捕捞活动的结论，因为从地理位置上讲，三里河遗址靠近胶州湾，而赵家庄遗址则距离胶州湾比较远。不过，造就赵家庄遗址所在阶地的那条小河（现代的黄水河）可能早于赵家庄聚落就存在了，在赵家庄聚落居民活动的时期这条小河可能也为居民提供了一定的水产资源，只不过是因为发掘或者保存等原因我们没有找到相应的遗存而已。

（二）稻粟混作、多种作物共存的农业生产模式

炭化植物遗存的分析结果显示，赵家庄聚落以稻和粟为主要作物，黍和小麦居于比较次要的地位，聚落农业是一种稻粟混作、多种作物共存的模式。

从统计数据和相关分析看，在农作物中，水稻居于最重要的地位，粟可能位居第二，稻粟混作的农业模式比较明显。

从数量看，水稻425粒，占总数的61%，谷子232粒，占33%，黍子77粒，占11%，小麦10粒，占1%；从出土概率看，谷子的出土概率最高，为70%，水稻居第二位，为61%，黍子的出土概率为36%，小麦出土概率为16%。显然，稻和粟是两种重要的农作物。那么，两者是否具有相同的重要性呢？我们还需要进行具体分析。

根据出土数量和概率来分析农作物的重要性程度，只有在两者都是大粒作物或者小粒作物的前提下才是有效的，而赵家庄的稻是大粒作物，而粟则是小粒作物，所以在估算其重要性的时候我们必须考虑到千粒重的问题。前面的结果已经显示，从千粒重的角度讲，水稻占有绝对的优势。如果我们再考虑到稻和粟这两种谷物在考古遗址中堆积的可能性的差异，就会发现，相对于稻来讲，粟可能更容易或者更高频率地堆积在考古遗址中，这主要是因为粟的粒小，即使与稻同样程度被丢失，但被拣回的可能性要小得多，这可能是导致粟的出土概率高的一个因素。此外，对居住区灰坑等遗迹土样的植硅体分析初步结果显示，几乎所有的土样中都有水稻植硅体，而粟和黍的植硅体则远不如水稻植硅体普遍。根据最新的研究成果，相对于粟和黍的稃壳来讲，水稻壳体的植硅体产量相对较低[46]，就是说，同样数量的壳体植硅体，所代表的稻谷的数量要多于粟和黍的数量。考虑到我们同时统计了稻的壳体和茎叶上的植硅体，这样也就增加了植硅体所代表的稻谷的数量和出土概率，所以，大致可以认为植硅体分析所获得的粟和黍的稃壳植硅体与稻的茎叶和壳体植硅体代表了相等数量的粟、黍和稻。

根据上述分析可以发现，赵家庄聚落农业中，稻是最主要的农作物，粟的重要性位居第二。这种情况在出土炭化种子数量比较多的三个样品中有更清晰的反应。H231⑤共出土炭化种子184粒，其中稻80粒、粟31粒、黍5粒、小麦1粒，还有豆科、野葡萄、蔄蓄等，其中稻最多，占总数的43%，粟占17%，黍占2%，小麦占0.5%，所有农作物合计占62.5%，稻占的百分比多于粟和黍的百分比之和。H231⑥中出土炭化种子104粒，其中稻75粒、粟5粒，还有野大豆、蔄蓄、紫苏、狗尾草、葫芦科、商陆等，农作物稻占绝对多数，达到72%。H332出土炭化种子145粒，其中稻52粒、粟7粒、黍1粒，农作物中也是稻的数量最多。这三个出土炭化植物遗存数量比较多的土样，其堆积型成的原因可能是人类堆放了谷物脱穗或者脱壳加工的副产品，就是谷物脱穗或者脱壳的副产品被作为垃圾堆放在灰坑中后由于某种原因燃烧（或者是这些副产品本来就被作为家庭的燃料，燃烧后的灰烬被堆积到灰坑中）致使植物种子炭化，那么，这三个样品中炭化植物遗存的比例可能比较真实地反映了农作物的构成比例。

以水稻为主、稻粟混作的农业生产模式，不仅存在于赵家庄聚落，在海岱地区南和东南部的其他一些聚落中也有同样的发现。对安徽蒙城尉迟寺和山东日照两城镇两个聚落农作物遗存的分析表明，海岱地区南部新石器时代晚期阶段，稻旱混作可能是农业经济的主要特点，具体表现在农作物种类上就是水稻和谷子占有大致相等的地位[47]。

除了稻和粟这两种最重要的农作物以外，黍和小麦也是赵家庄聚落比较重要的农作物。这种水旱混作、多种农作物共存的农业生产模式，无疑将显著地降低农业的风险，进而导致并促进了社会复杂化。

从统计数据看，不论是出土数量还是出土概率，黍都显著低于粟；不过，黍的千粒重是粟的千粒重的2倍左右，这样看来，在居民的粮食消费中，粟和黍的重要性可能相差无几，基本是接近的。

赵家庄遗址这次浮选到10粒小麦，其中5粒完整，另外5粒稍微残破。此外，还有1粒大麦是带壳（颖片）的，椭圆型，中间最宽，向两端渐尖，扁片状，腰部皱纹明显，大麦腹沟不明显。不论是大麦还是小麦，都是龙山文化时期出现在山东地区新的农作物类型。H339出土炭化小麦AMS测年结果为2500BC～2270BC，属于龙山文化早中期，这说明至迟到龙山文化中期阶段，海岱地区已经比较普遍种植小麦[48]，目前经过系统植物考古研究的两城镇、赵家庄、桐林和教场铺四个遗址，除了桐林以外的三个遗址中都发现了小麦。不过，小麦在炭化植物遗存中的比例都很低，两城镇遗址122份土样中浮选到4000余粒炭化植物种子，其中有2粒属于龙山文化晚期的小麦[49]，茌平教场铺遗址也发现了炭化小麦[50]但具体情况尚不清楚。

赵家庄遗址出土10粒小麦和1粒大麦，似乎说明麦类作物在聚落农业中的地位高于两城镇聚落，虽然我们意识到作如此推测需要考虑到目前两城镇和赵家庄遗址都没有进行全面揭露的局限性，但如果同样用千粒重的观点来看赵家庄遗址小麦与黍的重要性，就会发现，事实上两者的差距没有单纯从数量和出土概率方面分析的那样大。实验表明，小麦的千粒重是19克，黍的千粒重是5克，这样看来，赵家庄遗址出土的黍和小麦的出土概率比较接近，从数量看，仍然是小麦少于黍。

如果我们从全国考古遗址小麦遗存的出土情况看，海岱地区龙山文化聚落中出现小麦，可能与当时的大背景有关。检索已经公开发表的考古遗址中小麦遗存资料，我们发现，在龙山时代，似乎小麦突然在中国黄河流域大范围出现[51]，这种情况启发我们考虑中国北方地区比较大范围种植小麦的历史和环境背景问题，因为全球范围内的气候干冷事件就发生在龙山时代，可能小麦大规模地向中国北方地区传播，正是在这样的背景下发生的。可能冷干气候首先影响了西亚地区的小麦农人，他们为了寻找更丰富的土地资源而向东迁徙，这是小麦东传到中国的根本原因。

综合上面的分析，我们认为，赵家庄聚落农业中，稻是最主要的农作物，其次是粟、黍和小麦，其中小麦的地位可能偏低，这可能与小麦引进到山东地区时间短、还没有被居民普遍接受有关系。但是，不论如何，赵家庄聚落这种以稻为主、水旱混作、多种农作物并存的农业生产模式，不仅表明聚落农业发展水平的提高，更重要的是农业的发展及其低风险特点，为社会进步特别是社会复杂化的发展提供了基本的食物保障。

（三）聚落农业与环境

赵家庄聚落以稻为主、水旱混作农业生产模式的形成，是聚落周围地貌环境和龙山时代黄淮海地区气候共同作用的结果。

水旱混作的农业格局，与赵家庄遗址所在的地貌部位有密切关系。赵家庄遗址位于黄水河东岸阶地上，居住区靠近东边的低山丘陵区，而水田则靠近古河道。从聚落周围地貌分析，河流阶地上有条件种植水稻，周围的低山丘陵区，则适合种植粟、黍、大麦等典型的旱地作物，对水的需求介于水稻和粟等旱地作物之间的小麦，可能种植在低山丘陵和河流阶地之间的地带。

现代赵家庄遗址周围地区已经基本没有水稻种植，但在遗址西南方向的诸城以及更南的临沂各县的某些乡镇，还有小面积的旱稻种植，这种情况可能说明，现代气候条件下，赵家庄遗址及周围地区不种植水稻，可能主要是水源不充分。由于赵家庄聚落水田的确认[52]，我们可以推测赵家庄聚落龙山文化时期的稻主要是水稻，至少是有一部分水稻，那这就可能说明，龙山文化时期，赵家庄遗址及周围地区，降水比现代要多，至少能够满足水稻种植的需要。同属于海岱地区的两城镇[53]、丹土[54]、桐林[55]和教场铺[56]等遗址中都出土了稻遗存，而这些遗址周围目前都不再种植水稻，这种情况可能也表明，龙山文化时期，整个海岱地区的气候比现在湿润，降水量高于现代。来自考古遗址的一些其他植物遗存也表明，当时黄河中游和黄淮之间的降水量明显的高于现代。日照两城镇[57]、诸城薛家庄[58]和河南登封王城岗[59]遗址中不仅都发现了水稻遗存，而且都发现了炭化刚竹遗存，现代气候状况下，刚竹的自然生长地带是江淮之间。我们推测，龙山文化时期，海岱地区乃至黄河中游的登封一带，气候与现代的江淮之间相似。

附记：赵家庄遗址的浮选工作是由发掘主持人燕生东筹划组织的，参加土样采集工作的有燕生东和兰玉富等，野外土样浮选工作由燕生东和兰玉富指导民工完成，实验室小水桶浮选由王春燕完成，炭化种子和果实的鉴定工作是由中国科学院植物研究所刘长江高级工程师指导、王春燕完成的，鉴定结果的统计、整理和制图由王春燕和靳桂云完成。植物遗存照片由刘长江和王春燕拍摄。

鉴定和分析工作还得到了中国社会科学院考古研究所赵志军研究员的指导和帮助，在此表示真诚的感谢！

注　释

[1]　苏秉琦：《中国文明起源新探》，三联书店，1999 年。

[2]　赵志军：《植物考古学的学科定位与研究内容》，《考古》2001 年第 7 期。

[3]　严文明：《东亚文明的黎明——中国文明起源的探索》，《农业发生与文明起源》，科学出版社，2000 年。

[4]　高广仁、邵望平：《中华文明发祥地之一——海岱历史文化区》，《史前研究》1984 年第 1 期。

[5]　杨建华：《两河流域的史前时代》，吉林大学出版社，1993 年。

[6]　赵志军：《海岱地区南部新石器时代晚期的稻旱混作农业经济》，《东方考古》第 3 集，科学出版社，2006 年。

[7]　靳桂云、栾丰实：《海岱地区龙山时代稻作农业研究的进展与问题》，《农业考古》2006 年第 1 期。

[8]　山东省地方史志编纂委员会：《山东省志·自然地理志》，山东人民出版社，1996 年。

[9]　山东省地方史志编纂委员会：《山东省志·气象志》，山东人民出版社，1994 年。

[10]　周光裕：《山东植被分类及分区》，《山东大学学报》1963 年第 1 期。

[11]　该地区全新世时期最早的人类活动大约始于大汶口文化晚期（5000 cal. yr BP），中国社会科学院考古研究所：《胶县三里河》，文物出版社，1988 年。

[12]　王仁卿、周光裕：《山东植被》，山东科学技术出版社，2000 年。

[13]　燕生东、兰玉富：《山东胶州赵家庄先秦聚落考古获重要收获》，《中国文物报》2006 年 4 月 28 日。

[14]　靳桂云、燕生东、宇田津彻朗、王春燕、兰玉富、佟佩华：《胶州赵家庄遗址水田的植硅体证据》，《科学通报》2007 年第 52 卷第 18 期。

[15]　栾丰实：《海岱龙山文化的分期和类型》，《海岱地区考古研究》，山东大学出版社，1997 年。

[16]　刘长江、靳桂云、孔昭宸：《植物考古——种子果实研究》，科学出版社，2008 年。

[17]　发掘过程中，对这部分遗迹是否属于水田，还不能确定，所以，当时没有采集浮选土样。

[18]　实验表明，小水桶浮选法和水波浮选仪浮选法对植物遗存的密度和种属数量都不存在显著影响，高玉：《炭化植物遗存提取与数据分析方法浅析——以八里岗遗址浮选结果为例》，北京大学考古文博学院学士学位论文，2009 年。

[19]　刘长江、靳桂云、孔昭宸：《植物考古——种子果实研究》，科学出版社，2008 年。

[20]　赵志军：《植物考古学及其新进展》，《考古》2005 年第 7 期。

[21]　孔昭宸、刘长江、何德亮：《山东滕州市庄里西遗址植物遗存及其在环境考古学上的意义》，《考古》，1999 年第 7 期。

［22］ 凯利·克劳福德、赵志军、栾丰实、于海广、方辉、蔡凤书、文德安、李旻娥、加里·费曼、琳达·尼古拉斯：《山东日照市两城镇遗址龙山文化植物遗存的初步分析》，《考古》2004 年第 9 期。

［23］ 宋吉香：《山东桐林遗址出土植物遗存分析》，中国社会科学院研究生院硕士学位论文，2007 年 5 月。

［24］ 赵志军：《浮选结果与分析》，《登封王城岗考古发现与研究（2002～2005）》，大象出版社，2007 年。

［25］ Dorian Q Fuller（傅稻镰），《颍河中上游谷地植物考古调查的初步报告》，《登封王城岗考古发现与研究（2002～2005）》（下）附录四，大象出版社，2007 年。

［26］ a. Garrard A. 2000. Charting the emergence of cereal and pulse domestication in South-West A-sia, *Environmental Archaeology*, 4：67～86.

　　b. Zohary D. and Hopf M. 2000. *Domestication of plants in the Old World*. 3rd edn. Oxford：Ox-ford University Press.

　　c. Hillman G. C., Hedges R., Moore A. M. T., Colledge S., Pettitt P. 2001. New evidence of Late Glacial cereal cultivation at Abu Hureyra on the Euphrates. *The Holocene*, 11：383～393.

　　d. Tanno K-I., Willcox G. 2006. How fast was wild wheat domesticated? Science, 311：1886.

　　e. Weiss E. andKislev M. E. 2006. Autonomous cultivation before domestication. *Science*, 312：1608～1610.

［27］ VanZeist W. and Bottema S. 1971. Plant husbandry at Neolithic Nea Nikomedeia, Greece. *Acta Botanica Neerlandica*, 20：524～538.

［28］ Fuller Q. D. and Harvey E. 2006. The archaeobotany of Indian pulses：identification, processing and evidence for cultivation. *Environmental Archaeology*, 11：257.

［29］ Fuller Q. D. 2007. Contrasting patterns in crop domestication and domestication rates：recentar-chaeobotanical insights from the old world. *Annals of Botany*, 100（5）：903～924.

［30］ 赵志军：《两城镇与教场铺龙山时代农业生产特点的对比分析》，《东方考古》第 1 集，科学出版社，2004 年。

［31］ 靳桂云：《山东稻遗存考古的新成果》，《东方考古》第 5 集，科学出版社，2008 年。

［32］ 董玉琛、郑殿升：《中国小麦遗传资源》，中国农业出版社，2000 年。

［33］ a. 凯利·克劳福德、赵志军、栾丰实、于海广、方辉、蔡凤书、文德安、李旻娥、加里·费曼、琳达·尼古拉斯：《山东日照市两城镇遗址龙山文化植物遗存的初步分析》，《考古》2004 年第 9 期。

　　b. 赵志军：《两城镇与教场铺龙山时代农业生产特点的对比分析》，《东方考古》第 1 集，科学出版社，2004 年。

［34］ Reimer PJ, MGL Baillie, E Bard et al., 2004, Radiocarbon calibration from 0～26 cal kyr BP-Intcal04 terrestrial radiocarbon age calibration, 0～26 cal kyr BP, Radiocarbon 46：1029～1058.

［35］ Christopher Bronk Ramsey 2005, www. rlaha. ox. ac. uk/orau/oxcal. html

［36］ 赵敏：《北阡遗址炭化植物遗存研究》，山东大学历史文化学院硕士学位论文，2009 年。

［37］ 靳桂云、赵敏、王传明：《植物大遗存与史前农业研究》，《植物考古——种子果实研究》，科学出版社，2008 年。

［38］ 强盛主编：《杂草学》，中国农业出版社，2001 年。

［39］ 马奇祥、赵永谦：《农田杂草识别与防除原色图谱》，金盾出版社，2005 年。

［40］ 靳桂云、燕生东、宇田津彻朗、王春燕、兰玉富、佟佩华：《胶州赵家庄遗址水田的植硅体证据》，《科学通报》2007 年第 52 卷第 18 期。

［41］ 陈汉斌、郑亦津、李法曾：《山东植物志》（下），青岛出版社，1997 年。

［42］ 陈汉斌、郑亦津、李法曾：《山东植物志》（下），青岛出版社，1997 年。

［43］ 陈汉斌、郑亦津、李法曾：《山东植物志》（下），青岛出版社，1997 年。

［44］ 陈汉斌、郑亦津、李法曾：《山东植物志》（下），青岛出版社，1997 年。

［45］ 中国社会科学院考古研究所：《胶县三里河》，文物出版社，1988 年。

［46］ 张健平、吕厚远、吴乃琴、李丰江、杨晓燕、王炜林、马明志，张小虎：《关中盆地6，000～2，100 cal yr BP. 期间黍、粟农业的植硅体证据》，《第四纪研究》第 30 卷第 2 期。

［47］ 赵志军：《海岱地区南部新石器时代晚期的稻旱混作农业经济》，《东方考古》第 3 集，科学出版社，2006 年。

［48］ 靳桂云、燕生东：《山东胶州赵家庄遗址发现龙山文化小麦遗存》，《中国文物报》2008 年 2 月 22 日。

［49］ 凯利·克劳福德、赵志军、栾丰实、于海广、方辉、蔡凤书、文德安、李炅娥、加里·费曼、琳达·尼古拉斯：《山东日照市两城镇遗址龙山文化植物遗存的初步分析》，《考古》2004 年第 9 期。

［50］ 赵志军：《两城镇与教场铺龙山时代农业生产特点的对比分析》，《东方考古》第 1 集，科学出版社，2004 年。

［51］ 靳桂云：《中国早期小麦的考古发现与研究》，《农业考古》2007 年第 4 期。

［52］ 靳桂云、燕生东、宇田津彻朗、王春燕、兰玉富、佟佩华：《胶州赵家庄遗址水田的植硅体证据》，《科学通报》2007 年第 52 卷第 18 期。

［53］ 凯利·克劳福德、赵志军、栾丰实、于海广、方辉、蔡凤书、文德安、李炅娥、加里·费曼、琳达·尼古拉斯：《山东日照市两城镇遗址龙山文化植物遗存的初步分析》，《考古》2004 年第 9 期。

［54］ 靳桂云、刘延常、栾丰实、宇田津彻朗、王春燕：《山东丹土和两城镇龙山文化遗址水稻植硅体定量研究》，《东方考古》第 2 集，科学出版社，2005 年。

［55］ 宋吉香：《山东桐林遗址出土植物遗存分析》，中国社会科学院研究生院硕士学位论文，2007 年 5 月。

［56］ 赵志军：《两城镇与教场铺龙山时代农业生产特点的对比分析》，《东方考古》第 1 集，科学出版社，2004 年。

［57］ 凯利·克劳福德、赵志军、栾丰实、于海广、方辉、蔡凤书、文德安、李炅娥、加里·

费曼、琳达·尼古拉斯：《山东日照市两城镇遗址龙山文化植物遗存的初步分析》，《考古》2004 年第 9 期。

[58] 靳桂云、王传明、赵敏、方辉：《山东地区考古遗址出土木炭种属研究》，《东方考古》第 6 集，科学出版社，2009 年。

[59] 王树芝：《木炭碎块的研究》，《登封王城岗考古发现与研究 2002~2005》，大象出版社，2007 年。

（原载于《科技考古》第三辑，科学出版社，2011 年）

山东胶州赵家庄遗址居住区土样
植硅体分析与研究*

靳桂云　吴文婉　燕生东　兰玉富　佟佩华

赵家庄遗址发掘伊始，就设计了系统的植物考古研究方案，其中的微体植物遗存研究以植硅体研究为主，其中包括对可能的水田土样的植硅体分析[1]、对可能为谷物收割工具双孔石刀表面的植硅体分析和对居住区地层和遗迹土样的植硅体分析。本文将报告居住区土样的植硅体分析结果。

关于海岱地区龙山文化遗址居住区土样的植硅体研究，目前只有两城镇有系统的结果[2]。我们对龙山文化遗址中植硅体的沉积和保存状况，信息有限，需要积累更多的资料。赵家庄遗址是胶州湾地区第一个进行系统植物考古研究的龙山文化遗址，该遗址居住区的植硅体分析结果，将有助于我们获得关于山东地区龙山文化遗址植硅体沉积、保存、型态组合方面的综合信息，将为开展该地区更多考古遗址植物考古研究提供十分重要的参考资料。

赵家庄遗址炭化植物遗存显示，农业是主要生计活动，水稻和粟是主要的粮食作物，粟、黍和小麦是典型的旱地作物，虽然我们还不能确定这里的水稻是否旱地种植，但植硅体研究已经揭示这里有水田稻作农业。距离赵家庄不远的三里河遗址中也出土了粟的遗存。这说明，在这个区域内，农业耕作比较普遍，而伴随着农业的耕作、作物收割、粮食作物的脱穗脱粒加工等活动，人类不仅会将遗址周围的粮食作物以外的植物带进聚落内，而且各种农作物也会以多种方式保存在聚落中。我们对两城镇和丹土等龙山文化遗址的植硅体分析已经表明，植硅体分析可以为认识人类的上述活动提供重要信息[3]。

---

* 国家自然科学基金面上项目（41072135）资助
　作者：靳桂云、吴文婉，山东大学东方考古研究中心，济南，250100；燕生东，山东师范大学齐鲁文化研究中心，济南，250014；兰玉富、佟佩华，山东省文物考古研究所，济南，250012。

一、材料与方法

（一）分析材料

在赵家庄遗址发掘过程中，从居住区采集了66个植硅体分析土样。其中2个土样属于大汶口文化时期（H238和H238-1），2个土样属于周代（H501、H502），其余为龙山时期。62个龙山文化时期的土样，3个属于J103（井），2个属于HG201（灰沟），6个属于H102，2个属于H103，2个属于H209，2个属于H214，4个属于H231，3个属于H282，2个属于H284，3个属于H285，2个属于H311，2个属于H326，2个属于H335，2个属于H379，其余属于H271、H273、H275、H280、H289、H298、H315、H316、H321、H323、H329、H332、H333、H339、H347、H357、H360、3H68、H371、H373、H375、H376、389、393、395、397，每个遗迹单位如果包括2个或2个以上土样，就是每个土样在遗迹中深度不同，这样采样的目的是为了通过植硅体分析了解灰坑填土堆积情况。这次分析的龙山文化土样属于1个井、1个灰沟、38个灰坑（表一）。

表一　植硅体土样登记表

序号	野外编号	序号	野外编号	序号	野外编号
1	H238-1	16	H209	31	H284-1
2	H238	17	H209-44	32	H284-2
3	J103（中部）	18	H214	33	H285
4	J103（中部）	19	H214（18号）	34	H285-4
5	J103（底部）	20	H231	35	H285-5
6	HG201 底部	21	H231-45	36	H289
7	HG201 上部	22	H231-46	37	H298
8	H102（顶部）	23	H231-8	38	H311-41
9	H102（20 厘米深）	24	H271	39	H311-42
10	H102（40 厘米深）	25	H273	40	H315
11	H102（60 厘米深）	26	H275-1	41	H316
12	H102（138 厘米深）	27	H280	42	H321
13	H102（180 厘米深）	28	H282-2	43	H323
14	H103-41	29	H282K2	44	H326-41
15	H103-44	30	H282K3	45	H362-2

续表

序号	野外编号	序号	野外编号	序号	野外编号
46	H329	53	H360	60	H379-44
47	H332	54	H368-2	61	H389
48	H333-2	55	H371	62	H393
49	H335-3	56	H373	63	H395
50	H339-3	57	H375-5	64	H397
51	H347K1	58	H376	65	H501
52	H357	59	H379-43	66	H502

（二）实验室分析方法

实验室分析方法如下[4]：

1. 把样品充分搅拌均匀后风干，再将风干样品5克~10克放入50毫升烧杯中。

2. 把烧杯放入烘箱，加温到50℃~70℃，取出放入通风柜，加入10毫升~20毫升浓30% H_2O_2（过氧化氢，俗称双氧水），分散黏土颗粒、氧化有机质。

3. 加入30稀盐酸，加热（0.5小时~1小时）。

4. 用蒸馏水清洗，静置（4小时），反复2次~3次。离心去水。

5. 用比重2.4的重液（HI+KI+Zn）浮选。

6. 用中性树胶制片，在显微镜下观察、统计。

（三）鉴定方法

植硅体鉴定是用NIKON E800显微镜放大400倍完成。根据常规方法[5]，每个样品统计大约200个植硅体。

植硅体型态鉴定，主要是采用与公开发表的文献进行对比的方法，因为目前还没有建立该地区现代植物的植硅体对比标准，无法将考古遗址中发现的植硅体类型与该地区现代植物标本进行对比。在对现代植物植硅体的研究中，目前对单子叶类植物，特别是其中的禾本科植物和莎草科植物的植硅体类型积累的资料比较多，除了已经确认的栽培作物如玉米、水稻、大麦和小麦、谷子和黍子等的植硅体类型外，对禾本科植物中常见的扇型、哑铃型、方型、长方型、尖型、棒型等植硅体类型及其组合的环境意义也有比较深入的研究，这些研究成果不仅成为古代农业研究、第四纪环境研究中的重要参考，也是研究全新世时期人类与环境关系的重要基础。由于目前对可鉴定植物植硅体类型的植物种属鉴别能力各不相同，有些可以比较准地鉴定到科、属甚至种，但有些只能鉴定到目或纲[6]，所以，对于考古遗址土壤中植硅体的类型，在鉴定和统计过程中，将其分为三类比较合理[7]：不具备植物种属鉴定意义的植硅体类型、未知的植硅体类型和可鉴定的植硅体类型。

不具备植物种属鉴定意义的植硅体类型，主要有方型、长方型、尖型、棒型、部分扇型和哑铃型等，这些植硅体类型或者由于型态简单、缺乏表面特征（方型、长方型、尖型、棒型属于此类），或者是由于目前的研究还不够细致（部分扇型和哑铃型等属于此类），因此不具备植物种属的鉴别意义。但是，这些植硅体类型特别是其组合，有重要的古环境意义[8]，同时，它们在考古遗址的土壤中经常大量出现，所以，如果能够对不同区域的考古遗址中出土这类植硅体组合进行对比分析，或可能得到一些区域环境方面的信息。例如，我们在王城岗遗址中发现的棒型中，以平滑棒型为主，而在山东日照两城镇和淄博桐林遗址中却以刺状棒型为主，上述遗址中出土的农作物的种类基本一致，这种不具备种属鉴定意义的棒型植硅体类型的差别，到底反映的是什么问题，我们需要在今后的工作中继续积累资料和加深认识，但毫无疑问，这种现象是我们必须加以注意的。据此，我们在统计时，将其作为一个类别，但不参与对可鉴定植硅体类型含量的计算。

本文中的未知植硅体类型，指的是那些无法在现有文献中找到的植硅体类型。由于没有可供参考的文献，所以，对其无法命名，但报告中给出它们的照片，以便今后研究中参考，或者其他学者可能也见到过这种类型。

可鉴定的植硅体类型，就是指那些可以鉴定到科、属，甚至种一级的植硅体类型，也包括只鉴定到纲或目的植硅体类型。如前所述，目前对禾本科植物植硅体类型的研究比较深入，所以，在可鉴定的植硅体类型中，以禾本科植物的植硅体类型比较多。由于禾本科植物分布范围广泛，并经常被人类利用，再加上该科植物植硅体产量高，这就决定了在考古遗址的土壤中多数都以禾本科植物的植硅体类型为主，在以前分析过的山东日照两城镇、河南登封王城岗等龙山时代考古遗址中都有这种情况。这次在赵家庄遗址植硅体分析中也发现了以禾本科植物植硅体为主的情况。

禾本科植硅体类型中，可鉴定的类型有三大类：第一类是起源于植物叶片的机动细胞扇型，其中，水稻、芦苇、竹子都有特定的扇型植硅体类型，除此以外的扇型还有很多种类，目前其与植物之间的关系还不十分清楚；第二类是表皮短细胞，包括哑铃型（包括十字型和多铃型等，其中水稻具有典型的横排哑铃型植硅体）、竹节型（长鞍型）、鞍型（包括长鞍型和短鞍型）。第三类是植物颖果外稃上的植硅体，目前已经知道水稻、大麦和小麦、谷子和黍子外稃上的植硅体具有属甚至种一级的鉴定特征。

目前，学术界关于如何确定考古遗址中的驯化稻植硅体，已经有了比较成熟的标准。首先，由于稻属植物发育了区别于禾本科其他植物的特征扇型植硅体，所以，在没有野生稻生长的地区，只要在考古遗址中发现了属于稻属植物的扇型植硅体，就可以确认其为栽培稻植硅体[9]。中国的黄河流域不仅现代没有野生稻生长，可能在全新世温暖期之后的龙山时代也没有野生稻生长，所以，在黄河流域龙山时代及以后的考古遗址中，只要发现有稻属植物的植硅体，我们就可以认为这是驯化稻的遗存[10]。其次，在确认有稻属植物扇型植硅体的基础上，还可以根据这种扇型植硅体扇缘的纹饰区分驯化稻和野生稻[11]，所以，即使分析南方地区史前时代考古遗址的植硅体，也可以根据扇型植硅体的型态来区分野生稻和驯化稻。虽然根据扇型植硅体已经能够判断考古遗址中是否有驯化稻，但确定考古遗址中是否有驯化稻遗存，一般情况下需要稻属扇型、横排哑铃型和稻壳的双峰乳突型植硅体在同一个考古遗址的相同或者不同遗迹中出现，这样的判断才是最科学可靠的。稻亚科的哑铃型植硅体在植物中的分布上有自己的特点，就是成排沿着与叶脉平行的方向排列，而其他亚科的哑铃型排列都是头尾相连成排分布的[12]，植硅体本身的特点则是个体小，两端外缘不封闭、有裂隙，柄较短[13]，有一种两端开裂、四角分开的哑铃型，也是稻亚科所特有的[14]。来自稻壳的乳突型植硅体，型态特征也是稻亚科特有的，如果采用测量型态参数的方法，可以区分驯化稻和野生稻的植硅体[15]。

关于粟和黍的植硅体鉴定，包括稃壳和叶子植硅体两类鉴定标准。关于现代粟和黍稃壳植硅体的研究，为我们鉴定考古遗址中同类作物的稃壳植硅体提供了科学的依据[16]。另有一篇文献涉及到谷子茎叶植硅体型态研究[17]。本文就是根据上述文献中建立的对谷子和黍子等作物的判别标准，对赵家庄遗址土壤样品中的植物遗存进行分析。

对于麦类作物植硅体的分析，已经发现，大麦和小麦的植硅体型态有比较明显的区别，主要表现在表皮细胞上的纹理结构不同[18]。在鉴定赵家庄遗址的土壤样品时，我们也采用了这个标准。

除了谷物类植硅体的植硅体外，我国常见的竹子、芦苇等植物的植硅体型态也具备了参考标准[19]。

二、分析结果

（一）植硅体保存状况和基本组合

在所有的样品中都发现了植硅体，但是，不同时期和同时期的不同遗迹之间，植硅体含量、保存状况、组合存在明显差异（表二）。

表二　赵家庄遗址居住区土壤样品植硅体分析结果一览表

序号	野外编号	时代	结果	组合特点及推测
1	H238-1	大汶口	炭屑为主；植硅体极少，有扇型、棒型、方型和尖型	
2	H238	大汶口	炭屑多，植硅体极少；芦苇扇型	
3	J103（中部）	龙山	炭屑很多，占视域的80%；植硅体含量低，其中部分破碎或者有吸附碳，少量植硅体风化；有水稻扇型（含量低，占植硅体的5%）、芦苇扇型、刺棒型、平滑棒型、方型、长方型、各类扇型、尖型、哑铃型等	
4	J103（中部）	龙山	炭屑很多，占视域的80%；植硅体含量低，其中部分破碎或者有吸附碳，少量植硅体风化；有水稻扇型（含量低，占植硅体的5%）、芦苇扇型、刺棒型、平滑棒型、方型、长方型、各类扇型、导管型、尖型、哑铃型等	
5	J103（底部）	龙山	少量炭屑；植硅体破碎，芦苇扇型多风化严重；棒型、方型、长方型、刺棒型、各类扇型、尖型为基本组合	
6	HG201 底部	龙山	炭屑极少，占视域的1%左右；植硅体含量大、种类丰富，以谷物植硅体为主，破碎的谷子或者黍子颖壳植硅体30%、水稻扇型植硅体20%、水稻哑铃型5%、水稻双峰型20%，其余为棒型、各类扇型、哑铃型、方型、长方型、尖型	土壤中含丰富的谷物植硅体，比较纯净
7	HG201 上部	龙山	炭屑较多，占视域的10%；植硅体含量比较低且部分破碎；水稻扇型植硅体比较多，少量方型、长方型和平滑棒型	有一定数量的水稻植硅体
8	H102（顶部）	龙山	炭屑为主，植硅体极少；未见谷物植硅体，少量扇型、方型和长方型	
9	H102（20厘米深）	龙山	植硅体极少；有扇型、尖型和方型	
10	H102（40厘米深）	龙山	植硅体极少；有扇型、尖型和方型	
11	H102（60厘米深）	龙山	炭屑极少；植硅体含量高、少量破碎或风化；黍亚科叶片长方型比较多，占10%，芦苇扇型、其他各类扇型、哑铃型、各类棒型、方型、长方型、多铃型	谷物植硅体含量一般
12	H102（138厘米深）	龙山	炭屑60%，多数植硅体有吸附碳；多种禾本科植物的植硅体，其中水稻扇型和黍亚科发育哑铃型比较多，其他哑铃型、芦苇扇型、其他扇型、刺棒型、平滑棒型、方型、长方型、三铃型、短鞍型、中鞍型	有可能是利用各种禾本科植物活动的遗留；堆积物质地和颜色比较一致

续表

序号	野外编号	时代	结果	组合特点及推测
13	H102（180 厘米深）		炭屑30%，少数植硅体有吸附碳；植硅体含量丰富且多数保存完整；谷物植硅体含量低，有水稻扇型、双峰型和哑铃型，谷子或黍子颖壳植硅体，各类扇型、长方型、方型、黍亚科长方型、各类哑铃型、板状棒型、刺棒型较多，其余还有尖型、属于竹子的突起扇型、中鞍型、芦苇扇型、阔叶树类型	禾本科植物种类多，除了少量的水稻、谷子和黍子等农作物植硅体外，还有可以确认的芦苇、竹子等。有可能是利用各种禾本科植物活动的遗留；堆积物质地和颜色比较一致
14	H103-1	龙山	土壤中有机质含量低，植硅体极少；水稻扇型、芦苇扇型、其他扇型、尖型和棒型等	
15	H103-4		土壤中有机质含量低，植硅体极少；水稻扇型、芦苇扇型、其他扇型、尖型和棒型等	
16	H209		炭屑含量高；植硅体含量低，多破碎；有扇型、棒型、尖型、方型、哑铃型	土壤中的植硅体可能是再次堆积到这里的
17	H209-4		植硅体极少，有水稻扇型	
18	H214		炭屑为主，植硅体极少；棒型、方型和扇型	
19	H214（18号）		无炭屑；植硅体极少且多破碎；扇型、棒型为主，芦苇扇型常见，其他扇型少	
20	H231		无炭屑；植硅体丰富，少量破碎，多数保存完整；以哑铃型、波浪型（照片中第1号）和黍亚科长方型为主，有各类扇型（其中有的类似野生稻扇型）、芦苇扇型、谷子或黍子颖壳植硅体，水稻扇型很少	土壤中曾经集中有黍亚科植物的叶子
21	H231-5		炭屑为主，植硅体极少；有扇型、棒型、方型和尖型	
22	H231-6		炭屑为主，大约占视域的70%；少量植硅体上有吸附碳；植硅体类型丰富，部分破碎；大哑铃型、芦苇扇型、平滑棒型、各类哑铃型为主，短鞍型、方型、长方型、黍亚科长方型、尖型等	土壤中有较多黍亚科植物叶秆

续表

序号	野外编号	时代	结果	组合特点及推测
23	H231-8		炭屑大约有10%；多数植硅体上有吸附碳；植硅体含量丰富且型态多样，水稻扇型为主，占70%，部分水稻哑铃型；谷子和黍子颖壳植硅体数量比较少；芦苇扇型、长方型、方型、平滑棒型、黍亚科发育哑铃型、成组方型、成组长方型、尖型、各类扇型；粳稻扇型占水稻扇型的80%以上	堆放灰烬的垃圾坑；燃料以稻的秆叶为主，其中还有芦苇、谷壳及其他
24	H271		植硅体丰富而且保存完整；各类扇型最多，其次为棒型和尖型；极少水稻扇型和双峰型	
25	H273		炭屑为主，占90%，多数植硅体都有吸附碳切破碎；少量水稻扇型、哑铃型、双峰型和谷子或者黍子颖壳植硅体，黍亚科发育哑铃型和其他哑铃型、中鞍型、多铃型、各类扇型、芦苇扇型、尖型、平滑棒型、刺状棒型。农作物植硅体少，非作物植硅体较多	破碎植硅体表明为再次堆积；吸附碳多可能表明是作为燃料
26	H275-1		炭屑20%，少数植硅体有吸附碳；植硅体含量高且多保存完整；水稻扇型较多，长方型、方型、平滑棒型、刺状棒型、各类扇型、芒属扇型、雀麦扇型、尖型、芦苇扇型、中鞍行、黍亚科长方型、三铃型	
27	H280		炭屑多，植硅体相对较少而且多破碎；谷子和黍子颖壳植硅体较多，水稻双峰型相对少，水稻扇型更少，各类扇型、长方型、尖型和各类棒型	
28	H282-2		炭屑多；有少量水稻扇型和双峰型，各类扇型、长方型、尖型和各类棒型	
29	H282K2		炭屑少；植硅体丰富；水稻扇型比较多，还有水稻双峰型，谷子和黍子颖壳植硅体较少，各类扇型、平滑棒型、刺状棒型、板状棒型、方型、长方型、芦苇扇型；松属花粉	燃料中多为稻叶
30	H282K3		炭屑为主，占80%；部分植硅体有吸附碳；有少量水稻扇型、方型、尖型、长方型、成组方型、成组长方型、刺状棒型、平滑棒型、哑铃型、中鞍型、芦苇扇型	
31	H284-1		炭屑60%，植硅体密度比较低；有水稻扇型、方型、长方型、尖型、其他扇型、三羊草扇型、平滑棒型、刺状棒型、板状棒型	

续表

序号	野外编号	时代	结果	组合特点及推测
32	H284-2		炭屑极少，植硅体含量丰富，保存完整，很少有吸附碳；水稻扇型40%，各类扇型、芦苇扇型、方型、长方型和尖型等	水稻比较多
33	H285		炭屑多，植硅体保存一般，部分植硅体有吸附碳；棒型多，还有水稻扇型、谷子或者黍子颖壳型、方型、长方型	
34	H285-4		炭屑多，植硅体保存一般，部分植硅体有吸附碳；棒型多，还有水稻扇型、谷子或者黍子颖壳型、方型、长方型	
35	H285-5		炭屑极少；植硅体含量高、少量破碎或风化、很少有吸附碳；水稻扇型15%，黍亚科叶片长方型比较多，占10%、芦苇扇型、其他各类扇型、哑铃型、各类棒型、方型、长方型、多铃型	
36	H289		炭屑60%，植硅体保存完整；水稻扇型和双峰型占10%，芦苇扇型、哑铃型、棒型、其他扇型、芒属扇型	
37	H298		以炭屑为主，占98%；极少植硅体，芦苇扇型	
38	H311-1		极少炭屑；植硅体含量高，水稻扇型5%，还有横排哑铃型、双峰型，竹子突起扇型，谷子或者黍子颖壳植硅体极少，还有一种大叶子上的植硅体，与滕州孟庄春秋灰坑中所见者相同	
39	H311-2		极少炭屑，植硅体含量高且保存完整；各类扇型最多，其次为棒型和长方型，水稻扇型和双峰型少	
40	H315		炭屑极少；破碎谷子（确定）颖壳植硅体30%，水稻扇型植硅体20%，水稻哑铃型3%，水稻双峰型20%，各类扇型、棒型、哑铃型、多铃型、方型、长方型、尖型	堆积性质接近丹土G
41	H316		炭屑为主，植硅体极少，扇型、方型和长方型	
42	H321		炭屑较多，70%左右，植硅体含量相对低且多有吸附碳；水稻扇型2%，芦苇扇型较少，发育哑铃型较多，少量扇型似野生稻，其他扇型、棒型	
43	H323		炭屑较多，70%左右，植硅体较多；水稻扇型20%，芦苇扇型、其他扇型、棒型、方型、长方型、尖型	

序号	野外编号	时代	结果	组合特点及推测
44	H326-1		炭屑较多，60%左右，植硅体多有吸附碳；水稻扇型多于双峰型，合计大约为30%，芒属扇型、平滑棒型、方型、长方型	燃料燃烧后的垃圾，燃料中有较多的稻叶和壳
45	H326-2		炭屑较多，80%左右，芦苇扇型上则多吸附碳，芦苇扇型多，大约10%，大的方型、长方型、板状棒型，其他扇型，极少水稻扇型	
46	H329		炭屑较多，98%左右，极少植硅体；芦苇扇型	
47	H332		无炭屑，植硅体丰富且保存好，较多成组的植硅体；水稻双峰型较多，70%，水稻扇型和哑铃型各占3%，谷子或黍子颖壳植硅体极少，芦苇扇型、竹子扇型、其他扇型、方型、棒型、尖型	加工场所或副产品堆放地
48	H333-2		炭屑较多，80%左右，多数植硅体有吸附碳；水稻扇型5%，以粳型为主，棒型较多，一侧带锯齿的板状棒型较多，吕厚远鉴定为雀麦型	堆放灰烬的垃圾堆，燃料中水稻少，可能为雀麦的较多，最多的可能是阔叶树类
49	H335-3		炭屑较多，70%左右，植硅体比较多；水稻扇型比较少，其他各类扇型比较多，其中有竹子扇型，还有棒型、方型和长方型	
50	H339-3		炭屑较多，80%左右，极少水稻扇型和哑铃型，平滑棒型10%左右，刺状棒型较少，其他扇型、方型、长方型、中鞍型、哑铃型	似乎棒型多的样品都是炭屑多
51	H347K1		以炭屑为主，植硅体极少	
52	H357		炭屑50%，植硅体保存好；水稻扇型20%，以粳型稻为主，雀麦扇型型少于水稻扇型，棒型较多，其他扇型、哑铃型等	堆放灰烬的垃圾坑，燃料中以稻秆叶为主
53	H360		炭屑少，植硅体较多；少量水稻扇型、芦苇扇型、多铃型、各类扇型、棒型、方型、长方型、中鞍型	
54	H368-2		炭屑多，植硅体含量低但保存好；2个水稻扇型，其他扇型、棒型、方型、长方型、芦苇扇型	
55	H371		炭屑极少，植硅体含量丰富且保存完整；无谷物植硅体，以棒型、长方型、方型为主，芦苇扇型常见	
56	H373		炭屑多，植硅体含量低且多破碎；扇型、棒型、尖型、哑铃型	一般垃圾坑

续表

序号	野外编号	时代	结果	组合特点及推测
57	H375-5		炭屑80%，植硅体较少；有水稻扇型、雀麦型、平滑棒型、刺状棒型、方型、长方型、其他扇型、尖型	
58	H376		炭屑90%，植硅体极少，少量水稻扇型	
59	H379-3		炭屑多，植硅体极少	
60	H379-4		炭屑多，95%，植硅体含量低；以水稻扇型为主，双峰型较少	好象与H379-3为不同季节的燃料垃圾堆
61	H389		炭屑80%，少量植硅体破碎；极少水稻扇型，以野生植物为主，哑铃型、棒型、方型、长方型、多种哑铃型、各类扇型、多铃型	
62	H393		炭屑90%，植硅体种类多但部分破碎且有吸附碳；少量水稻扇型、大的哑铃型、芦苇扇型、平滑棒型、少量刺状棒型、各类哑铃型、短鞍型、方型、长方型、黍亚科长方型、尖型	较多黍亚科植物叶秆
63	H395		炭屑80%，植硅体多破碎；水稻扇型5%，方型、长方型、尖型、哑铃型等	
64	H397		炭屑较多，98%左右，极少植硅体；水稻扇型和芦苇扇型等	
65	H501	东周	炭屑较多，80%左右，植硅体较少；少量水稻扇型、双峰型、芦苇扇型、各类扇型、方型、棒型	多野生禾本科植物植硅体
66	H502	东周	炭屑少，植硅体较少；少量水稻扇型，以棒型、方型、长方型为主，其他扇型	

大汶口文化时期，土样中炭屑非常多，植硅体含量很低，但保存比较完整。除了芦苇扇型外，还有少量的扇型、棒型、方型和长方型植硅体，没有发现水稻和谷子或黍子等农作物植硅体。

龙山文化时期的土样中多数植硅体保存完整，成组的方型和长方型植硅体可能表明一些灰坑中植物分解很弱；但在一些灰坑或地层中发现了风化严重或者破为碎片的植硅体化石和有大量的吸附碳的植硅体化石。

植硅体的基本组合为农作物植硅体、芦苇和竹子植硅体以及大量的扇型和长方型等多种植物共有的植硅体，还有少量未识别的植硅体类型。

农作物植硅体包括水稻的扇型、稃壳双峰型、哑铃型和粟稃壳型。

非农作物中，可以鉴定到科或者属的植硅体包括芦苇扇型和竹亚科扇型。

此外，还有大量的来自禾本科其他种属的各类扇型、棒型、方型、尖型、铃型、长方型和未识别型等。

根据灰坑土样中所含炭屑量以及植硅体组合，可以将龙山文化时期灰坑分为四类：

一类是：土样中以炭屑为主，植硅体含量低，其中以水稻和芦苇扇型植硅体为主，也含有少量的扇型、方型和长方型植硅体。含有水稻植硅体的土样中，一般是水稻扇型、哑铃型和双峰型都出现，但数量少，而且多数有吸附碳。几乎没有水稻植硅体的土样中，芦苇扇型比较多。

二类是：土样中炭屑含量低于30%，植硅体含量较高、密度大，其中水稻植硅体与其他禾本科植物如芦苇和竹子等的植硅体含量相当或者稍有不同，但肯定都有，水稻植硅体中扇型和哑铃型比较多，双峰型相对较少，有时还同时存在谷子或者黍子颖壳植硅体；部分植硅体破碎而且多数都有吸附碳，这类灰坑可能是用来堆放灰烬的地方，燃料中以水稻的茎叶为主。

三类是：土样中炭屑含量低于10%，植硅体含量高、保存完整、极少有吸附碳；植硅体中水稻扇型和哑铃型或者双峰型占很大比重，或者成为主体，其他植物的植硅体含量相当低，而且成组的方型和长方型植硅体多见。这类灰坑可能主要是用来加工谷物，或堆放谷物加脱壳以后的副产品。

四类是：土样中几乎完全没有炭屑，植硅体含量丰富、部分破碎。植硅体中水稻和谷子或黍子植硅体以及发育哑铃型和黍亚科长方型较多植硅体共存。

东周时期灰坑 H501 和 H502 土样中，内也发现了比较丰富的植硅体。其中有农作物水稻、芦苇扇型、其他各类扇型等植硅体。

（二）农作物植硅体

大汶口文化灰坑中都没有发现农作物植硅体；东周时期灰坑中都发现了少量水稻植硅体。在62个龙山文化土样中，45个土样中有农作物植硅体。这45个出土驯化植物植硅体的土样中全部出土了水稻植硅体，水稻植硅体的出土概率为100%；11个单位发现有谷子或黍子颖壳植硅体，概率为24%（图一）。由以上统计可以看出，含有水稻植硅体的灰坑数量和频率远远大于含有谷子或黍子颖壳植硅体的灰坑（表三）。

表三　出土水稻和粟黍颖壳植硅体龙山文化灰坑数量与频率统计表

植物类型	出土单位（个）	出土概率 N = 45
水稻	45	100%
粟或黍	11	24%

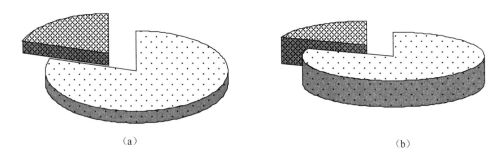

图一　出土水稻和粟黍颖壳植硅体龙山文化
灰坑数量（a）和频率（b）统计图

（三）其他植物起源的植硅体

在分析的66个样品中，除了鉴别出起源于水稻、谷子和黍子等农作物的植硅体外，还发现了大量的起源于禾本科其他植物和部分木本植物的植硅体以及少量的蕨类植硅体，海绵骨针，硅藻等。

禾本科中的芦苇扇型可以分两大类；竹子植硅体既有扇型也有长鞍型。除了上述可以大致确定来源的植硅体外，还有大量的植硅体，或者其本来就起源于多种植物，或者我们目前的鉴定水平还不足以鉴定其来源。其他扇型包括四个类型，型态上也有比较明显的区分；棒型有平滑和刺状两类；方型植硅体的型态比较一致；尖型植硅体可以分为长尖型和短尖型；铃型植硅体除了哑铃型外，还有比较多的多铃型；板状棒型植硅体介于棒型和长方型之间。我们辨认出的野生稻植硅体，主要特点是，从型态上看，与水稻扇型植硅体非常接近，但唯独扇缘上的鱼鳞状纹饰数量少于9个，而根据相关研究，这可能是野生稻扇型植硅体[20]。未识别的植硅体类型，有4种类型。

三、讨论与结论

（一）植硅体堆积与保存及植物利用

赵家庄遗址居住区土样中保存了丰富的植硅体，而且多数植硅体保存完成，这种情况与日照两城镇遗址居住区土样植硅体分析结果基本一致[21]。

土样中植硅体丰富，至少说明当时在聚落内沉积了大量的植硅体，而且土壤性质适合植硅体的保存。而聚落中沉积大量的植硅体，说明当时聚落内植物利用程度高，植物利用在当时居民的生活占比较重要地位。多数植硅体保存比较完整，说明多数灰坑或者地层中的土壤为第一次沉积，植硅体破碎的样品，则可能表明发生了再沉积过程；植硅体上有吸附碳，可能表明与燃烧活动有关，这个问题后面将详述。

（二）聚落农业的发展与变迁

通过植硅体分析结果，我们可以认识赵家庄聚落大汶口文化晚期、龙山文化早中期和东周时期的农业发展与变迁过程。

大汶口文化时期，只有一个灰坑（H238）中的土样，其中没有发现任何农作物的植硅体。虽然1个样品的结果不足以说明赵家庄遗址大汶口文化时期的农业，但通过考察山东地区其他遗址的植物考古研究结果，我们仍能对山东地区大汶口文化时期的农业进行初步推测。

目前山东范围内已经进行植硅体分析的大汶口文化早中期遗址有滕州西公桥[22]、潍坊前埠下[23]、济宁玉皇顶[24]、蓬莱大仲家[25]等，大汶口文化晚期遗址有五莲董家营[26]，这些遗址中都没有发现农作物的植硅体。在日照徐家村大汶口文化晚期遗址发现了1粒炭化稻米[27]。

上述状况可能表明，山东地区，大汶口文化早期到中期，农业经济发展水平比较低，或者说不普遍，至少在已经进行植硅体分析的遗址中都没有发现农作物植硅体。当然，我们必须考虑到，上述进行植硅体分析的遗址中，每个遗址采集土样的数量也不同，其分析结果所表达的意义可能有差异，但所有遗址中都没有发现农作物植硅体，可能还是在某种程度上反映了当时的现实。到了大汶口文化晚期，情况发生了变化，当时可能出现了农业迅速发展的状况。这并不仅仅因为徐家村遗址中发现了1粒炭化稻米，还因为在接着而来的龙山文化早期，山东地区农业经济已经得到了相当的发展水平，这主要表现在考古遗址中出土农作物遗存数量多、农作物包括水稻和粟黍和小麦等多种、这类遗址普遍存在等方面。根据初步分析，我们认为，山东地区农业经济的这种发展与变迁，可能主要是文化交流与发展的结果，当然，环境因素也是我们需要考虑的[28]。

植硅体分析结果显示，龙山文化时期，赵家庄聚落内，不论是文化层还是灰坑等遗迹的土样中，都包含有丰富的农作物植硅体，不仅农作物种类包括了水稻粟黍，炭化遗存分析还发现了小麦和大豆，也是农作物[29]，而且，多数土样中农作物植硅体含量都很高，这种情况可能反映了农业发展达到了比较高的水平，主要表现为多种农作物并存、农业产量高。

龙山文化时期，赵家庄聚落中，农作物种类包括水稻、粟、黍、小麦、大豆。这与日照两城镇、临淄桐林和茌平教场铺等龙山文化遗址的农作物结构相同，反映了龙山文化时期山东地区农作物基本组成使一致的。在黄河中游的河南、陕西、山西等地区，龙山文化时期的农作物也类似。可能说明，秦汉时期农作物传统在龙山文化时期已经型成。

赵家庄遗址土样中包含大量的农作物植硅体，可能表明，水田和旱作并存的农业经济，在当时的经济生活中占比较重要的地位。如前所述，大汶口文化时期，特别是大汶口文化早中期之际，农业经济可能在经济生活中占不十分重要的地位，而龙山文化时期，这种状况得到了很大改观。对这种状况的解释，除了我们要考虑的文化交流和气候因素外，环境的变化可能也起了重要作用。

地貌调查显示，赵家庄遗址坐落在胶河支流黄水河一级阶地上。从遗址中间的路沟两侧可以清楚地看到阶地的地层堆积：第一层是现代耕土层，厚约 20 厘米，在保护标志以西的麦田里耕土表面，我们发现了很多龙山文化陶片，这说明现代耕土实际上就是破坏了龙山文化层型成的，至少在我们看到的麦田部位如此；第二层是厚 20 厘米～30 厘米的黑色淤泥层，在路沟西断崖上这个淤泥层被龙山文化时期的井和柱础打破（柱础中发现红烧土，里面有植物印痕，这个井是龙山文化时期），而在路沟东侧的断崖上，这一层出土很多龙山文化陶片，可能是作为垃圾被堆积到这里的[30]，龙山文化时期的水田土壤是黑色淤泥夹一些红烧土或者炭粒，这些现象可能说明：赵家庄遗址的龙山文化水田就是在这个黑色淤泥上面。

我们对山东东部沿海地区的日照两城镇和胶南寨里乡的赵家沟遗址进行地貌调查时也发现了类似的现象，在两城镇遗址的准平原部位，早于龙山文化层的是黑垆土层。两城镇遗址植物考古研究显示，聚落的农业发展是经济生活中的重要组成部分，可能与黑垆土层的开发有关，因为富含有机质的黑垆土层，在农业经济发展的早期阶段是理想的农田。

根据炭化植物和植硅体分析我们发现，赵家庄遗址龙山文化时期，稻作农业占非常重要地位，这种现象与日照两城镇遗址比较接近。关于山东地区龙山文化时期稻作农业发展的气候和文化背景，我们已经进行过论述[31]，龙山文化所在的中全新世晚期阶段，山东地区的气温和降水还能够满足水稻生长的要求，而且由于江淮地区古文化与山东地区古文化的交流，促进了稻作农业的发展。对赵家庄遗址进行的地貌调查也显示，赵家庄遗址的地貌部位适合进行水稻种植。

（三）植硅体组合反映的植物利用

多数样品中都保存了大量的植硅体，这种情况与后李文化、北辛文化、大汶口文化遗址中植硅体含量低[32]，型成了鲜明对比。可能反映人类对植物资源开发程度的差异。后李文化时期，人类对植物资源开发程度低，但遗址中出土动物骨骼比较多，表明人类相对多地开发动物资源。彭家遗址植硅体分析发现，地层中植硅体含量非常低，但却出土了丰富的动物骨骼。当然，这种情况可能也与发掘区的位置有关。以济宁玉皇顶遗址为例，根据发掘报告[33]，我们知道，发现的遗迹主要包括房址（包括其构建设施—柱洞）和灰坑两类，灰坑内填灰杂土一类垃圾的很少，有相当部分填土为烧土，有的还经过夯砸压实，显然与建筑活动有关。这类包含垃圾很少的灰坑中，堆积各类植物遗存的机会就很少，就更不用说堆积各类与人类活动相关的植物遗存了。

龙山文化遗址土样中，植硅体含量明显多于新石器时代早期土样中植硅体含量，这无疑说明龙山文化时期人类对植物利用的程度加深。在已经分析植硅体的近20个遗址中，多数土样中植硅体含量明显多于新石器时代早期土样中植硅体含量，菏泽地区的几个龙山文化遗址中，植硅体多数比较破碎。

2005年对赵家庄遗址的发掘，主要是揭露了龙山文化时期的居住区和水田区。在分析的66个植硅体土样中，62个属于龙山文化时期，这些土样的分析结果，为我们通过植硅体组合认识龙山文化时期的人类对植物利用的方式奠定了基础。前文中已经根据土样中炭屑含量、植硅体含量及保存状况，将这些土样分为四类，这四种类型，也反映了人类对植物利用方式的不同。

第一类土样中，炭屑为主，植硅体含量低，其中以水稻和芦苇扇型植硅体为主，也含有少量的扇型、方型和长方型植硅体。含有水稻植硅体的土样中，一般是水稻扇型、哑铃型和双峰型都出现，但数量少，而且多数有吸附碳。几乎没有水稻植硅体的土样中，芦苇扇型比较多。上述两种土样可能都来自灰坑，如果灰坑中堆积物是生活垃圾，就可能是炊事活动的燃料燃烧后堆积，燃料中主要是木本植物，草本植物占的比重小，但有少量水稻和芦苇的植株某部分，表明水稻和芦苇是被作为燃料的一部分使用。新石器时代居民生活中的燃料来源主要是木本植物和草本植物，木本植物中，主要是灌木和乔木的枝杈，我们可以通过鉴定考古遗址特别是炉灶附近出土木炭的树种认识燃料的来源[34]。遗憾的是，赵家庄遗址中没有采集到可供树种鉴定的木材样品。目前山东地区新石器时代遗址木材鉴定工作还处于起步阶段，可以借鉴的资料极少[35]，但学者们对内蒙古、湖北、河南等地区先秦时期遗址进行的木炭分析结果显示，作为薪柴的木材主要是灌木和乔木的枝杈，包括松类树种的应压木等[36]。现代社会中，地处偏远山区的居民，主要是经济欠发达地区，还是以灌木和乔木枝杈为燃料。

第二类土样中，炭屑含量明显少于第一类，炭屑含量低于30%，植硅体含量较高、密度大，其中水稻、粟黍等农作物的植硅体与其他禾本科植物如芦苇和竹子等的植硅体含量相当或者稍有不同，但肯定都有。水稻植硅体中扇型和哑铃型比较多，双峰型相对较少，有时还同时存在谷子或者黍子颖壳植硅体；部分植硅体破碎而且多数都有吸附碳，如果这类土样也来自堆积炊事垃圾的灰坑，炊事活动的燃料可能以草本植物为主，其中包括了数量相当多的禾本科植物。用粮食作物的茎秆作为燃料，或者再加一些容易获得的草本植物作为燃料，这在古代社会可能是常见的，我们在两城镇遗址也发现了类似的现象[37]。现代农村中还普遍存在这种情况，我们在日照两城镇遗址进行植物考古调查时就发现了这样的实例，在农民房屋附近的田间地头或者村庄的空地上，堆放着小麦的秸秆，村民们说这些秸秆都是做饭的燃料。

第三类土样中炭屑含量低于10%，植硅体含量高、保存完整、极少有吸附碳；植硅体中水稻扇型和哑铃型或者双峰型占很大比重，或者成为主体，其他植物的植硅体含量相当低。这种灰坑有可能是水稻一类谷物加工场所或者是靠近谷物加工场所而用于堆放谷物加工副产品的，而堆积在灰坑中的副产品由于某种原因有少量的燃烧，或者是灰坑中也同时堆积了少量的炊事活动垃圾，因为样品中有少量的炭屑。与丹土遗址的壕沟类似[38]。

第四类土样中几乎完全没有炭屑，植硅体含量丰富、部分破碎。植硅体中水稻和谷子或黍子植硅体以及发育哑铃型和黍亚科长方型较多植硅体共存。这类灰坑可能是堆积粮食加工副产品的所在，而这些副产品几乎没有燃烧。

上述分析可以发现，龙山文化时期赵家庄居民对植物利用方式多样，其中将农作物秸秆作为燃料是一个显著特点，而这个特点在中国农村有悠久历史传统。

赵家庄遗址居住区土样中有比较多的芦苇扇型植硅体，可能表明人类利用芦苇的普遍性。芦苇的利用在古代乃至现代都十分普遍，芦苇可以作为编制芦席、房屋建筑的材料，也可以作为燃料。我国古代文献中曾经有记载反映古代人类对芦苇的崇拜，南部和东南部文化共同体的人们，由于他们生活的环境靠近沼泽河流沿岸，普遍都用芦苇做衣服、遮蔽物和食物，逐渐型成了对"芦苇的崇拜"[39]。

除了芦苇以外，其他植物的植硅体也比较丰富，特别是禾本科植物植硅体，比较丰富，主要包括各类扇型、长方型、方型、哑铃型、各类棒型、尖型等。可能主要是燃料或者动物饲料，当然，不排除收获其他禾本科植物作为食物的可能性，比如黍亚科中的某些种属如狗尾草或者马唐等植物，都有可能作为食物，我们在一些仰韶时代遗址中发现黍亚科植物种子与谷子和黍子的数量大致相等，可能表明当时黍亚科中的某些植物是被当作与谷子和黍子同样的栽培和收获的，只是栽培的时间很短暂而没有机会发展成为驯化植物，我们目前并不知道何时停止对其栽培。

四、结　语

植硅体分析，是赵家庄聚落植物考古研究的一项重要内容，分析结果不仅揭示了聚落内植硅体沉积和保存特点、展示了该聚落的农业发展过程和人类对植物利用的方式等，而且证明了植硅体分析是聚落植物考古研究中不可缺少的内容。

土样中发现了丰富的植硅体，可能说明当时在聚落内沉积了大量的植硅体，而且土壤性质适合植硅体的保存。多数植硅体保存比较完整，说明多数灰坑或者地层中的土壤为第一次沉积，植硅体破碎的样品，则可能表明发生了再沉积过程；植硅体上有吸附碳，可能表明与燃烧活动有关。

通过植硅体分析结果，我们可以认识赵家庄聚落大汶口文化晚期、龙山文化早中期和东周时期的农业发展与变迁过程。大汶口文化时期的土样中没有发现农作物植硅体，可能表明当时农业经济发展水平比较低；龙山文化时期，聚落内不论是文化层还是灰坑等遗迹的土样中，都包含有丰富的农作物植硅体，而且，多数土样中农作物植硅体含量都很高，这种情况可能反映了农业发展达到了比较高的水平，主要表现为多种农作物并存、农业产量，农业的迅速发展可能与文化交流和环境变迁有关；东周时期，水稻仍然是聚落农业中的一部分。

植硅体组合和沉积特点还显示，赵家庄聚落龙山文化居民对植物的利用包括利用各种植物作为燃料等方面，有可能型成了对芦苇的某种崇拜。

附记：赵家庄遗址的植硅体土样采集工作是由发掘主持人燕生东筹划组织的，参加田野采样的有燕生东和兰玉富等，植硅体提取由王春燕和靳桂云共同完成，植硅体鉴定由靳桂云完成，鉴定结果的统计和整理由靳桂云、吴文婉完成。插图由燕生东等提供基础资料、靳桂云绘制，植硅体照片由靳桂云拍摄。

植硅体鉴定工作得到中国科学院地质与地球物理研究所吕厚远研究员的指导和帮助，在此表示真诚的感谢！

注　释

［1］　a. 靳桂云、燕生东、宇田津彻朗、王春燕、兰玉富、佟佩华：《胶州赵家庄遗址水田的植硅体证据》，《科学通报》2007 年第 52 卷第 18 期。

　　　　b. JIN GuiYun, YAN ShengDong, Tetsuro UDATSU, LAN YuFu, WANG ChunYan, TONG PeiHua, Neolithic rice paddy from the Zhaojiazhuang site, Shandong, China, Chinese Science Bulletin 2007, 52（24）：3376 ~ 3384.

［2］　凯利·克萝福德、赵志军、栾丰实、于海广、方辉、蔡凤书、文德安、李炅娥、加里·费曼、琳达·尼古拉斯：《山东日照两城镇遗址土壤样品的植硅体研究》，《考古》2004年第9期。

［3］　a. 凯利·克萝福德、赵志军、栾丰实、于海广、方辉、蔡凤书、文德安、李炅娥、加里·费曼、琳达·尼古拉斯：《山东日照两城镇遗址土壤样品的植硅体研究》，《考古》2004 年第9 期。

　　　　b. 靳桂云、刘延常、栾丰实、宇田津、彻朗、王春燕：《山东丹土和两城镇龙山文化遗址水稻植硅体定量研究》，《东方考古》第 2 集，科学出版社，2005 年。

［4］ 王永吉、吕厚远：《植物硅酸体研究及应用》，海洋出版社，1993 年。

［5］ Piperno, D. R., Phytolith analysis：an archaeological and ecological perspective. Academic Press, San Diego, 1988.

［6］ Piperno, D. R., Phytolith analysis：an archaeological and ecological perspective. Academic Press, San Diego, 1988.

［7］ 赵志军、吕烈丹、傅宪国：《广西邕宁县顶蛳山遗址出土植硅石的分析与研究》，《考古》 2005 年第 11 期。

［8］ 王永吉、吕厚远：《植物硅酸体研究及应用》，海洋出版社，1993 年。

［9］ Fujiwara, H., Research into the history of rice cultivation using plant opal analysis. In Pearsall & Piperno（eds.）：Current research in phytolith analysis：application in archaeology and paleoecology, 147 ~ 158. University of Pennsylvania, Philadelphia, 1993.

［10］ 靳桂云：《中国北方史前考古遗址中水稻遗存的植物硅酸体判别标准》，《文物保护与考古科学》2002 年第 14 卷第 1 期。

［11］ a. Fujiwara, H., Fundamental studies in plant opal analysis. On the silica bodies of motor cell of rice plants and their near relatives, and the method of quantitative analysis. *Archaeology & natural science*1976, 9（in Japanese）.

b. 王永吉、吕厚远：《植物硅酸体研究及应用》，海洋出版社，1993 年。

［12］ 王永吉、吕厚远：《植物硅酸体研究及应用》，海洋出版社，1993 年。

［13］ 王永吉、吕厚远：《植物硅酸体研究及应用》，海洋出版社，1993 年。

［14］ 王永吉、吕厚远：《植物硅酸体研究及应用》，海洋出版社，1993 年。

［15］ a. Zhao Zhijun, D. M. Pearsall, R. A. Benfer and D. R. Piperno, Distinguishing rice（*Oryza sativa*, Poaceae）from wild Oryza species through phytolith analysis Ⅱ：Finalized method, *Economic Botany* 52（2）：134 ~ 145, 1998.

b. Lu H Y, Liu Z X, Wu N Q, Borne S, Satite Y, Liu B Z, Wang L, 2002. Rice domestication and climatic change：phytolith evidence from East China. *Boreas* 31：378 ~ 385.

［16］ a. Lu Houyuan, Yang Xiaoyan, Ye Maolin et al. Millet noodles in Late Neolithic China, *Nature* 437：967 ~ 968, 2005.

b. Lu H, Zhang J, Wu N, Liu K-b, Xu D, et al.（2009）Phytoliths Analysis for the Discrimination of Foxtail Millet（Setaria italica）and Common Millet（Panicum miliaceum）. *PLoS ONE* 4（2）：e4448. doi：10. 1371/journal. pone. 0004448.

c. Houyuan Lu, Jianping Zhang, Kam-biu Liu, Naiqin Wu, Yumei Li, Kunshu Zhou, Maolin Ye, Tianyu Zhang, Haijiang Zhang, Xiaoyan Yang, Licheng Shen, Deke Xu, Quan Li, Earliest domestication of common millet（Panicum miliaceum）in East Asia extended to 10，000 years ago, *PNAS* 2009, 106（18）：7367 ~ 7372.

［17］ Sujiyama Shinji, Matsuda Ryuji, Fujiwara Hiroshi, Morphology of phytoliths in the motor cells of Paniceae-basic study on the ancient cultivation, *Archaeology & Natural science*, 20, 81 ~ 92, 1988.

［18］ Terry B. Ball, John S. Gardner, Nicole Anderson, Identifying inflorescence phytoliths from selected species of wheat (*Triticum nonococcum*, *T. dicoccon*, and *T. aestivum*) and barley (*Hordeum vulgare* and *H. spontaneum* (Gramineae)), *American Journal of Botany* 86 (11)：1615 ~ 1623，1999.

[19]　王永吉、吕厚远：《植物硅酸体研究及应用》，海洋出版社，1993 年。

[20]　Lu H Y, Liu Z X, Wu N Q, Borne S, Satite Y, Liu B Z, Wang L, 2002, Rice domestication and climatic change：phytolith evidence from East China. *Boreas* 31：378 ~ 385.

[21]　凯利·克萝福德、赵志军、栾丰实、于海广、方辉、蔡凤书、文德安、李炅娥、加里·费曼、琳达·尼古拉斯：《山东日照两城镇遗址土壤样品的植硅体研究》，《考古》2004 年第 9 期。

[22]　靳桂云：《山东地区先秦考古遗址植硅体分析及相关问题》，《东方考古》第 3 集，科学出版社，2006 年。

[23]　靳桂云：《山东地区先秦考古遗址植硅体分析及相关问题》，《东方考古》第 3 集，科学出版社，2006 年。

[24]　靳桂云、党浩：《济宁玉皇顶遗址植硅体分析》，山东省文物考古研究所编，《海岱考古》第三辑，科学出版社，2008 年。

[25]　靳桂云：《植硅体分析》，《胶东半岛贝丘遗址环境考古》，社会科学文献出版社，1999 年。

[26]　靳桂云：《山东先秦考古遗址植硅体分析与研究（1997 ~ 2003）》，《海岱地区早期农业和人类学研究》，科学出版社，2008 年。

[27]　陈雪香：《山东日照两处新石器时代遗址浮选土样结果分析》，《南方文物》2007 年第 1 期。

[28]　靳桂云：《山东稻遗存考古的新成果》，《东方考古》第 5 集，科学出版社，2008 年。

[29]　靳桂云、王海玉、燕生东、刘长江、兰玉富、佟佩华：《山东胶州赵家庄遗址龙山文化炭化植物遗存研究》，《科技考古》第三辑，科学出版社，2011 年。

[30]　燕生东、兰玉富：《山东胶州赵家庄先秦聚落考古获重要收获》，《中国文物报》2006 年 4 月 28 日 1 版。

[31]　靳桂云：《山东稻遗存考古的新成果》，《东方考古》第 5 集，科学出版社，2008 年。

[32]　靳桂云：《山东先秦考古遗址植硅体分析与研究（1997 ~ 2003）》，《海岱地区早期农业和人类学研究》，科学出版社，2008 年。

[33]　党浩：《玉皇顶遗址发掘报告》，《海岱考古》第三辑，科学出版社，2008 年。

[34]　靳桂云、王春燕、孙梁红、腰希申：《木材鉴定在考古学中的应用》，《海岱考古》第二辑，科学出版社，2007 年。

[35]　靳桂云、于海广、栾丰实、王春燕：《山东日照两城镇龙山文化（4600 ~ 4000cal yr BP）遗址出土木材的古气候意义》，《第四纪研究》2006 年第 26 卷第 4 期。

[36]　王树芝：《木炭在考古学研究中的应用》，《江汉考古》2006 年第 1 期。

[37]　靳桂云、栾丰实、蔡凤书、于海广、方辉、文德安：《山东日照市两城镇遗址土壤样品植硅体研究》，《考古》2004 年第 9 期。

［38］ 靳桂云、刘延常、栾丰实、宇田津彻朗、王春燕：《山东丹土和两城镇龙山文化遗址水稻植硅体定量研究》，《东方考古》第 2 集，科学出版社，2005 年。

［39］ 水上静夫：《葦と中國农业；併せとてその信仰起源に及ぶ》，The worship of Reeds in Ancient China，《东京支那学报》1957 年，3，51；摘要：RBS，1962 年，3，no. 790。转引自：李约瑟，《中国科学技术史》第六卷《生物学及相关技术》，第一分册，《植物学》，科学出版社，上海古籍出版社，2006 年。

（原载于《科技考古》第三辑，科学出版社，2011 年）

后　记

本书的资料整理及编写工作终于完成，即将付梓之际，心情也是颇多感慨。

青岛市文物保护考古研究所于 2005 年成立，五年来，由于我国经济发展，各种工程建设项目增多，抢救性考古发掘项目也日益增多。这对于考古人来说，一方面有更多机会接触地下材料，另一方面对于文物的保护形势也十分严峻。通常情况下，用时不到一个月发掘的材料往往需要数月甚至更长的时间来整理。由于近年来抢救性发掘项目众多、人手不足，整理工作也时常被打断，许多考古发掘材料由于积累时间太久，不少信息会永远丢失，造成难以弥补的损失，这使我们深切感受到资料整理的紧迫性与重要性。

田野发掘工作是辛苦的，但是最艰难的却是发掘资料的整理工作。遗址的发掘、记录，文物的清洗、修复、摄影，资料整理以及报告的编写，每一步都耗时费神。在此也要感谢每一位参与考古发掘与资料整理工作的同志，是他们的辛勤劳动最终凝结成了本书的文字。如本书的出版能为各位专家学者提供第一手的研究资料，能为青岛市文化遗产保护及历史文化研究做出一点贡献，那我们也算是得偿所愿了。

由于编写者学识有限，本书的构思及研究尚属初步探索，疏漏之处在所难免，在此也祈盼学界同仁予以批评指正。

本书的出版得到青岛市文广新局、文物局领导的大力支持，青岛各地市（县）、区博物馆及文物管理部门也为本书的出版提供了诸多帮助与支持，借本书付梓之际，我们谨向上述部门及单位表示感谢。栾丰实先生在百忙之中为本书作序，使本书生辉许多，更使我们深受鼓舞，在此也衷心感谢栾先生多年来对青岛文物考古事业的关心、支持！同时也要感谢山东大学靳桂云教授给予的指导与赐稿。科学出版社的李茜女士为本书的出版也付出了大量心血，在此我们也向她一并表示谢意。

编　者

2011 年 4 月 11 日

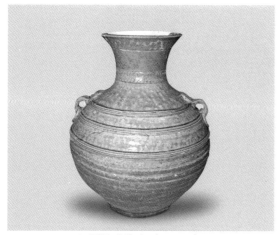

1. 原始青瓷壶（M1：2）

2. 原始青瓷壶细部（M1：2）

3. 陶罐（M1：1）

4. 石锛（TG1②：9）

5. 石镞（TG1②：8）

6. 石矛（TG1②：10）

黄岛唐家莹遗址出土器物

1. M1发掘场景

2. 壶（Y3：11）

3. 壶（Y3：12）

黄岛台头遗址M1发掘场景及Y3出土陶器

1.壶（Y3：13）

2.壶（H3：1）

3.瓮（Y3：9）

4.瓮（M2：1）

5.盆形器（J3：22）

6.匣钵（Y3：1）

黄岛台头遗址出土陶器

1. 瓮棺（M4：1）

2. 瓮棺（M4：2）

3. I式垫圈（Y3：2）

4. I式垫圈（Y3：2）

黄岛台头遗址出土陶器

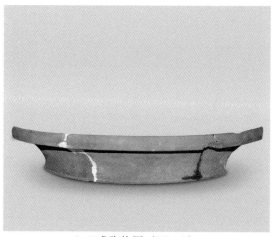

1. Ⅱ式陶垫圈（Y3：5）

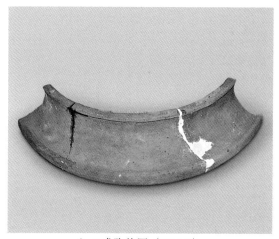

2. Ⅱ式陶垫圈（Y3：5）

3. 陶钵（H1：1）

4. 陶碗（05M1：1）

5. 陶碗（05M1：3）

6. 石斧（G2：1）

黄岛台头遗址出土器物

1. 墓室结构

2. 棺室结构

胶南海青崴上村M1发掘场景

1. 釉陶壶（M1：1）

2. 漆衣陶壶（M1：8）

3. 印纹硬陶壶（M1：15）

4. 原始青瓷壶（M1：3）

5. 原始青瓷壶（M1：4）

6. 原始青瓷壶（M1：5）

胶南海青厂上村M1出土器物

1. M1：7

2. M1：10

3. M1：11

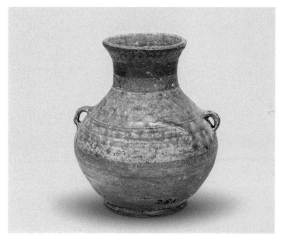

4. M1：12

5. M1：13

6. M1：14

胶南海青厰上村M1出土原始青瓷壶

1. 大圆奁（M1：26-1）

2. 长方形奁（M1：26-2）

3. 圆奁（M1：26-4）

4. 马蹄形奁（M1：26-6）

5. 方形奁（M1：26-7）

6. 椭圆形奁（M1：26-8）

胶南海青厂上村M1出土七子圆奁

1. 漆盘（M1：27）

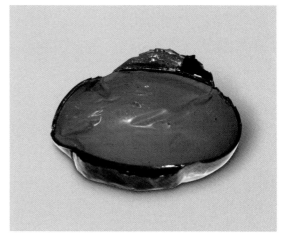

2. 大漆耳杯（M1：29）

3. 铜镜（M1：16）

4. 铜镜（M1：17）

5. 铜刷（M1：18）

6. 铜刷（M1：19）

7. 木琴弦柱（M1：60-1、M1：60-2）

胶南海青崦上村M1出土器物

1. 封土

2. 墓室

胶南殷家庄M1封土及发掘场景

1. 罐（M1∶2）

2. 罐（M1∶3）

3. 罐（M1∶6）

4. 罐（M1∶7）

5. 鼎（M1∶15）

6. 鼎（M1∶14）

胶南殷家庄M1出土陶器

1. 壶（M1：4）

2. 壶（M1：8）

3. 壶（M1：11）

4. 壶（M1：16）

5. 罐（M1：5）

6. 罐（M1：9）

胶南殷家庄M1出土原始青瓷器

1. 原始青瓷钫 (M1：10)

2. 原始青瓷钫 (M1：10) 细节

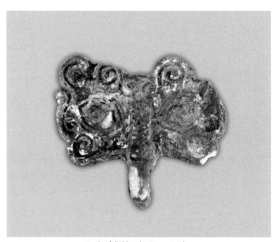

3. 铜铺首 (M1：12)

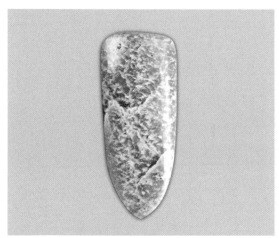

4. 玉口琀 (M1：01)

5. 原始青瓷壶 (M2：2)

6. 原始青瓷壶 (M2：4)

胶南殷家庄M1、M2出土器物

1. 原始青瓷瓿（M2：1）

2. 原始青瓷瓿（M2：1）细节

3. 原始青瓷瓿（M2：3）

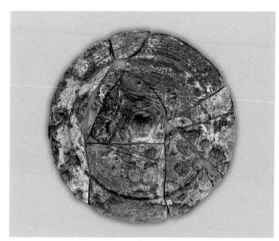

4. 铜镜（M2：7）

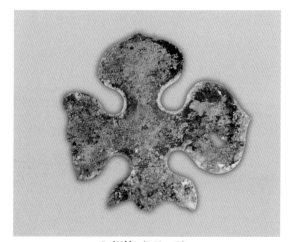

5. 铜饰（M2：9）

6. 角擿（M2：6）

胶南殷家庄M2出土器物

1. M1、M2发掘场景

2. 陶罐（M2：1）

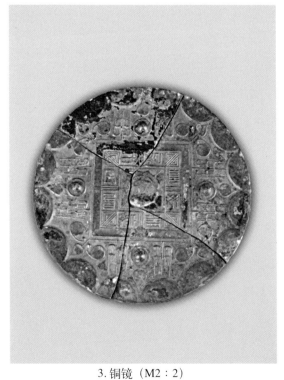

3. 铜镜（M2：2）

城阳后桃林M1、M2发掘场景及出土器物

1. M3墓口石板

2. M4墓口石板

3. M3、M4发掘场景

城阳后桃林M3、M4

1. 陶罐（M3：1）

2. 陶罐（M3：2）

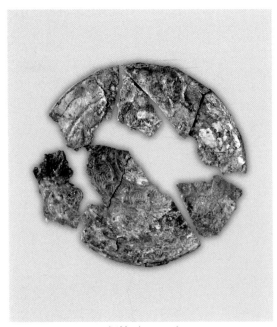

3. 铜镜（M4：1）

4. 木篦（M4：2）

城阳后桃林M3、M4出土器物

1. M6发掘场景

2. 陶罐（M6：1）

3. 陶罐（M6：2）

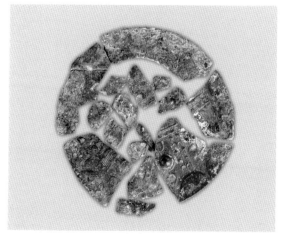

4. 铜镜（M6：4）

5. 不明铁器（M6：5）

城阳后桃林M6发掘场景及出土器物

1. M7发掘场景

2. 陶罐（M7∶1）

3. 铜镜（M7∶3）

城阳后桃林M7发掘场景及出土器物

1. 陶壶（M8∶5）

2. 陶壶（M8∶6）

3. 铜镜（M8∶1）

4. 铜镜（M8∶2）

5. 铜镜（M9∶4）

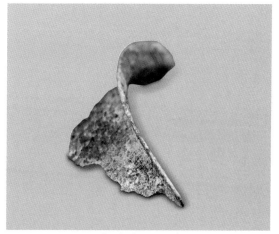

6. 铜洗（M8∶12）

城阳后桃林M8、M9出土器物

1. 铜熏炉（M8∶10）

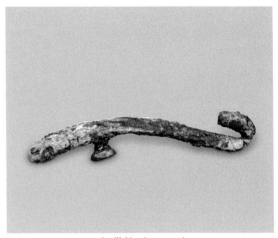

2. 铜带钩（M9∶3）

3. 铜铺首（M8∶7）

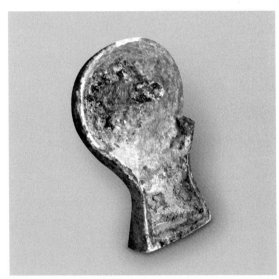

4. 铜提手（M8∶15）

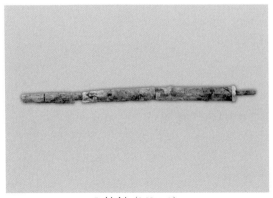

5. 铁剑（M9∶1）

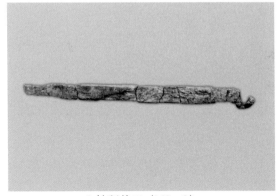

6. 铁环首刀（M9∶2）

城阳后桃林M8、M9出土器物

1. M12、M13墓口石板

2. M12、M13发掘场景

3. 陶罐 (M10:3)

4. 铜镜 (M10:1)

城阳后桃林M10出土器物及M12、M13发掘场景

1. 陶罐（M12：2）

2. 陶瓮（M13：3）

3. 陶瓮（M13：4）

4. 铜镜（M13：1）

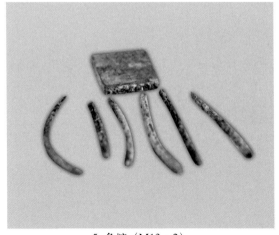

5. 角摘（M13：2）

城阳后桃林M12、M13出土器物

1. 陶罐（M3：2）

2. 原始青瓷壶（M1：1）

3. 原始青瓷壶（M2：1）

4. 原始青瓷壶（M3：1）

5. 原始青瓷壶（采：1）

6. 原始青瓷壶（采：2）

城阳文阳路汉墓出土器物

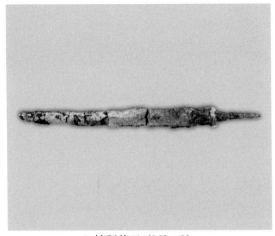

1. 铁环首刀（M3：8）

2. 铁环（M3：12）

3. 铜镜（M3：3）

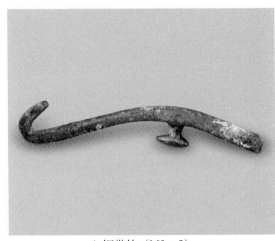

4. 铜带钩（M3：5）

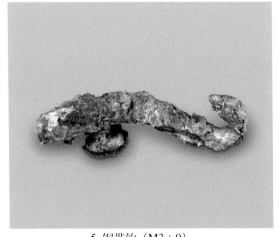

5. 铜带钩（M3：9）

6. 铜带钩（M3：10）

城阳文阳路汉墓出土器物

1. 陶罐（M1：1）

2. 陶罐（M1：2）

3. 铜镜（M1：4）

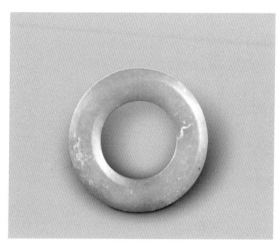

4. 玉环（M1：3）

5. 原始青瓷壶（M16：1）

6. 原始青瓷壶（M16：2）

胶州盛家庄汉墓出土器物

1. M13、M14

2. M19、M20、M21

胶州盛家庄M13、M14、M19、M20、M21发掘场景

1. 壶 （M11：1）

2. 罐 （M13：1）

3. 罐 （M13：2）

4. 罐 （M14：1）

5. 罐 （M19：1）

胶州盛家庄汉墓出土陶器

1. 陶壶（M2：4）

2. 陶罐（M3：1）

3. 陶罐（M3：2）

4. 陶罐（M3：4）

5. 陶罐（M3：5）

6. 玉瑗（M2：6）

胶州盛家庄汉墓出土器物

1. M8砖椁

2. M8、M9发掘场景

胶州盛家庄M8、M9发掘场景

1. 原始青瓷壶（M8：1）

2. 原始青瓷壶（M8：2）

3. 陶扁壶（M9：1）

4. 陶罐（M9：2）

胶州盛家庄汉墓出土器物

1. M28发掘场景

2. 陶壶（M28：3）

3. 陶壶（M28：8）

胶州盛家庄M28发掘场景及出土陶壶

1. 壶（M29∶9）

2. 壶（M29∶15）

3. 罐（M28∶1）

4. 罐（M28∶4）

5. 罐（M28∶9）

6. 罐（M29∶12）

胶州盛家庄汉墓出土陶器

1. M23

2. M24

胶州盛家庄M23、M24发掘场景

1. M25

2. M27

胶州盛家庄M25、M27发掘场景

1. M1发掘场景

2. 铜镜（M1∶1）

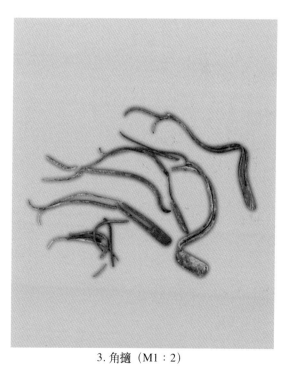

3. 角擿（M1∶2）

胶州大闹埠M1发掘场景及出土器物

1. M2、M3发掘场景

2. 铜镜（M3：1）

3. 铜印章（M3：7）

胶州大闸埠M2、M3发掘场景及出土器物

1. M6发掘场景

2. 铜镜（M6：12）

3. 铜带钩（M6：10）

胶州大闹埠M6发掘场景及出土器物

1. 铜镜（M4∶10）

2. 铜镜（M7∶1）

3. 铜镜（M8∶1）

4. 铜镜（M9∶1）

5. 铜镜（M10∶1）

6. 研磨器（M10∶4）与石黛板（M10∶5）

胶州大闹埠汉墓出土器物

1. 发掘工地全景

2. 地层剖面

胶州古板桥镇建筑基址发掘场景

1. 1号建筑中心通道

2. 三连灶址

胶州古板桥镇建筑基址发掘场景

1.礓磋道上很深的车辙痕（应是独轮车长期使用所致）

2.甬道上深深的印痕

胶州古板桥镇建筑基址甬道

1. "天会八年"铭文砖

2. H1出土铜镜

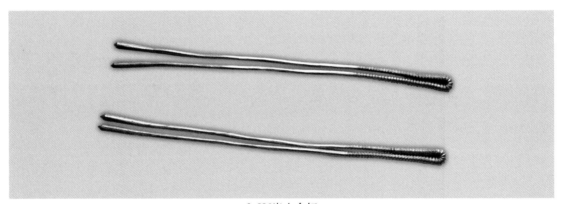

3. H6出土金钗

4. 兽首瓦当

5. 大量铁钱

胶州古板桥镇建筑基址出土器物